鏡屋的沙漏

畢宿／著

1

「妳怎麼來了？妳不是很幸福嗎？」

「你怎麼來了？你不是說你很瀟灑？」

「瀟灑的人也會需要休息。」

「我知道有一個人想人的時候會來這裡，所以我來這裡。」

「總有一天我們都會離開這裡。」

「我們會永遠保留這一塊地。」

四周一片寂靜，靜的連一根針掉落也都能聽到聲音，但我卻聽不到我的心跳與呼吸。

窗外一片昏暗，微弱的燈光彷彿連影子也照不清楚，望著連綿不斷的山巒與樹影不斷從我眼前掠過，我想我在高速公路，雖然我不知道是北上還是南下。

窗裡的空氣很稀薄，有點難受，窗外倒是無垠的一致。我突然忘了我的所在與目的，也忘了我旅行的意義。

有經驗的人一定明白，倘若於夜中乍醒，想要再度沉睡其實並不是那麼容易。我倚靠在窗邊，想藉由無盡的夜與延伸視線找回一點感覺：遠方的星閃爍於天際，彷彿彼此近在咫尺，而又倏忽即逝。與此同時我卻從滿天的繁星之中找到了一雙眼睛。

有一雙充滿感情且澄澈明淨的眼睛，於遠邊的星空之中獨拒眾星，彷彿要看穿我似的，與我四目相視。

從那眼眸之中，我突然看到一個久違的人：一個你與他相識之後，就永遠無法再從記憶中消去的人。

我叫歐鑑籲，經濟系大一，前幾天因爲忙著考駕照所以沒有參加迎新晚會與新生入學輔導，直到今天早上才騎車趕來學校，準備上我大學的第一堂課。

爲了避免我開學的第一天遲到，我昨天晚上就先住到了位於學校附近的親戚家裡；今天我特地起了個大早，吃過早餐以後從親戚家裡出發，一路上的車況很順，等我進校門時也才不過七點十分，我想早上八點十分的課我是一定來得及的。

噢！天啊！我到底看到了什麼？這排山倒海的人潮到底是哪兒來的？整個宿舍區被團團圍住，像足球的鐵桶陣般密不透風，像蟻窩的螞蟻一樣，密密麻麻——原來之前高中校慶時，返校的畢業學長姊所說的新生開學潮就像這個樣子，我當時還半信半疑，看來一切都是眞的！

終於到了經濟系的大一新生住宿區，我在二樓樓梯轉角旁的第一間房間門口找到了我的名字：經濟一A鄭禹喆、經濟一A馮亮、經濟一B尹炬詳、經濟一B歐鑑籲。

仔細想想，剛剛眞的很不容易，揹著個大包包，手提四袋行李，在亂軍之中使出了吃奶的力氣才來到這裡。

對，你沒看錯。吃奶的力氣，亂軍。

其實只是一小段短距離的路程而已，但感覺就像戰場。我從頭到尾根本看不清楚東南西北，只是不斷地往裡面擠、往裡面鑽。

左閃右躲吃了好幾個拐子，也不知道被多少人踩了幾次腳，還被腋味與汗水交織的芬芳「香」得差點窒息，我挨家挨戶、逢人便問，幾經明查暗訪一番才在這個房門口找到我的名字——想起不久前的情況，我眞的忍不住想給自己一點掌聲。

但現在已經沒有時間鼓掌了，我還沒放行李呢！我還是先把行李放下，空出手來跟我的室友們打聲招呼吧！

「砰！」

「欸！好痛喔！禹喆你還好嗎？」天啊！也太倒楣了吧？我好不容易來到這裡，結果現在又被撞倒在地上？在我還沒明白過來的同時，一個皮膚黝黑、身形瘦削的同學已經扶起一名白皙高個子的男孩，朝我走了過來。

「你一定是歐鑑籲對吧！我叫馮亮，他是鄭禹喆，我們是你的室友。」黝黑的男孩伸出右手把我拉了起來。

「也太剛好了吧！我們要出門上課結果你剛好要進來。要我們幫你拿行李嗎？」鄭禹喆講話的聲音很客氣、也很有磁性。

「啊！不用啦！我自己來就可以了，不用麻煩……對了，我剛剛一時沒有注意不小心撞到你們眞是不好意思……」

「不會啦！不撞不相識嘛！我們剛剛也沒有注意到你就直接衝出來了……」馮亮一邊講還是邊幫我把行李提進了房間。「我們要先去上課了，你行李放著也趕快來吧……對了，尹炬詳還在樓下盥洗，記得別鎖門喔。」鄭禹喆遞給我一支鑰匙，兩人沒等我答話就出門了。

簡單放完行李，我突然發現我把隨身背包忘在機車的行李箱，我的手機還有新生要繳的資料和文具都在裡面，該死！

等我從機車棚回到宿舍，時間已經是七點五十七分，剛才把宿舍區圍得水泄不通的人潮就像海市蜃樓一樣地憑空消失，宿舍區突然變成一座死城，連一個影子也沒看見……

看來大家應該都去上課了——倘若大學的第一堂課就遲到，同學和教授對我的觀感印象肯定不好，那我以後可就糟了——趕快把門鎖起來，目標直奔社科院！

校園比我想像的大上許多，我不知道原來從宿舍到社科院居然要走這麼久，坡度居然這麼陡！同時天氣也比我想的還要炎熱，等我走到社科院、找到教室，早已汗如雨下、氣喘吁吁，時間是八點二十五分……

「請問你是尹炬詳還是歐鑑籲？」等我走進教室，台上的眼鏡阿姨以和藹可親的口氣向我詢問，台下充滿了竊笑聲與私語。我現在的臉一定很紅，眞恨不得找一個洞鑽進去。

「教授……不好意思……我是歐鑑籲……」我一邊說話一邊喘著氣。

「你怎麼這麼慢啊？」

「因爲……我今天才來學校，我剛剛忘記行李又去車上拿東西，然後……有點迷路。」

「你迷路……你沒有跟學長姊去走校園巡禮嗎？」

「……沒有欸，我是一直到今天早上才第一次來學校……」

「唉……好吧。那歐鑑籲你認識尹炬詳嗎？」嘆完氣以後，眼鏡阿姨問。

「我不認識尹……啊！等等，他好像是我的室友……可是我不知道他長什麼樣子……」

「你說什麼？你不知道你的室友長什麼樣子？」緊接的是哄堂大笑。

「因爲……那時候他不在我們房間，我還沒看到他就自己先過來了……」

「大家新生彼此不熟的，都是從室友先認識起……你一個開學才來的學生，居然連室友也不等——看來，你還要再加油喔。」

「……」我眞的不知道要回答什麼，看來我好像眞的做錯了什麼……

「算了……你們的金銀珠寶、翡翠瑪瑙，看來今天是無法團圓了。」眼鏡阿姨有點惋惜的表情，講著我聽不懂的句子。台下的同學們聽了彷彿很興奮似的，有些騷動。

「什麼金銀珠寶、翡翠瑪瑙？」

「我看你還是先跟大家自我介紹吧，」眼鏡阿姨：「台下亂哄哄的感覺也不適合上課，不如先換個話題讓大家暫時集中精神一下好了……哈囉！大家注意一下！」

「尹炬詳還沒來喔？」原來，所謂的金銀珠寶、翡翠瑪瑙，就是迎新晚會時學長姊幫幾個比較出風頭的新生所取的綽號，而這幾個綽號大多跟他們的姓名有關，合著念起來很華麗貴氣——也有人說取這些綽號彷彿在幫系上注入一股強大力量的新血，可以壯大經濟。老實說我很佩服到底是誰想出這些點子，因爲如果是我的話我完全沒辦法。

跟我講話的人是朱偉，他是金銀珠寶裡的「珠」。爲什麼他會出風頭？因爲他的高中母校位於南海路：據說新生輔導大家上台自我介紹的時候，一聽到「建國中學」四個字，所有人都肅然起敬，連學長姊也說這是他們學生生涯裡第一次碰到建中——有學姊還感動到忘情去摸他的手，讓他不知所措。

其實我們學校並不差，在全國的排名裡也算有頭有臉，只是像朱偉這種高中讀建中的天之驕子，還眞的不是說遇到就能遇到：除非他有個人原因，或者是「滑鐵盧」。

滑鐵盧：西元一八一五年六月十八日，拿破崙在布魯塞爾南部的滑鐵盧吃了個大敗仗，企圖二度崛起但又再次戰敗的一代英雄就此走下神壇；今年寒假學測沒考好的朱偉，暑假的指定科目考試再度「放槍」——我們問他是否是他高中時玩得太爽——而他則一再地強調他只是滑鐵盧，他只是放槍！

可能有種同是天涯淪落人的感覺，朱偉一直把我當作他的知己，頗有相知相惜、互相砥礪的企圖與意味。可他不知道的是，他是滑鐵盧，我並不是：我國中考高中的時候以爲我可以上建中可是卻沒有，儘管我高中的排名也還不錯，但我的心態卻從此開始一路走下坡，如滾雪球般越滾越大，到現在其實已經沒有什麼感覺——認眞說起來我高中時根本沒在讀書，結果居然還可以考到這所學校：我想與其說我賺到不如說這是老天爺在給我機會，我一定要好好珍惜才對。

朱偉跟我不一樣，他是眞正的高材生。從國小國中開始，他就一路兢兢業業，他的成果也都直接反映在升學考試與在校成績上面——今年考大學是朱偉人生中的第一次挫敗，所以他格外激昂、格外憤慨，不斷嚷著要考回理應屬於他的國立名校——本校的評價與學風，完全無法滿足他的雄心壯志。

看他如此勢在必行的樣子，我實在不好意思潑他的冷水，叫他從此和我一樣乖乖地待下來——面對天生比別人聰明但又比別人努力的朱偉，這種沒出息的話每當我想要開口的時候，卻總是卡在喉嚨裡怎麼也發不出聲。

「尹炬詳大概再過半個小時才會來吧！」

「我沒聽錯吧？下午三點的必修課欸！他昨天練團練得再晚也該起來了吧？難不成他還在睡？」

「他沒有在睡覺，他應該在逛校園。」

「你急什麼啊？你再怎麼趕時間、把自己搞得滿頭大汗，結果一樣是遲到。我寧可晚半個小時，很輕鬆、慢慢走，享受這美麗的校園風光跟午後。」稍早我趕著出門時，尹炬詳才在書堆之中找尋課本，一邊整理桌上的雜物，慢條斯理地講著。

「欸！來聊天啊歐鑑鏞！你不是跟大家不熟嗎？趕快來認識一下啊！」我們宿舍區的布置是獨立的幾棟二樓式建築，每棟下上各四個房間，有大眾的衛浴；外圍有走廊與步道，散落於各處的幾棟建築之間還有在二樓連接小天橋可供大家串門，中間則穿插有飲料機、理髮廳、晒衣場與洗衣間。

開學的第一天午後，我一個人在宿舍區的學生餐廳吃完午餐，想回到房間午睡，幾個經濟系大一的新生在小天橋上聊天，裡面的人之中我只認識馮亮和鄭禹喆，因爲不熟所以我就沒有打招呼，可是馮亮突然把我叫住，加上小天橋離我房間只有幾步的距離，所以我實在不好意思拒絕。

校方的安排其實不錯，鄰近幾棟的成員全都是經濟系新生。我一來個性比較內向二來與大家不熟，所以並沒有太多的發言大都默默地聽著；馮亮表現得很活躍，主導與引領著大家的話題和方向：大家都在交互談論著自己高中時的豐功偉績，還有入學這幾天的生活趣事。

突然馮亮大喊：「欸！尹炬詳！你跑哪去了？聽說你今天早上沒去上課，洗得香噴噴去跟 Myrna 約會嗎？」

「哇靠！你們進度這麼快喔！我今天晚上才要約蕭淑茗欸！怎麼才一個早上而已我就落後給你了？這

樣不行啦！」染了一頭金髮的謝軒跟蕭淑茗在中部迎新時就看對眼，學校迎新玩抽獎的時候，因爲以蕭淑茗的名字爲靈感抽中大獎，從此就把她當成了幸運女神。這不，春風得意的他，這時也跟著馮亮一起喊著。

「不過夜的約會我不約！」尹炬詳從學生餐廳的反方向、也就是往運動場和教堂的路上進到宿舍區的建築本體裡面——走上二樓，往小天橋的地方緩步而來。

該怎麼講呢，我第一眼見到尹炬詳以爲他是黑道；不過隨後仔細一想，黑道應該不會穿這樣子——看他的穿著打扮，我猜他應該是樂團主唱，也許是鼓手或是貝斯。

反正不管怎麼樣，我都沒想到他會是學生，不但是學生還是我同學，不但是我同學而且還是我的室友——哪有人頭髮留這麼長還戴墨鏡還留山羊鬍的？全身亮成這個樣子，大中午的你也想當太陽？

這些話我當然沒有說出口，也不敢說。只是呆呆地站在原地，看他朝我們走過來。

「你早上跟 Myrna 約會嗎？」馮亮問。

「就跟你說不過夜的約會我不約啊！不過我剛剛去花園餐廳買飯倒是有遇到她。」

「是遇到還是約到？」

「遇到！」聽到尹炬詳大聲強調，謝軒和馮亮立馬一聲噗哧。

「你今天早上去哪了？聽謝軒講，淑芬阿姨今天只沒有點到你。」鄭禹喆問。

「沒去哪裡啊！到男指室借鑰匙，看時間太晚了不想上課就去圖書館吹冷氣啊！」

「你鑰匙不見喔？」

「你女朋友才不見。你跟馮亮是哪個白癡把我鎖在門外面的？」

「什麼鎖在門外面？」隨著鄭禹喆和馮亮的眼光，所有人的注意力都轉向我。尹炬詳也是。我隱約覺得我好像大事不妙。

「你是歐鑑籲？今天早上來的嗎？」雖然墨鏡擋著，但我知道尹炬詳的眼睛，現在一定狠狠把我盯著。

「是啊。」

「你把我鎖在門外喔？」

「沒……沒有吧。」

「什麼沒有！難道男指室管理員那麼閒，沒事來鎖別人房間？」尹炬詳的突然暴怒，使所有人都安靜下來，除了我之外。

「我……我跑回車上拿行李，回來你已經出去……」

「我哪有出去？我出去會不鎖門，放別人闖進來嗎？」

「可是那時候宿舍沒有人……」

「當然沒有人！因爲我還在樓下盥洗！你知道我難得今天早起，運動流得滿頭大汗，想說還有一點時間跑去洗澡……然後只穿一條內褲跑到男指室嗎？」

「……你怎麼不帶鑰匙？」

「你洗澡會帶鑰匙嗎？馮亮和鄭禹喆沒跟你講我在樓下嗎？」

「我以爲你已經出門了……」

「就跟你講我出門會鎖門！你不確定是不會到樓下看一下喔？」

「……對不起……我沒想到……」

「幹！你這個低能兒！」暴怒完的尹炬詳長嘆了一聲。在場的所有人都哈哈大笑，除了我跟尹炬詳。

「尹炬詳！你只穿一條內褲跑到男指室喔？可惜宿舍沒有人，其實應該叫女生來看的……啊！對了……男指室跟學生餐廳周邊應該有女生吧！哈哈哈！我要跟大家講！」

本來以爲尹炬詳會找我算帳，想不到他人還滿好的，晚上還買了一堆零食請大家吃，當然也包括我。

「我叫歐鑑籲，請多多指教。」

「閉嘴！你這智障！」

後來我曾經偶然提起這件事，問他當初這麼生氣，怎麼就突然放過我？

「我沒有生氣啊！我只是覺得你很白癡而已。」

「……我記得我那時候看你就是一副隨時都會打人的樣子。」

「你給我聽好了白痴——如果我眞的不爽的話，我會趁你洗澡時把你的換洗衣物丟到女生宿舍然後把房門鎖起來；而且我還會堵人在男指室，讓你非得裸體去女生宿舍拿，連內褲都沒得穿——這樣你明白了嗎？」

「你……」

「我那時沒有這麼做，是因爲看你剛來，人生地不熟的，畏畏縮縮，一臉窮酸寂寞的鳥樣，有那麼一丁點可能不是故意，諒你也沒那個膽子！」

「……」

「安怎啦白癡？晚上哪裡吃？」

……眞是個俠骨柔腸又親民的黑道 rocker 啊……阿炬

這是我的同班室友，尹炬詳，金銀珠寶的「銀」！

2

淑芬阿姨是我們的微積分老師，除了微積分外也教授高年級的國際金融與國際貿易理論政策，同時也是我們的系主任——幾年前她的獨子在一場車禍中不幸喪生，痛失愛子的她沒有被中年的人生巨變所擊倒，反而把生活的重心轉移到了學校，不僅在學術研究的領域屢有創新，在校務行政等方面亦有相當好評——可以說是我們系上的招牌人物，甚至還有很多傳聞說總有一天她會成爲整個學院的第一把交椅，再持續這麼下去也只是時間早晚的問題。

聽說以前淑芬阿姨的脾氣很硬，但自從喪子之後她對人的態度大轉，變得非常和藹可親，不管是課堂或者生活上的問題，只要找她幫忙，她都會很樂意解決，好像在處理自己孩子的事情一樣——當然一開始的時候我們並不知道以上這些事情，只是覺得淑芬阿姨人很好；後來從學長姊那口耳相傳這些原委，加上自己的體會，我敢說系上對淑芬阿姨不尊敬的人幾乎不會超過三個。

爲什麼不會超過三個？這麼堅強的讓人佩服的淑芬阿姨，難道還會有人討厭她嗎？其實不是，是因爲事不過三、三人成虎，所以不會超過三個人的意思就是說人很少，幾乎沒有——我想如果阿炬聽到我的解釋一定會很佩服我的邏輯，不會像平常一樣一直罵我北七。

「喂！翁倩玉！你的小考考卷。考得還眞爛欸你。」詩羽學姊是經研所的學生，她從大一開始就在系上，一路念到了研究所，成績優異的她從以前就跟淑芬阿姨感情不錯，自從淑芬阿姨家裡出了事以後更常常陪淑芬阿姨聊天解悶，越走越近的兩人關係早已從師生昇華到彷彿母女，想當然爾她也順理成章地當上我們的微積分助教——與淑芬阿姨不同的是，她給人一種高高在上的感覺：淑芬阿姨是長輩、是教授，待我們卻像朋友和家人；詩羽學姊以年齡來說理應是我們的姊姊，待我們卻像老師和學生，儘管不是很兇，但其冷峻平穩的言語卻隱然讓人產生距離，偶爾還會對我們開些諷刺性質的玩笑——即使她的模樣很好看，可是對我們這些新來的小大一來說除了不敢造次以外，有時還眞的頗有那麼一點點反感。

「謝謝學姊。」

「你室友人呢？」

「還沒來。」

「他到底想不想來啊？每次都遲到，是想吸引我注意嗎？」

「我不想來啊！可是我還是來了。我不想吸引妳注意，可是我還是吸引到了，眞是對不起。」講著講著我的室友就來了。

「誰被你吸引啊？你看你那什麼態度？」其實詩羽學姊跟阿炬碰面的機會應該不多，因爲阿炬通常都會遲到，偶爾還會蹺課。可是每次碰面，她都會很受不了阿炬那種滿不在乎的態度因而情緒化。

「我只是說事實而已。我雖然不想來但我還是會來，就像妳不想理我但妳卻一直跟我講話。」阿炬從詩羽學姊手中拿過考卷之後居然直接轉身走向門口，詩羽學姊見了立即大聲把他叫住。

「尹炬詳你幹嘛？」

「我要回宿舍睡覺。」

「你知道我們要檢討考卷嗎？你考一百分是不是？」

「沒有，我考六十。我知道我錯在哪裡，不用檢討。」

「知道還會考六十，你騙誰？你走了我記你曠課扣你平常成績喔。」

尹炬詳面無表情地看著倪詩羽，低聲講了句「喔」，然後走出教室——留下了哄堂大笑的同學、滿臉錯愕的我以及到現在還在失態中的詩羽學姊——最後那堂助教課到底檢討了哪些題目我也忘了，只記得回宿舍之後阿炬跟我講了一句話：

「根本懶得理她，硬要在那裡裝模作樣。妳想擺威風我就偏要讓妳漏風，看妳是有多威風！」不管阿炬是有個性還是幼稚，總之他在大家眼裡的形象，就是個存在感極高、很高調的人物，跟我恰好相反。

「你爸媽是不是很喜歡翁倩玉？」林葳婷是我的同班同學，她一邊講還一邊偷偷把她的手機拿給我：「你可不可以幫我偷拍一張你跟尹炬詳的合照啊？不要跟他講喔。」看來我的室友酷歸酷，其實還頗受歡迎的。

「喔，好啊，沒問題。我等下拍完中堂休息還妳。」有了之前令人臉紅的遲到經驗，我現在都在上課前半小時就提早出門，所以到教室時通常也都還有一點時間，今天剛好遇到李汕蓉跟林葳婷——其實我跟她們也不熟，可是現在教室沒有人，爲了避免尷尬，我總得講點話。我突然發現阿炬眞是個好室友，就算他不在你身邊，當別人知道你是他室友的時候，你們馬上就會因爲有許多共同的話題而變得熟悉。

「所以你爸媽眞的喜歡翁倩玉囉？」有著一雙修長美腿的李汕蓉是林葳婷的室友。她跟身材嬌小的林葳婷站在一起很像年輕媽媽帶著女兒，讓人印象深刻。

「是啊，其實還不錯啦，我小時候也有跟他們看《愛的天地》的重播。」

「該不會你爸媽眞的以翁倩玉的諧音幫你取名字吧？」林葳婷笑起來有些靦腆。就跟她的外表一樣，是個害羞的小女生。

「不、不、不。是殷鑑不遠的鑑，呼籲的籲。在此呼籲大家不要搞錯了，要引以爲鑑。」有時候有些話就是不經思索，講一講就會覺得很順口。聽到我說的話以後，兩個女生突然大笑了起來，而我卻一頭霧水。

「你跟尹炬詳講得好像喔，眞不愧是室友欸。他說他是尹先生提了把火炬，在黑夜裡照亮大家——如此一來引經據典才會很詳細。」

「那他有沒有說，他這個尹先生一定很不認眞，引經據典還要翻課本，都沒記在腦子？」

「他滿腦子應該只有樂團吧，哈哈哈！」

「當初他們幹嘛給你取個翁倩玉的綽號？你是男生欸！」

「我有什麼辦法，當時淑芬阿姨聽錯，順口講了一句『翁倩玉？』從你們的哄堂大笑開始，從此我就變成翁倩玉了。你們當時不是也在場嗎？」

「對……我想起來了！哈哈哈！你好好笑喔！翁倩玉！」

「很誇張欸……本來我剛進教室的時候她明明還說對我的名字，結果後來我一開始自我介紹她馬上就聽錯……」

「淑芬阿姨是在跟你開玩笑好嗎？她那麼厲害哪這麼容易就會忘記……」

「欸！來喔……抽學伴囉！千萬不要說我謝軒當公關都在自肥沒有照顧你們嘿！」消夜吃到一半聽到有人大聲嚷嚷，結果才剛把頭轉向門邊就看到一臉洋洋得意的謝軒。

「我把法律系的女生通訊錄拿來了。」謝軒從口袋裡拿出一團像絲一樣的紙條：「為了公平起見，我把每個人的 MSN 都剪下來了，你們看我多細心──喏！一人一條，不要貪心，好壞全憑運氣。」

「你確定你沒有先把每個人的 MSN 都先看一遍，順便查個無名，等你們幾個兄弟整理好、去蕪存菁以後才拿過來嗎？」阿炬拔起耳機，從床上悠悠晃起。

「唉唷！你這樣講就太傷感情了，阿炬。你就是我的好兄弟不是嗎──如果我知道有什麼好康的話我一定第一個拿給你啊！」

「你人這麼好啊，軒軒？」阿炬走到我的位子旁邊，順手拿起一片零嘴：「那下次我們就一起研究囉？」

「OK 啊……欸，等一下，不行啦！如果蕭淑茗知道的話我就慘了。你如果有興趣的話下次可以找胡博靖一起──他對這種事情超專業、動作超快的！」

「所以那個鴨嘴色火龍今天整個下午都在挑？難怪我們密他，問他要不要一起連線都不回──還有軒你都不用我套話就自己把祕密講出來，以後是要怎麼當公關啊？」

「啊……我……我沒有啦，真的。我只有把通訊錄借給胡博靖而已，我沒有查她們無名……你們不要跟蕭淑茗講啦，拜託！我多給你們幾個學伴。」

「不要了啦！都挑剩的，給再多也還是剩菜啊。你當我很餓就對了？」

「……那翁倩玉你要嗎？」

「翁倩玉是女生啦！他才不需要什麼學伴！演戲跟唱歌都來不及了他哪有時間？」

「我其實滿想抽的……」聽阿炬講那麼絕情，我的手伸了一半又停下來，好像有點猶豫，可是又捨不得。

「要抽就拿啊！白癡！叫你不要抽你就不抽，那叫你不要鎖門你為什麼要鎖？低能！」阿炬搶到我的前頭，一口氣拿走了兩條。

「好好喔！我也想抽學伴耶！」

「姓馮的你羨慕什麼？你乖乖打你的球、玩你的 LIVE 就好啦！你看李承梵跟蕭裕弘多健康，連跟學伴的室友去唱歌都穿運動服，還不忘帶新籃球。」

「那是因為他們喜歡在球場等學伴，等遇到以後直接轉移陣地去別的地方運動好嗎……」每當馮亮覺得無可奈何的時候，不知道為什麼他的背看起來都會有些駝。

「禹喆怎麼都不講話？」

「禹喆不用講話啊，他愛他的女朋友愛得要死，怎麼可以背叛她跟別的女生聊天呢……呵呵。」

「阿炬你別挖苦我了……」背對大家的禹喆轉過身來，臉上表情充滿哀怨，電腦螢幕還停在女朋友的無名小站：「我今天還沒幫我女朋友灌水欸！」

「我要到了！我要到了！爽死我了啦！萬歲！」魯芢廷突然從隔壁的房間跑了進來，欣喜若狂。

「你要到什麼？」馮亮問。

「我早上一起打掃的掃友啊。她好正喔！我鼓起勇氣好不容易才跟她要到 MSN……」

「你是怎麼講的？」

「我跟她說：『我覺得妳很漂亮，請問可以跟妳做朋友嗎？』，然後就跟她要了 MSN。」魯芢廷興奮地左搖右擺、原地轉圈：「她真的好正，白白的皮膚、長長的秀髮，還有小櫻桃紅唇——我今天晚上一定睡不著。」

「有個人也睡不著，他應該會陪你到天亮。」陳瑋良頭還戴著安全帽，把房間的紗門打開。

「又哪個精蟲衝腦的睡不著？」阿炬一邊敲打著鍵盤，頭也沒回地問。

「我們寢的那個張盛元。」

「什麼？那個有夠奇怪的張盛元？」大家都不約而同地驚呼起來——張盛元有多奇怪？其實據我的了解也普普通通，就只是講話比較急、比較大聲，會在廁所削水果吃（因爲可以洗手）、會在洗衣間烤肉或煮小火鍋（因爲比較不會有人來跟他搶食物）。其實大家也未免有點太反應過度。

「我們寢的那個張盛元，剛剛跟胡博靖在查通訊錄，也跟他要了幾個學伴，結果唯一加他的那個女生跟他聊沒兩句就說要去睡覺掛『離開』，」

「很正確的行爲啊！然後呢？該不會被發了睡覺卡就眞的失眠睡不著吧？心靈這麼脆弱，跟被殺一次就中離的禹喆有什麼兩樣？」

「那是因爲我女朋友打給我，要我回她MSN！」禹喆大聲抗議。

「張盛元是傻了搞不清楚狀況嗎？女生發睡覺卡的意思就是說她想跟別人睡覺，叫他不要吵要安靜。」

「我覺得他應該是回說要一起睡什麼的，然後被封鎖。」

「不是。」陳瑋良把安全帽夾在腋下，然後說：「他回了一句『晚安』，然後就開始等學伴回他『晚安』。我剛剛在房間看他等了兩個小時，一動也不動就坐在電腦前面，嘴裡還念念有詞：『怎麼還不跟我晚安啊？』。後來我出門買消夜送學伴，剛剛幾分鐘前他又打給我，叫我幫他外帶一份——因爲他還在等！

他平常過的是那種早睡早起的老人生活，你們看現在都幾點了？我覺得他根本有病！」

「幹！他到底是怎麼考上的啊？是靠每天請閱卷老師吃他在廁所削的水果加分……還是因爲他照三餐幫校長在洗衣間又烤肉又煮小火鍋所以直接保送啊？」

此前我還覺得魯芒廷不知道在想啥，現在我突然覺得他很正常。

再回頭看了看寢室裡這些互相嘲笑的烏龜跟鱉——咦？我的老天爺？請問這裡是木柵動物園，還是頑皮世界？

講白了都是學伴的問題，就說紅顏禍水，學伴禍水，男女換 MSN 禍水。當初到底是哪個白癡留下來的無聊傳統說要抽學伴？根本就是一群神經病在庸人自擾、沒事找事！

講到學伴，我的學伴從我加她到現在已經一個禮拜了居然還沒有上線——她到底是在忙什麼事情啦？幹！

3

「原來你沒有玩樂團？」

「我從來都沒有說過我玩樂團，一直以來。」

坐在草地上的是尹炬詳跟賴詠櫺，酷哥跟帥妹在外型上很登對，然而此時的兩人就跟分隔島上的小樹一樣，任你車水馬龍、熙來攘往，哪怕就在你身邊——也絕不會有人停下來看他們一眼。正所謂大隱隱於草地，舉世而獨立。

好啦，因爲大家的視線與焦點，都集中在不遠前方的PU場上，來回飛奔、汗水淋漓的那十個人。

「你覺得我們會贏嗎？」朱偉問。

「很難講欸，目前都差不多。」

「我們會贏的啦，因爲我們有龍兒啊。」謝屨逢是A班的班代，是個古道熱腸、也熱愛與人聊天的人。相對於阿炬、謝軒，我們跟他並沒有很熟。

「你們知道龍兒有個傳說嗎？」看到我跟朱偉的表情，謝屨逢似乎有點得意地接著說：

「聽說他高一一進學校的時候就單挑打掉了高三的學長欸。」

「那又怎麼樣？除非你是初學者，否則只要稍微厲害一點的，球技根本不分年齡輩分啊。」

「這不是重點，」謝屢逢故作神祕地表示：「你們知道比分是幾比幾嗎？」

「幾比幾？一百比零嗎？」朱偉講話時，偶爾會帶有點高材生見多識廣、睥睨四周的自信與傲氣，尤其當他對話題沒有興趣，或者是不耐煩時。

「你怎麼知道？差不多就這個意思。」謝屢逢好像沒有聽出朱偉的語氣，緊接著繼續說著：

「打六分爲一個回合，七戰四勝。結果那個學長，剛剛忘了講他是校隊隊長，打了三個回合就打不下去——直落三，全都是六比零——當他看到龍兒的車尾燈時，龍兒已經完成了一個上籃動作，球進以後他直接坐在地板放聲大哭。」

「你這也太扯了，哪有這麼神？他又不是 Kobe。」聽謝屢逢講自己班的同學講得活靈活現，我忍不住插嘴。

「是眞的還扯的你們自己看比賽就明白了。我想那是因爲你們沒有跟他打過球。」謝屢逢說：

「等著看吧。哥不會騙你們。」

「你們三個在那邊聊什麼啊？」新生盃的風好大，把李汕蓉跟林葳婷也吹來。

「我們在看籃球比賽啊，不知道幾比幾了。」謝屢逢轉過去的時候突然大叫一聲：

「靠！有人受傷了！」

「醫生說只是輕微腦震盪，應該沒有問題。」

「那些傢伙太壞了。打球還是打人？」

「講什麼非法掩護？明明是他們在幹拐子，還故意撞人後腦。」

「是不是故意的其實很難判定啦，可是當時的情況眞的很嚴重，場面超亂的……不知道會不會停止比賽改日再戰，或者直接喪失資格？」

「我想應該不至於那麼嚴重，兩邊都有人衝出來擋，應該不會再繼續惡化。」

「重點這裡是醫務室，請你們安靜一點好嗎？」

「我看我跟翁倩玉還是先去買幾瓶水過來好了。你們其他人也出去啦，這裡交給禹喆就好……禹喆，等馮亮醒過來馬上打電話跟我說喔！」

「OK！阿炬，」禹喆輕聲地說：「等一下如果有什麼情況的話，護理師也在這裡……所以你們不用擔心。」

「不知道比賽怎麼樣了？」出了便利商店之後我問阿炬。

「管他的，等一下就會知道結果。」

「你們不用擔心啦！阿炬、翁倩玉，資管系就算人多也沒用。」賴詠櫺跟我們走在一起，接著我們的話題：

「龍的兒子只有一個，而且就在我們經濟系。」

虎落平陽，龍困淺灘。困龍的淺灘就是這個PU場地。

「你們覺得那兩個傢伙是故意的嗎？挑釁？」馮亮指著對面的十一號與十二號：「有沒有發現他們一直針對龍兒？」

「怎麼沒有？」

每當資管系得分之後，身形壯碩的十一號與十二號回防經過的時候都會用手軸把金隆笙頂開，或者直接推開——動作很大，可是很自然。防守的時候，只要金隆笙一進到油漆區，包夾之後的各種推、拖、拉、扯，更是沒有客氣。然而裁判卻好像瞎了眼一樣，理都不理。

暫停之後蕭裕弘建議直接換防守隊型，由他和李承梵來盯對面的十一號跟十二號：「如果那兩個敢亂來，看我們兄弟會不會把他們打死？」

「千萬不可以衝動，」金隆笙：「現在比分咬得很緊，我們不能自己亂掉。如果我們被趕出場，會辜負經濟系的大家對我們的期望。」

「你放心啦，還有我罩著！」李承梵打斷：「這裡是我的地盤，那兩個傢伙敢在太歲頭上動土的話，看我會不會扁他們？」

「你是我們的得分主力，龍兒，」胡博靖接著講：「只要你正常發揮的話我們穩贏，我想他們一定也看出來了，所以才故意一直弄你，想要惹你生氣。」

「我覺得你們現在比我還氣，」金隆笙拍了拍李承梵和蕭裕弘：「不要擔心，我沒問題。」

沒有辜負眾望，金隆笙連眼都沒眨就已經切入籃下，但他還沒跳起來時就看到眼前竄出兩道黑影，是十一號與十二號！

想傳球，可是來不及。金隆笙被撞倒以後對方直接快攻取得兩分，十一號與十二號在金隆笙爬起來時又頂了他一下——所有的動作就發生在短短的幾秒鐘以內，一氣呵成。

「好啊，你們真的要這樣玩是不是？」李承梵大吼一聲。

「你這樣子沒有用。」馮亮拉開李承梵和蕭裕弘，在他們耳邊悄悄說了一句：「你們等一下把人帶過來，掩護的時候我們比照辦理，給他們一點教訓。這樣的牽制也可以讓龍兒減輕一點壓力。」

胡博靖把球傳給金隆笙，對面的十一號與十二號不約而同往前逼近，金隆笙這次沒有猶豫，直接把球傳給蕭裕弘。此時馮亮朝蕭裕弘走過去站定，做出一個擋人動作。

防守蕭裕弘的六號與馮亮糾纏一起，蕭裕弘眼前的籃框就像海洋，他果斷地跳投出手——命中！此時裁判的哨音並沒有響起。

「原來要這樣子玩啊，早說，這我最會了。」李承梵回防時對十二號嘖了一句。

資管系的三分沒有命中，金隆笙接到籃板球直接往前長傳，但被撥出界外。

「哼！」對面的九號看起來是靈魂人物，對場上的其他球員輕聲耳語。現在是李承梵運球，馮亮就在不遠的前面，兩人的眼神一個交流就知道要做什麼。

防守李承梵的四號沒意外又被馮亮纏住，負責防守馮亮的九號自己沒有跟李承梵，反而揮舞雙手指示隊友補位，他的手軸突然無預警地敲到馮亮後腦——隨著馮亮的應聲倒地，裁判的哨音終於響起。

「什麼？非法掩護？你有沒有看到九號打人？你會吹不會吹？」怒不可遏的李承梵向裁判發出怒吼，換來了一支技術犯規。

「你他媽的給我講清楚，不要太過分了。」胡博靖和蕭裕弘對著九號走過去，大聲地叫喊。

「我要講清楚什麼？」九號舉起雙手，一臉無辜的表情。

「你別跟我裝傻，你知道你在幹嘛。」

「我當然知道我在幹嘛。我在指揮防守，好對付你們的非法掩護跟纏人小動作！」

「你是說我們髒就對了？你們又多乾淨？根本從頭到尾都你們在打人！」兩旁系上在觀戰的同學們已經衝到場上，擋在幾個球員之間擠成一團。這時尹炬祥、歐鑑籲、鄭禹喆等人已經把馮亮扶起來，揹著他離開球場。

「是男人就用比分打回來，別計較那些小事，別婆婆媽媽的。」金隆笙的情緒似乎不受影響，話也說得很淡定。「你們等一下都把人引開。謝軒！你下來，我們需要你！」

回到場上，比賽繼續進行。蕭裕弘把球傳給金隆笙以後就跟李承梵分別站在兩個底角的三分線，謝軒跟胡博靖也拉開空間。

「你們欺負我沒關係。欺負我的隊友，我就欺負你。」金隆笙一個假動作把人晃開，直接拔起來投籃命中。

「防守是最重要的！我們全場壓迫！能斷一球是一球！」在回防的時候金隆笙大聲吆喝。

「全場壓迫？那要看你們體力夠不夠！」九號球員冷笑兩聲。

資管系的四號突然發生失誤，胡博靖抄到球以後傳給無人看管的金隆笙，金隆笙一個簡單的上籃又拿到兩分。

「去你的！」

一開始大家還沒搞清楚怎麼經濟系的體力突然變得這麼充沛，但當大家發現他們的進攻打法以後，才了解每個回合的進攻，對經濟系的其他球員來說都是休息時間——隨著金隆笙一次次的單打成功，答案越來越明顯——他們把體力全都放在防守；進攻時就是拉開空間，然後全部看金隆笙表演。

「我要一球一球，打破你們的信心，打爆你們這些下流的髒東西。」金隆笙面對十一號已經連續進了三球：「你們儘管夾擊我好了，我的隊友在旁邊都已經快睡著了——」金隆笙話沒講完又是一個轉身，面對補防的十二號直接傳給謝軒一個助攻，那是一記長距離的兩分球。

也許是防守太累人，蕭裕弘放了一個空檔給對方六號，後者輕鬆投進三分球。

「沒有關係各位，盡全力防守！」金隆笙拍了拍蕭裕弘的屁股：「離終場沒剩多少時間，我們守一球是一球！盡全力拚，剩下的交給我。」

無意外地，資管系的九號親自來守金隆笙：「你眞的那麼有自信？」

「沒有錯，我就是這麼自信。我有自信可以把你們打回原形——你們的原形就是一群無賴，只會打髒球、靠小動作，要論球技的話你們根本沒有。」金隆笙接著講：「我會讓你們知道，你們根本不會打球。」

「你們欺負我沒關係。欺負我的隊友，我就欺負你。」

從馮亮下場之後，金隆笙已經投進了九球，對方只進了四球——有三球奪框而出，兩次被抄截。這時距離終場已經不到一分鐘，勝負早已底定，兩邊卻似乎都想打到底，沒有換人的意思。

「你都已經被我電成這個樣子了，難道還不考慮換人？」儘管勝券在握，金隆笙仍沒有打算放手：「你們換人來也沒用。你很清楚，你們沒有人守得住我——當你們打我隊友的時候，你們就該意識到自己會被羞辱，因爲是你們自己先羞辱了自己。」

「他人就在我旁邊……我的手又沒長眼睛。」面對似是而非的辯解，金隆笙不爲所動：「別跟我說你不是故意的！你們欺負我沒關係。欺負我的隊友，我就欺負你！」

連綿不斷的進球與教訓意味濃厚的言語，讓九號球員徹底失去理智：「我說什麼也不能再讓你投進！」騰空跳起來直接朝金隆笙撲過去——儘管那只是一個逼眞的假動作！

金隆笙快速地運球切入，籃下面對十一號與十二號的防守突然一個急停後仰跳投——隨著球空心入網的唰聲與終場哨音同時響起，坐倒在地的他雙拳緊握，然後吐了一口長氣。

全身癱軟的金隆笙躺在PU球場上看著天空，耳邊環繞的全是歡呼的聲音！

4

面對家人的問候與關心，你可以選擇置之不理，然而就算沒有聽到心裡，也一定會聽到耳裡；可能不爽的時候可以故意賴在家裡睡覺不去學校，或者蹺課到外面玩個幾天——可是不管你再怎麼放蕩不羈，在我們高中的時候「家」就是呼之即來、揮之不去的守護天使，總是永遠在你身邊守護著你。

與高中不同的是，離開了生活十八年的熟悉環境，剛上大學的我們在離家前夕以及初來乍到時，也許多少總會有種默默的無助與淡淡的鄉愁，然而過了幾天以後，就是任你雲遊四海、上天下地，翱翔於宇宙邊際，再也不會有人在你耳邊碎碎念，再也不會有人管你——就算偶爾接到家裡電話，也是「喂？我正在忙！」或者「你說什麼？我聽不到！這裡風好大。」打發。總之上了大學以後，就是完全以自我爲中心，什麼事都自己作主。課堂前後，有許多的好同學伴隨；回到宿舍，更有虎視眈眈的「損友」，等著一起連線，好好地廝殺與纏鬥——生活中所有大小事，一切但隨興之所至，無憂無慮。好多的奇人奇事也從這裡開始。

「尹麥可自己在前面 solo 不跟我們配嗎？」

「當然啊！他是尹麥可欸！在前面先開場幫我們吸引大家注意啊！」

「也是啦，他舞跳得眞的很棒。尤其是那個超帥的月球漫步！」

「當然啊，不然怎麼叫尹麥可呢？」自從上個禮拜系露營之後，我的好室友阿炬就因爲在晚會上模仿

Michael Jackson 的即興舞蹈，被大家叫作「尹麥可」一砲而紅。令人意外的是，他的打扮明明像歌手，結果表演起來竟然是一名舞者，以某種程度來講的話其實還滿令人迷惑的。

我個人是不在乎這種小事，畢竟剛跟他認識的第一天我就已經被他震撼過了，倒是他敢作敢爲的各種極端表現讓我對他很是佩服；這次他拉我來參加啦啦隊比賽的團練我有點意外，畢竟跳啦啦隊看起來不像他的 style。結果到這裡以後我發現人居然還挺多的，也難怪阿炬會找我來一起湊湊熱鬧。

「眞不好意思，委屈妳要跟我一組了。」

「什麼意思？」一看到我在 MSN 上面的狀態：「我要跟尹阿炬一起參加啦啦隊比賽」，林葳婷二話不說馬上自動報名參加，還把她的高挑室友李汕蓉也一起帶來——也是，小女生嘛！畢竟怕沒有伴。也難怪她一看到阿炬被學長姊挑走，馬上就搶著要跟我一組。

「妳不是聽我說阿炬要跟我一起來，所以才決定來的嗎？結果妳被分配到跟我一組，阿炬自己去跳 solo，眞可惜啊！哈哈！」

「欸！哪有！你不要亂講啦，白癡！」

「我哪裡亂講？妳看妳都臉紅了。好啦！看在我們還算有點交情，我等一下去問學長姊，看可不可以把妳調到前面跟他一組好了，哈哈哈！」

「我是被你氣到臉紅的啦！你真的是……白癡！」

「麥可現在整個如日中天欸，你的壓力會不會很大啊，翁倩玉？」謝廈逢在中場休息的時候，湊過來我身邊問我。

「完全不會啊！拜託，」我指著遠方還在跟學長姊喬舞步的阿炬：「你看他到現在都還沒得休息欸……每天中午還要跟學長去練舉旗，難怪他每天都睡到十二點……早掃的小組長一定快被他氣死了。」

「但是他這樣很紅啊！大家都在討論他欸……連別系的都在傳我們經濟系有個很會跳舞又超屌超酷的麥可……你不覺得大學就是要這樣嗎？」聽幾個A班的同學講說，謝廈逢在他們班上，也是超熱血超 high 的一個，我想阿炬一定跟他很合。

「但也不是每個人都可以跟他一樣啊，」我說：「要我在那麼多人面前表演還神態自若，我真的沒辦法。我還是默默地、靜靜的這樣就好了。」

「都來參加啦啦隊了就是要 high 啊，怎麼可以默默！」謝廈逢站起來，拍拍我的肩膀：「對了，你們抬舉的部分練得怎麼樣？」

「OK啊！她還滿輕的，我們幾乎都一次到位。而且要是我們一直NG的話，我一直摸她的腰她一定會不爽，搞不好到時候還叫阿炬找我算帳哩，哈哈哈！」

「你很煩欸！翁倩玉！」

有人說大學的生活就是一整年的戀愛季節，我覺得這句話眞是說得一點也沒錯。才短短的幾個禮拜而已，大家都開始相愛——就連我們經濟系的麥可尹阿炬，自從系露營回來以後，就開始跟他之前很看不順眼的沈郁薇，每個晚上都在那裡等登登。

「我在此跟你們鄭重聲明，我跟沈郁薇沒有曖昧。」阿炬講得煞有其事，儘管我們都不相信。

「我一開始以爲是 Myrna，後來發現她跟龍兒是一對。現在想想，其實應該是沈郁薇才對。」馮亮對於自己毫無邏輯可言的推理，一向是頗具自信，雖然我們都不知道他是以什麼來建構的邏輯、如何進行的推理、以及哪裡來的自信。

「所以等哪天你發現你跟沈郁薇是一對的時候，你才會相信我？」阿炬作勢敲馮亮的頭：「新生盃都打完多久了，你的腦震盪應該早就好了啊……還是你正常的時候就是這樣？」

「沈郁薇太漂亮了，我可不敢。」在這個寢室裡面，馮亮最喜歡找阿炬說話。當他們聊很多話題的同時，往往都會達成共識。

「金銀珠寶、翡翠瑪瑙本來就是一家人。你們金銀珠寶的前面兩個配翡翠瑪瑙豈不是天作之合、親親熱熱？正所謂親上加親、熱上加熱。」

「你從哪學來這些不三不四的繞口令的？」

馮亮講的其實也不無道理，自從系露營以後沈郁薇和阿炬就變得很熟；而邵雨燕與龍兒在一起的消息，我也是在系露營的時候，才從與其他人的聊天裡得知。

沈郁薇的綽號是「翡翠」，她是一個頂著濃妝的大正妹。她的綽號由來是她永遠都打扮得像個公主，而且她的脖子上，永遠都會掛著一條名貴的翡翠項鍊。有人問她這麼招搖難道不怕？她總三緘其口，只說那是爸爸送的。其實除了幾個跟她比較熟的人以外，她幾乎不太跟別人講話，總是冰冷冷的。

儘管她不太跟別人講話，可是看得出來，她在校外的事業一定很大——因爲不管是什麼場合，她的手機幾乎沒有停過。與尹炬詳不同的是，阿炬雖然很酷，可是我們在宿舍與其他場合都見識過他的爲人，而沈郁薇則總是給人一種神祕的感覺。在系露營以前，阿炬也常跟我講他覺得沈郁薇很難親近，「不知道在假掰啥」；要不是怕被他打，我其實很想回他「跟你簡直是金童玉女」。

可是不知道爲什麼，自從系露營回來以後，沈郁薇看到阿炬都會很親切地打招呼，甚至到了半夜一兩點也還不睡，整個晚上一直等登登聊 MSN。

我問過阿炬他倆到底有沒有曖昧，阿炬的回答永遠只是：「她其實不像外表看起來的那樣，她的笑點很低也很好相處——而且有時候還會有點幼稚，有點花癡。」

「那你幹嘛要整個晚上一直跟她 MSN？」

「她自己密我的啊！反正我也無聊，就跟她打打嘴砲、練練打字而已，你們不信的話要不要看對話紀錄？」

可是我想，並不是每個人都可以看到沈郁薇不冰冷的一面，所以我始終相信馮亮的觀點——他們兩人一定有什麼不爲人知的關係。

邵雨燕的英文名字是 Myrna，因爲唸起來音很近，所以我們都叫她「瑪瑙」。與沈郁薇大不相同的是，邵雨燕的個性開朗活潑，而且她的美屬於自然派、天生麗質的那種——尤其是一雙水汪汪的大眼睛與那豐滿性感的嘴唇，簡直羨煞旁人。可能因爲她是混血兒的關係，所以她的五官很明顯，輪廓也較深。

我對邵雨燕最初的印象是：之前有一次我要去車棚牽車，剛好她在找停車位，所以我就把我的停車格讓給了她——長這麼大第一次看到騎重機的女生，我當場就被嚇到。同時她的好朋友賴詠檑也是個有個性的帥妹——雖然頭髮比很多男生短（當然也包括阿炬），可是卻難掩一種另類的女性風采。

自從上回新生盃以後，力挽狂瀾的金隆笙對邵雨燕展開強烈追求，後來甚至還引發了與校隊學長的爭奪，一場轟轟烈烈的愛情電影就此展開，其內容實在扣人心弦，讓所有人看了以後神馳目眩。

但此時，眾人的目光正被鮑光翟所深深吸引。

鮑光翟祖籍來自江蘇，他的爺爺是抗戰時期的老兵，於一九四九年隨國民政府遷台，由於他的姓氏比較特別，所以早在學期開始之前，很快地就已經得到大家注意。外表斯文的他喜歡自彈自唱，如果以形象來講的話，他的存在就像早晨和煦的陽光，隨和且帶給人溫暖與希望；然而有時隱約吐露出的滄桑感卻也和晚霞一樣，美好但即將消逝。總之充滿文藝氣息的鮑光翟，在許多人的眼中就是個完美情人——溫柔多情、才華洋溢。他的一切看起來是那麼的浪漫與美好，讓人對他充滿想像。他是金銀珠寶中的「寶」。

豈止是一塊寶，簡直就像上天的禮物，要送給天底下所有孤單、寂寞、缺乏溫暖與關心的人。

「麻煩給我一份奶油藍帶豬排起司焗烤飯，外帶。」

「好的，一共是六十五元。」女孩的聲音很輕。

晚上九點四十五分的學生餐廳已經接近打烊，只剩下一對男女。

這個男生每天晚上的九點三十分都會來外帶一份奶油藍帶豬排起司焗烤飯，可是他今天爲什麼會遲到？女孩的心裡不斷猜想——是有事情耽擱了？還是約會完依依不捨？或者……今天人比較多，所以他故意等大家走了以後才過來呢？

「找你的零錢，一共是三十五元。」女孩的笑容有點僵硬，但還是很甜美。

「已經沒有客人了，妳的態度還是一樣認眞。」

「嗯。因爲我尊重每一位客人。」

「他們用有色的眼光看妳，有些還語帶挑逗，妳能忍下來眞是辛苦妳了。」

「工作不就是這個樣子嗎？不管遇到什麼樣的客人，都要以親切的態度服務，這是我的原則。」儘管女孩化了煙燻妝，但仍難以掩飾妝下的寂寥與落寞。

「妳已經笑了一整天了。妳現在可以放輕鬆一點了，不用一直對我笑。」

「好的。你的奶油藍帶豬排起司焗烤飯好囉。」

「謝謝。我可以在這裡吃嗎？」

「可以呀，反正已經打烊了，你可以慢慢吃，沒有人會來跟你搶位子。」

男孩默默地吃著。兩人都沒有講話。突然男孩拿出了一袋東西。

「妳有吃晚餐嗎？這是我剛剛買的雞蛋糕，給妳。祝妳每天都有滿滿的活力。」

「……你怎麼知道我喜歡雞蛋糕呢？」女孩有點訝異，可是也有點開心，因爲她自從中午以後，就沒有再吃過任何東西。

「因爲店裡沒客人的時候，妳偶爾會偷吃；所以我就想妳一定會喜歡這個。」

「……所以你今天是因爲買雞蛋糕，才晚了十五分鐘嗎？」女孩問。

「是啊！原來妳有注意到我。因爲我常常要陪小朋友唱歌，所以才每次都比較晚來。」
「你陪小朋友唱歌？」
「是啊，在附近的家扶中心。我和幾個朋友都很常去那裡。」
「你好有愛心喔……眞羨慕那些小朋友。」
「怎麼了嗎？妳是不是有什麼不開心的事？」從男孩的表情看來，他對女孩似乎很關心。
「因爲我很累啊。家裡有經濟壓力，所以我很認眞打工賺錢。可是我什麼都不會，所以只好先來這邊。」
「妳這樣子有時間休息或者跟朋友出去嗎？」
「沒有耶，因爲我每天都工作到很晚……其實這樣還好啦，反正我本來就沒什麼朋友……」
「跟系上的同學也不熟嗎？」
「是啊！因爲我很少上課，白天也幾乎都在上班。」
「妳這樣應該很寂寞吧？」
「嗯……有時候……」
兩人又沉默了起來。男孩一邊吃晚餐，一邊看著小口吃著雞蛋糕的女孩。

「如果妳不介意的話，我可以每天送雞蛋糕給妳吃。」
「不用啦，你每天來陪我聊天就可以了。」
「所以妳願意跟我交朋友嗎？」

女孩噗哧一聲，點了點頭，甜美的表情略帶有些嬌羞：「是啊！希望你不要嫌棄我。」

「我可以唱我寫的歌給妳聽喔，我們系露營的時候我有上去表演……不知道妳想不想聽？」
「好好喔，是系露營耶！我們的系露營我都沒有時間去──你可以唱給我聽嗎？」

「當然可以囉……對了，」男孩突然好像想到什麼似的：「跟妳聊了這麼久，我都忘了我還沒自我介紹……我叫鮑光翟，經濟系大一。」

「你也是大一啊？」女孩發自內心地笑了：「我叫余若琳，音樂系──如果你需要的話，我可以免費幫你伴奏唷！」

5

昨天晚上團練的進度有到，所以學長姊比平常早放人，我跟阿炬去夜市逛了一下，回來時還帶了幾罐啤酒跟鹽酥雞。過了一夜的折騰，因爲我平常不太會喝酒所以整個宿醉，醒來時看到阿炬才剛洗完臉；馮亮跟禹喆正在配日劇吃便當。我才發現時間已經超過十二點。

慘了！我來不及去午掃了……

「來不及就不要去啊！你現在去有什麼用？一頭亂髮、眼睛還睜一半、嘴巴那麼臭。然後流得滿頭大汗再被人家記住打標籤，何必？你看我多悠哉，你們那些早掃、午掃什麼的，我根本一點都沒放在心裡。」阿炬說得沒錯，對他來講影響他起床時段的從來都不是掃地排程，而是他當天的心情。跟他當室友這麼久了，我也曾經看過他打電動打到凌晨四點才去睡，然後早上六點就起床出去掃地，只是爲了「看一下可愛的掃友」。

「不是每個人都跟你一樣瀟灑！」我說：「這不是開玩笑的，如果出席率太低、到時候不被承認的話，二年級還要重掃欸……不能再跟你囉嗦，我要出去了！」

「跑那麼快小心跌倒啊，回來記得幫我買飯喔！」阿炬好整以暇地站在鏡子前撥頭髮：「我等一下也差不多該去練旗了。」

「對不起！我來晚了！」

「你的小組長後來有生氣嗎？」

「沒有啊，她只是微笑然後叫我簽到而已。」

「也太好了吧？打掃時間才半小時，你卻遲到了二十分鐘……如果我是小組長的話我肯定不會鳥你。」

「所以妳不是啊，哈哈！」

「所以你掃哪裡？」

「圖書館四樓的書架區……小組長是一個社工系的學姊，她叫商雅晴。」

「難怪對你這麼好，原來是社工系的……她一定是把你當成腦殘人士，所以才不跟你計較。」

「妳才腦殘啦！暗戀阿炬的！」

我跟林葳婷選了同一堂通識課。因爲啦啦隊比賽的關係，我們最近很常碰面，也變得比較熟。我一開始以爲她是小女生，其實久了以後，感覺她根本就是三八，很喜歡找些無聊的理由跟事情嗆我。

距離開學還不到兩個月，來自四面八方的大家似乎已適應彼此的生活節奏，產生相同的頻率，彷彿所有人都已融在一起——努力拚轉學的朱偉、溫柔浪漫的鮑光翟、重情重義的金隆笙、冰冷神祕的沈郁薇、開朗活潑的邵雨燕、還有蹺課睡覺的尹阿炬——這些人就像一幅幅美麗的圖畫，多麼希望時間可以就此定格，永遠地停在這裡。

儘管我們都知道，那是不可能的事。

「那是不可能的事！」

我跟阿炬還沒打開房門，就聽到禹喆在大聲嚷嚷。

「怎麼了，馮亮？」阿炬問：「禹喆他在幹嘛？」

「你自己看啊，阿炬。」馮亮指著禹喆的電腦。

我跟阿炬走近一看，原來是禹喆女友的無名相簿。

禹喆的女朋友很可愛，看起來就是個平易近人的鄰家女孩。可是當我看到這些相片時，感覺就好像被閃電打到一樣：我覺得這個世界好大，我覺得一定是我的見識太少——滿滿都是跟男生的親密合照，在海灘、在KTV、在酒吧，各種不同場合。

照片裡的男生長得都不太一樣，其中有一個固定比較常出現，可是我不認識他，因爲他長得一點也不像鄭禹喆。

「這……是劈腿嗎？」我問。

「你女朋友的柔軟度不錯喔，禹喆。」阿炬坐到下鋪的床前，拿起耳機：「你如果想扁人的話記得找我。」

「我剛才也說是劈腿，可是禹喆不相信。」馮亮說：「公開的相簿都這樣了，有密碼的一定更不用講。」

「有密碼鎖的都是我跟小瑩的合照！」禹喆的態度有些激動：「我跟她在一起三年了，她一定不會騙我。而且她叫我幫她的無名衝人氣，我也每天都幫她灌水——小瑩她一定不會對不起我的。」

「她多久來你的無名留言，或者多久打電話、聊 MSN？」

「不一定。她說她很忙，叫我不要打電話，有什麼事情用簡訊留言。我看她 MSN 每次上線幾乎都掛『忙碌』，所以也不太敢敲她，」

「簡訊回得快嗎？」

「大概一兩天吧，她做報告很忙，所以回比較慢。」

「忙著跟人家出去玩，當然沒空理你啊！你以爲她眞的那麼認眞？」從馮亮的口氣聽來，顯然已經失去耐性。

「你們不要亂講啦，那都是他們系上的。」

「我記得她剛開學的時候不是不准你抽學伴嗎？現在呢？」我問。

「她很久沒講啦，不過我之後也都沒有抽了。我覺得這是該有的尊重。」

「你們的 MSN 對話紀錄可以借給我看嗎？」阿炬本來躺著聽音樂，這時候突然起身。禹喆打開了 MSN 的對話紀錄秀給我們大家。

「靠！這是什麼東西？跟流水帳一樣，愛理不理的。你們這樣也可以算在一起喔？那我每天跟沈郁薇打嘴砲豈不是非得娶她不可？」

「不一樣啦，我跟我女朋友都老夫老妻了，所以平常也沒有什麼特別的事情好說……」

「我聽你在放屁！」阿炬：「我們明天蹺課一整天，去看你女朋友到底在搞什麼把戲。馮亮、翁倩玉，你們去不去？」

「一大早就起床、還大老遠跑過來……禹喆，等一下見了你女朋友，你如果不當場表演交配給大家看的話就太對不起我們了。」我必須說，馮亮這個人很好，可是有時候，他眞的都不看場合，很愛開一些一點都不好笑的玩笑。

「好了馮亮，你可以閉嘴了。好好的嘴你不閉，就別怪我讓你閉氣。」阿炬：「是不是該打電話給你女朋友了，禹喆？」

「不好吧！萬一她正在上課豈不是打擾她了嗎？我還是傳簡訊好了。」

「她才密你一下你就給我中離，你卻連打個電話都不行？」

「不是啦！畢竟我事先沒有跟她講……我看我們還是回去好了。」

「別傻了！來都來了，說什麼一定要見到本人好好跟她問個清楚！」

「我看還是不要啦……頂多就遠遠看一眼吧。如果讓她知道我沒有事先報備就來找她的話小瑩她一定會生氣的。」

「好了，別吵了啦，先四處走走看看再說吧。現在時間還早，應該還沒第一節課，就順便逛一下禹喆女朋友的學校好了！你們看那兩個女生還滿漂亮的……」

「你女朋友叫什麼名字啊，禹喆？」

「她叫李欣瑩。我們是高中同學……一上高中的時候，我們就被大家拱成班對了……」

「高中版的謝軒、蕭淑茗？」

「嗯。」禹喆說：「她是我的初戀，我很喜歡她。眞的。」

「也太詭異了吧？你女朋友說她上課、趕報告很忙，結果連蹺兩節課？難不成現在她們在圖書館裡做報告？」聽到蹺課比上課還多的阿炬講出這種話，不知道為什麼我突然覺得很好笑。

可是我不能笑，也不該笑。因為現在的我完全笑不出來。

「你來這裡幹嘛啦？鄭禹喆？你難道都不用上課？」想不到我們前腳才剛走向圖書館，就看到圖書館自習區的地下室走出一對摟抱行進的男女，舉止行為間顯得相當親密。

我認得他們：男的是禹喆女朋友相簿裡很常出現的那個男生。女的不是別人——她長得比照片裡還可愛——如假包換就是李欣瑩。

「妳怎麼會在這裡……小瑩？」禹喆的表情告訴我們，他受到很大的打擊。

我知道這是廢話。不管誰看到自己的女朋友莫名其妙就跟別的男生很親密地走在一起，肯定都會感到難過，肯定都會感到吃驚，肯定……也都會相當生氣。

「你都不用上課嗎？你跑來我的學校都不用跟我說？你到底有沒有尊重我？」

「小瑩……對不起……我本來想先跟妳說的，可是我的朋友……他們不讓我告訴妳……」

「妳在講什麼鬼東西？那妳呢？背著妳男朋友跟人家在這裡幹嘛？妳有沒有尊重過他的感受？妳有什麼資格說禹喆？」沉默了好長一段時間，馮亮整個暴怒，一股氣往上衝。

「我在跟我男朋友講話關你什麼事？」李欣瑩外表雖然可愛，想不到脾氣可不好惹，面對暴怒的馮亮完全沒有害怕，彷彿理直氣壯的樣子。

「是不關我們的事……我們走開，給他們三個自己談。你別發呆了好嗎？又不是你被劈腿，翁倩玉！」阿炬的力量很大，左右手一手抓著一個，把我跟馮亮硬生生拖到圖書館旁的樹蔭底下：「你氣到快中暑了，馮亮。好好在這裡乘涼、消火氣吧。我們幾個過去不會有好結果，只會把事情弄得更糟糕。他們自己的事情，讓他們自己解決。」

「我搞不懂你欸，禹喆，」已經回到宿舍好一陣子，馮亮還是喋喋不休：「她都已經承認跟那男的有過關係了，你還在執著什麼？你為什麼不乾脆一點直接分手？」

「她說她還是會把我當成她的男朋友。」禹喆的表情癡呆，低頭喃喃地說：「她說她只是太寂寞，因爲我不能在她旁邊陪她，她需要有人照顧。」

「她們兩個也承認無名鎖的都是她們的親密照片吧？她有你的 MSN、無名、信箱，還有一大堆亂七八糟什麼的密碼，你連她的一個也沒有——而那男的都有……這樣到底誰才是男朋友？她講那什麼鬼話？」

「一開始，她會跟我要這些密碼，她要我隨密隨回，還要我每天跟她的無名灌水，是因爲她跟我念不同所學校，無法天天見面，她擔心我會跑掉——我必須讓她感覺安心與信任，這是我的職責。」

「可是後來她根本不管你了，還跟那男的亂搞。她甚至還騙你她很忙，其實是不希望你打擾。」

「都是我不好，因爲我沒辦法陪她。」禹喆的臉上仍然沒有表情，卻無法阻止眼角中流出的兩行淚水：「她騙我，是不希望我傷心——這證明她還在乎我，所以……我不能跟她分手。」

「尹炬詳跟翁倩玉你們兩個講話啊！你們難道都不幫我勸勸他嗎？」

「……我不知道我該講些什麼。」

「阿炬呢？今天的突擊行動是你提議的，你總該表達一點意見吧？」

「我的意見是什麼並不重要。」阿炬指著癡呆的禹喆：「重點是這傢伙，他才是眞正身處其中的人。如果禹喆他自己都已經做了決定，我們講再多又有什麼用？」

「可是……」

「沒什麼好可是的。」阿炬淡淡地說：「如果眞的要說我們應該做什麼，那就是陪在他的身邊，不要讓他一個人把痛苦默默承受。」

阿炬表現得很冷靜，甚至有點無情，彷彿以第三人稱的角度在看一場戲、一副事不關己的樣子——如果是馮亮的話，一定會這麼想。

可是我知道，阿炬現在的心裡，絕對不可能跟他的外表一樣，那麼地冷靜、那麼地波瀾不驚。

「我們走開給你們談，是因爲給禹喆面子。禹喆是我們的朋友，他一定不希望我們看到他苟延殘喘、狼狽的樣子。以我對禹喆的了解，他一定會吃虧，一定會被你們吃得死死——可是我告訴你們兩個，你們最好就到此爲止。禹喆是我的朋友，我必須尊重他——可是你們如果再繼續傷害禹喆的話，我沒有理由、也沒有必要對你們客氣。我希望你們好好想想，不要欺人太甚。」

圖書館自習區的地下室外，三個人的談話結束以後，禹喆黯然轉身離開，我和馮亮趕忙追上。阿炬默默地走到男女身邊，低聲說著。

6

「你沒有必要過去啊，龍兒。」

「你跟 Myrna 的關係他沒有資格過問，關他什麼事？」

「又或者他只是想幫他表弟報仇而已，你何必過去給他羞辱？」

「也許他只是單純想找我切磋一下而已啊，承梵。」金隆笙與朋友正走往靠近外牆的水泥球場：「你們對我這麼沒信心啊？我們認識多久了，你什麼時候看過我被羞辱？」金隆笙邊走邊講，陽光而充滿自信的臉龐露出一抹淺淺的微笑。

「話雖如此，可是我還是覺得這很沒必要。」蕭裕弘接著回答：「很明顯他就是衝著你跟 Myrna 來的。可是你跟 Myrna 在一起已經是不爭的事實，他盧梓巽就算是校隊隊長，也不能拿你們怎麼樣。」

「事情被你們講成這樣那我更得出現，否則他們會以為我在害怕。」金隆笙：「想橫刀奪愛是嗎？他連我的球都奪不了，還想跟我搶 Myrna？」

「你就是金隆笙吧？你好，我是盧梓巽。」

「你好啊！特地把我找來這裡，請問有什麼事呢？」

「把你找來籃球場，當然是打球聊天，交交朋友啊！不然還能做什麼呢？」

「你想聊 Myrna 還是你表弟？」聽到胡博靖略帶挑釁的語言，蕭裕弘馬上把他拉開；盧梓巽哈哈大笑，好像不是很在意的樣子。

「我表弟的事情就不用講了，那天我也在現場。他這個人很容易緊張，有時候難免動作太大、控制不了力道——那天不小心打傷你們的朋友是他不對，我代表他跟你們道歉。」

「這無關緊張與否，而是道德問題吧！你既然有在現場，就應該知道他們全隊都是這種風格。」李承梵在旁聽了忍不住插嘴：「結果到現在你居然還堅持他是不小心的？」

盧梓巽沒有回答李承梵，只是笑了笑。

「我想跟你聊聊 Myrna，聽說你很喜歡她？」盧梓巽問金隆笙。

「何止喜歡，我們已經在一起了。」

「那可有點糟糕，不過也不難辦，」盧梓巽說：「不如你們分手。你就說你只想專心打籃球，沒辦法好好陪她。」

「這你倒不用擔心。因爲我打球的時候，她都會到球場陪我——我們的感情不會因爲我打球就不熱絡。」

「被你這樣一講，事情可就變得麻煩了，」盧梓巽嘆了口氣：「我老實跟你說吧！她是我的目標，打從我第一眼看到她的時候我就跟她講說我要追她——可是你知道她跟我說什麼嗎？她跟我說她有男朋友——你說，我怎麼可以追一個有男朋友的女孩呢？其他人會怎麼說我？橫刀奪愛？那怎麼行！」

「你都敢做這種事了，怎麼還怕人家說？」

「不、不、不。你千萬別這麼想，」盧梓巽：「橫刀奪愛這種不道德的事情我是做不出來的。所以我才想請你幫忙：你先跟她分手，然後我再追她。這樣既不會傷了我的名譽，也不會對她造成困擾，更不會破壞我們之間的友情——你說，我這樣的想法豈不是很好？」

「第一，我不認識你，我跟你之間沒有友情。」金隆笙斬釘截鐵地說：「第二，你講的一切全都是你自己一廂情願——就算我跟 Myrna 分手，她也不會跟你在一起。」

「你別瞧不起我。我敢跟你保證，我追她鐵定到手。」

「第三，也是最重要的一個，」不理會盧梓巽的插話，金隆笙提高了音量：「我不會跟 Myrna 分手。

所以你講的這些，全都是痴人說夢。」

「跟你講這麼久了，你眞的一點也不考慮我說的？」

「完全不用考慮。我現在就可以很明白地告訴你，門都沒有。」

面對盧梓巽霸道且幾近瘋狂的要求，金隆笙不爲所動。兩人的眼神對視，眼中彷彿將要噴出怒火。

對視的兩人依然一動也不動。也不知過了多久，盧梓巽突然長長嘆了口氣：「唉！好吧，講不過你。可是，我有一個小小的疑慮……」

「什麼疑慮？」

「我很懷疑你跟我說的話。我看過你跟我表弟打的那場球，你打得爛透了。可是你跟我說你喜歡打球，眞的喜歡打球的人不可能允許自己打得這麼糟糕，我合理地懷疑你根本不會打球——同理可證，你跟我說你喜歡 Myrna，你們是男女朋友，有很高的機率你也是在騙我。」

「你說我打得很爛？你說我不會打球？」

「是的。不好意思，我講話一向比較直。」

「你要不要試試？」

「不要。我已經看過了，你不是我的對手。」

「敢不敢賭賭看？輸的人放棄 Myrna？」

「好！這可是你說的。這裡有這麼多人作證，你輸了可別後悔！」

「所以後來誰贏了？」我著急地問。

「不要吵！等一下再說，愛麗絲學姊馬上就要帶團康遊戲了。」明知道我很著急，朱偉卻故意要賣我關子。

愛麗絲學姊是阿炬的直屬學姊，取名爲愛麗絲是因爲她喜歡做夢與幻想，就好像童話故事裡的愛麗絲一樣。根據她本人的說法，她是集性感美麗與溫柔智慧於一身的「極品」滯銷貨。爲什麼極品還會滯銷？

因爲條件太好、價位太高，在沒有人買得起的情況——所以就滯銷了。

愛麗絲成爲阿炬的學姊彷彿是上天註定，因爲兩人都有顯眼的外型、與互補的個性，使人不得不感嘆他們果然系出同門：阿炬的言行雖然引人注意，可是那並非出於他的本意，而是與眾不同、瀟灑不羈的性格使然；愛麗絲學姊則相反，不管什麼場合，她總竭力全力，以成爲全場焦點、眾所矚目的那顆明星爲目的。這不，她現在正在大家面前努力地講解遊戲規則；而不久前，她也在一樣的位置扭腰擺臀熱舞，想起來眞是搖曳生姿。

「接下來我們請鮑光翟來爲我們獻唱他最新創作的歌曲！」

邵雨燕來到水泥球場的時候，簡直不敢相信自己的眼睛。

接到賴詠櫺的通知電話以後，邵雨燕立刻放下了手邊的書本。想不到在球場等著她的，居然是這個詭異而又讓人震撼的場面。

時間已經很晚了，球場的人沒有很多，可是不知道爲什麼，這個環境所產生的壓迫感，卻讓邵雨燕感到無比沉悶。

也許一切都是因爲，現在在場上單挑的那兩人。

「你要不要放棄啊？我看你快不行了。」

金隆笙氣喘吁吁。盧梓巽比他高了整整兩個頭，儘管身形不算壯碩但是對抗性很強，速度與協調也都是超一流水準——與跟他盯防對攻所承受的壓力相比，新生盃時資管系整場的大小動作簡直不值一提。

金隆笙持球，盧梓巽擋在前頭。他那超長的手臂一展開簡直像一隻大蝙蝠，把金隆笙整個人罩在他的影子下。

金隆笙的雙眼緊盯對方，做了一個佯切的假動作，可是盧梓巽彷彿什麼也沒看到似的，他站在那裡，像一座雕像般文風不動。

在那短短的一瞬間金隆笙以近乎完美的投籃姿勢快速舉球過頭——藝高膽大的他連球都不運就想出其不意直接在原地解決戰鬥——盧梓巽閃電般躍起的同時發現金隆笙原來並沒有出手：他利用自己跳起的瞬間往籃下突破。

金隆笙前腳才剛跨出，整個身體已經被盧梓巽的影子罩住。他知道自己並沒有甩開他——就算被騙跳，他依然可以如影隨形地馬上跟上他的腳步！

金隆笙對此完全不感到意外，而且這個時刻也正是他所等待——他在佯投騙跳以後立即下球直搗黃龍，在盧梓巽落地重心瞬間往後阻擋他突破的同時又猝不及防地將腳步往後一縮——從他佯切後貌似原地投籃的雙重假動作，到盧梓巽做出落地瞬間往後、挑戰人體極限的超高難度動作，最後自己突然反向拉開空間，以完美的後撤步跳投解決戰鬥——兩人所有的攻防都只在轉瞬之間，然而這一切卻早已分毫不差地在金隆笙的腦中閃過多次。

「砰！」一個紮紮實實的大火鍋。

除了盧梓巽以外，在場的所有人全都驚呆了。當然也包括金隆笙，他傻傻地楞在原地，簡直不敢相信眼前究竟發生了什麼。

「現在是五比零，該我進攻。」盧梓巽拾起了球。

金隆笙突然發現，自己的身體在微微顫抖。

「等一下！」邵雨燕大喊一聲，衝到球場中央，擋在盧梓巽與金隆笙之間。

「這算什麼？自己打不過就算了，難道還叫女人來代打？」盧梓巽滿臉不屑，發出了「哧」的一聲。

「邵雨燕！妳來幹嘛？快點回去！」金隆笙大聲斥喝。

「我爲什麼不能來？你們以我爲賭注，打這場毫無意義的單挑，我爲什麼不能來這？」

「我……」

「你什麼？」邵雨燕走到金隆笙面前，當著眾人的面前直接賞了他一記耳光：「我是你什麼人？你怎麼可以把我當成賭注？」

「我……不是……」金隆笙無言以對。

「妳誤會了！Myrna，」蕭裕弘喘著氣跑了過來，滿是激動的神情：「剛剛的情形妳也看到了……龍兒不是學長的對手，可是他並沒有退縮。為什麼？因為他不能輸！因為他不想失去妳！所以他不能輸！就算機會再怎麼渺茫他也要打下去——因為他只要輸了這場單挑，他就會失去妳——所以就算情況再怎麼危急，龍兒他都不能放棄……為了能跟妳在一起，龍兒他說什麼都必須繼續！」

「你這個笨蛋！明明打不贏為什麼要打賭？我是你什麼人？你怎麼可以把我當成賭注！」邵雨燕大步往前抱住金隆笙。濕漉漉的球衣早已分不清是金隆笙流下的汗水、還是邵雨燕決堤的眼淚。

「打不贏就不要打嘛！為什麼要這樣虐待自己？就算你輸球也沒關係，不管怎麼樣我絕對不會離開你！」邵雨燕哭得像個小孩，展現出來的完全是真性情。

「唉……罷了！今天這場單挑，看來是無法打下去了。」盧梓巽轉身離開球場。

「等一等！」金隆笙像是夢醒一般，突然朝盧梓巽大喊：「今天的比賽沒有結果！就算你五比零領先，我還是有可能逆轉勝！」

「不，今天的比賽是你贏了。」盧梓巽輕聲嘆了口氣：「是我自願放棄這場比賽，所以是你贏了！」

「我衷心地祝福他們兩個。」聽完這個故事，我差點沒當場流下眼淚：「我的天啊！這眞是太感人、太戲劇性了。」

「說實話，我覺得那個盧梓巽很怪。他既然那麼有氣度，爲什麼當初還會提出那種自欺欺人而又無理的要求？」講故事的朱偉自己提出了令人困惑的癥結點。

「有一個人比他還奇怪你爲什麼不說？」

「誰？」聽到整場談話裡幾乎沒有發言的阿炬，我和朱偉異口同聲地問。

「有空再跟你們講吧！好好欣賞我的表演。」阿炬丟下我們，走向舞台中央。

在阿炬上台以前，我從來不知道他會跳舞。

在宿舍時，我沒看他跳過舞；從我認識他到現在，我也從來沒有聽過他跟誰討論有關舞蹈方面的話題——可是貨眞價實地，他現在正在台上展現他的舞技，精彩的舞蹈動作簡直把愛麗絲學姊甩得老遠。雖然我對跳舞沒什麼研究，可是卻也和大家一樣隨著音樂搖擺；也和大家一樣，因爲阿炬誇張的肢體動作而驚呼連連。

「我的天啊！舞台上有傳送帶嗎？他怎麼邊走邊後退？那是什麼舞步？」

「你在開玩笑吧，翁倩玉？你連這個也不知道嗎？」禹喆坐在我的身邊：「那是 Michael Jackson 的月球漫步啊，Moonwalk！」

眞的是人不可貌相：我從來沒有想過，我那個整天罵我白癡的流氓室友居然身懷絕技。

眞是不可思議！

「來來來，到最後了。在晚會結束以前，我們請金銀珠寶、翡翠瑪瑙一起上台，大家一起來拍張合照。」

看著台上的六個人：各有各的風情，各有各的特色。

我從來沒有看過有誰能有金隆笙一半的強悍與魄力；我從來沒有看過誰，有尹炬詳——現在應該叫尹麥可——這麼好的舞藝；我從來沒有看過聰明睿智的朱偉感到困惑；我從來沒有看過有誰能像鮑光翟，一言一動都充滿文藝氣息；我從來沒有見過沈郁薇這樣的冰山美人；我從來沒有見過哪個女孩，可以像邵雨燕一樣眞情外露。

再回頭看看我身邊：馮亮、禹喆，還有宿舍與系上，有那麼多的好朋友、好同學，還有那麼照顧我們的學長姊——我突然覺得我好幸運，可以在系露營這樣的大集會裡出現——我眞慶幸我身處其間：這是我永遠也不會忘的初次體驗，我感到非常滿足、非常幸運。我覺得，我非常地快樂。

7

如果要以一個形容詞來形容禹喆的話，那一定就是「隨和」。儘管面對不熟的人時他的表現會有些靦腆，可是在待人接物的很多方面卻難掩他的親切與誠懇，同時他也有著在男孩子中比較少見的人格特質，那就是細心和謹慎。

上次從李欣瑩的學校回來以後，禹喆最近變得沉默寡言。原本就不算外向的他變得比以前更喜歡待在宿舍，除了課堂的時間，他幾乎都待在寢室裡打魔獸，打得比任何人還瘋。雖然在男生宿舍聯網大戰是潛規則與基本常識，可是我很少看過有人像他這樣，就算隊友跳光也堅持以一敵五──特別在不久之前，他還只是個死一次就中離的新手與心靈脆弱者。我想這一定是因為李欣瑩在這段期間特別關心他、特別砥礪他的勇氣的關係。

為了感激李欣瑩的相知相惜，禹喆只要一有空就會主動幫她計算大姨媽來訪的週期，還不時地寄送巧克力；只是為了不打擾她做報告，儘管每天都逛她的網誌與相簿好幾次，但卻不再傳簡訊也不再留言──我知道，當兩個人情到深處，就算在生活中形同路人，但彼此的心靈卻絕不會因此而有任何距離。

除了禹喆以外，變的人還有朱偉。

老實說，我對朱偉改變的震撼程度遠遠大於我的好室友禹喆，畢竟他是如此地自傲、如此自信。聰明睿智且近乎目空一切的他如果有什麼遺憾，我想一定是委屈他待在我們這所學校，那種懷才不遇的憤懣情緒。

我發現朱偉變得很快樂。以往對現實環境總有點不滿的朱偉，那股渾然天成的傲氣最近突然變成一團和氣。這一連串的改變使我不禁猜想：是否對於轉學考，他已經有了穩操勝券的把握，或者是免試提前錄取的內線消息？

結果讓人無言。當朱偉親口告訴我他「戀愛了」的時候，我甚至不知道回答什麼。

「你知道戀愛是什麼感覺嗎？」

「我又沒談過戀愛，我怎麼會知道？」

「戀愛會讓你忘記一切煩惱，忘記自己是誰，甚至忘了全世界。」朱偉講這段話時的表情深情無限，我從來沒有看過這樣的朱偉。

「有沒有那麼扯啊？所以你真的不記得你的名字叫朱偉？」朱偉講得真的太扯，我忍不住想吐槽他——禹喆跟李欣瑩已經在一起很久了，別說都還知道自己是誰，就連對方在想什麼、在做什麼，也都記得清清楚楚呢。

「你別鬧了啦。我想表達的意思是，如果你找到一個跟你合得來，而且支持你、喜歡你的人的話，那眞的是一種很棒的感覺。」

「很難想像這種魔力。你看看你，朱偉簡直不像朱偉。」

「誠心祝福你，翁倩玉。希望有一天，你也能體驗那種感覺。」彷彿像老大哥在勉勵後輩，朱偉在我的肩膀上拍了兩下，神情顯得非常愉悅、陶醉。

朱偉的女朋友名字叫黃子如。正確的說法是，我覺得應該叫女網友，因爲他們彼此沒有見過面，是在網路上認識。

我承認，我沒有什麼人生歷練。但我相信我的直覺——我認爲這從頭到尾就是一場詐騙，而且詐騙的對象居然還是以高材生的姿態登場，出現在我生命中的朱偉：根據他本人的說法，他們是心靈交流，彼此相信對方。由於這件事情實在誇張，我忍不住把這個消息帶回寢室，好在我們寢室除了不喜歡管人閒事的阿炬跟最近在閉關的禹喆，唯一比較愛講話的馮亮偏偏跟朱偉不熟，所以我一點也不擔心這個獨家新聞會走出我們寢室。

「也許不是詐騙，說不定這真的是一場有如夢幻般的神祕愛戀——頂多女大十八變，之後見面時發現長得跟照片不太一樣，那也沒什麼好稀奇的。」阿炬說話總是引人遐想，言簡意賅且後勁十足。

然而更引人遐想的是，朱偉和黃子如，他們彼此連照片都沒有看過。

星期六晚上，空蕩蕩的宿舍裡剩沒幾隻小貓，離家的小孩不是回家就是前往更遠的遠方，只有朱偉一個人在房間。今天一整天都待在圖書館，連午餐也沒有吃的朱偉現在正吃著從便利商店裡買來囤積的泡麵。

「好無聊喔，玩一下電腦好了。」今天一整天都自己一個人的朱偉彷彿已習慣孤單似的自言自語著。

殘酷的現實表示，一整天沒講話的朱偉就算打開電腦還是只能自己一個人——MSN 上的朋友少的可憐，不是掛「離開」就是根本沒上線。這也難怪，歡樂的週末假期沒有人想要浪費，如果不是陪朋友、陪家人，就一定是陪別人未來的老公老婆在哪裡私會。讀了一整天書的朱偉似乎已經有些頭昏眼花，他甚至沒有意識到自己讀的科目都是轉學考的部分而不是本系課程。

「唉……」對平時縱情玩樂的其他同學來說，偶爾認眞個幾天似乎並不爲過；可是對每天除了上課就是讀書的朱偉來說，這種幾近麻木的隔絕生活，並不能斬斷他的寂寞。這時候他突然想起了國小國中電腦課時，坐在隔壁的女生都會玩的網路聊天室。

「試一試吧。」當年嘲笑那些女生全是腦殘的朱偉肯定沒有想到，自己多年以後居然也會淪落到這種地步。

「怎麼都是些什麼『鋼管好燙心癢癢』、『法拉利深情陽光』？看就知道一定都是白癡。」朱偉隨便打了個暱稱，一邊搜尋在線名單一邊喃喃自語。來到這裡已經超過半個小時，發出的訊息總是有去無回，少數有回應的對象，在講完「住那裡」、「幾歲」等身家調查以後也不知所云。朱偉開始後悔自己怎麼會做這種無聊的傻事，早知道如此還不如多看點書。

「你很特別耶！」就在朱偉決定關掉聊天室的時候，「小野貓」的對話視窗突然跳出。

朱偉對這個「小野貓」有點印象，不久前朱偉曾經想跟「她」聊聊 The Pussycat Dolls 這個團體，結果發現對方完全不知道自己在講什麼，之後就沒有再對話。

「不好意思，我要離開這裡了。」

「你有即時通嗎？」

現在這個年代居然還有人用即時通？儘管這麼想，朱偉還是與她交換帳號。

「我們用即時通聊。」而且，還為了這個「小野貓」，打開了自從上大學以後就再也沒有使用的即時通。

「你很特別耶！那些人都一直問我變態的問題，只有你不一樣，跟我講一個什麼沒聽過的外國團體。」

「喔，是啊。我覺得那裡好奇怪喔，其實我今天是第一次來。」

「我也是耶，之前朋友介紹我才知道有這個東西的。對了，你有沒有手機？」

朱偉不想再跟不認識的人講這些無聊話，但是基於禮貌，在闔起筆電之前他還是跟對方換了電話。接著他又打開書本，想要彌補這個晚上所浪費的時光。

凌晨一點半手機突然響了。看書看得入神、被自己的來電鈴聲嚇一跳的朱偉把手機拿起來一看，居然是陌生號碼。

「喂？」

「你在幹嘛啊？」

「妳是誰？」

「我是『小野貓』啊。」

「小野貓」的聲音很嗲，而且還不時會發出一種獨特的嬌笑聲。朱偉嚴重懷疑對方是色情電話女郎；與此同時也不得不承認，自己似乎有些迷惘、心神蕩漾。

「喔……原來是妳啊，妳怎麼打來了？這麼晚還不睡嗎？」

「我剛剛在等你的電話啊！你都不打過來也不密我……所以我就想打來看你在幹嘛嘛。」

那天的夜晚對朱偉來說就像是在做夢。他忘了自己和「小野貓」聊了多久，也不知道自己講了些什麼。

依稀只記得：「小野貓」的名字是黃子如，年紀比自己大一歲。因爲家人沉迷賭博、欠下了龐大債務，使她不得不在幾年前就輟學四處打零工，當時的她甚至連高中都沒有讀過。她做過檳榔西施、餐廳洗碗工，還差點簽下賣身契約——多虧有好姊妹熱心幫忙，如今得以在日月潭附近的一家泡沫紅茶店裡上班，那是她的好姊妹家裡開的。同時她也在躲多年前因爲劈腿而分手，但卻不死心一直想復合的前男友。

而且，他依稀記得，自己好像有答應要做她的男朋友。

「什麼跟什麼。我一定是在做夢。」朱偉睜開眼睛時已經接近中午，以往除非是宿醉，否則他從來沒有這麼晚起過。朱偉坐在桌前，腦中一片昏沉的他似乎還沒有完全清醒，這時他的手機突然響起。

「喂？」
「寶貝你起來啦？」
「……」聽到這個又嗲又嬌的聲音，朱偉瞬間睡意全失。
「你不是說你要考轉學考嗎？現在我們休息時間，我就想打給你……你現在有沒有在讀書？」

晚上九點半左右，手機響了。朱偉看著手機，考慮了一下之後還是接聽。
「那個……小如，我想跟妳講一件事。我想……我們可不可以……先當朋友？」
「噢，好啊。不要就算了。」
「妳聽我說……我不是嫌棄妳，我只是覺得，我們彼此其實不認識……」
「好了啦！我知道了。你就是嫌棄我嘛！你覺得我環境不好、學歷不好、講話粗俗又沒有水準，是個沒有讀過書的鄉下人，所以瞧不起我！」
「我不是這個意思……」

「面對」黃子如的誇張反應，朱偉突然不知道該說什麼才好。一向睥睨四周的朱偉突然體會，什麼叫「手足無措」的感覺。

「你知道我從來沒有遇過你這樣的人嗎？我現在很孤單都沒有朋友，只有我自己一個人……我為了要躲前男友特地換手機號碼，為了怕他追查所以以前的朋友除了我現在這個好姊妹以外全都沒有聯絡！來我店裡的那些男生每個都想占我便宜，都沒有人像你這樣真正關心我……」

「妳不要這樣說嘛。我說過如果妳願意的話，我可以當妳的好朋友，妳有什麼話都可以跟我說。」

「我不要當好朋友！我喜歡你，我只要你愛我。」

「我……這個，小如，妳聽我說……」

「所以你要不要我？」

朱偉沒有正面回應，他陷入了兩難的課題。

回想起來，小如眞的很可憐。他從來沒有想過，在現在這種文明的社會邊緣，還有這麼悲慘的人與故事——他以前從來沒有遇過這種人。他突然覺得自己其實很幸福，而且是發自內心地想要幫助她——但是，對方只是個素未謀面的陌生人，到底會不會是詐騙？有人會到現在還在用預付卡手機？有人會到現在還是只知道即時通？如果不是詐騙集團不想暴露身分，難道眞的有人生活這麼邊緣，邊緣到無法跟上這個時代的腳步？

也許，再觀察個幾天吧！看看她到底想搞什麼把戲：如果她開口借錢的話，答案一定馬上就可以浮現。

一天，兩天。一個星期，兩個星期。

日子一天天地過去。每天的中午十二點和晚上九點半，朱偉總是準時接到電話，準時安慰黃子如的傷心、聽她講生活周遭的小事；有時候也與她分享自己的想法與雄心壯志。

黃子如說，朱偉充滿了智慧和理想，而且心地善良；對朱偉來說，黃子如充滿了童眞——儘管際遇不好，但是從她的談吐之中，可以很明顯感受到一種毫不掩飾的天眞與爛漫——和她講話時可以沒有心機、沒有壓力，同時彷彿自己也進入了她的生活情境；回到現實的時候，也可以清楚感覺到黃子如的存在，儘管她沒有眞實地出現在自己身邊，但是也因爲這樣顯得更加無所不在。

朱偉漸漸地發現一件事情：他正漸漸地開始被黃子如習慣；而他也漸漸地習慣了黃子如的習慣。

「喂！翁倩玉！你的期中考考卷。考得還眞爛欸你。」

今天的助教課突然出現好多不曾謀面的同學，當然也包括平常總是遲到、沒睡飽或心情不好就不來上課的阿炬。

雖然平時漫不經心，我知道其實阿炬還是很關心他的考試成績——期中考的前一天晚上，阿炬把課本空白的地方當成計算紙，一本全新的原文課本過了一晚頓時變成他的專屬塗鴉畫冊，除了各種奇怪的算式以外還多了好多條歪七扭八的橫線，以及紅黃藍綠紫黑等各種顏色不同的筆跡。當然也包含了許多抒表個人情感的各國髒字。

「什麼東西啊你？對得起我嗎？把我的時間給我還來！你難道不知道女人最寶貴的就是時間嗎？」

平時都考六十出頭的我這次只拿七十五分，眞枉費了詩羽學姊的考前特別衝刺——在期中考前最後一個禮拜，從口沫橫飛講到口乾舌燥、從兩個小時講到四個小時——現在還中氣十足地罵人，可以想像學姊對我們的用心良苦，也難怪從她手中接過考卷時我被她狠狠瞪了一眼。

「謝軒你幹什麼？你知道蕭淑茗考九十分嗎？你才考不到七十分就想睡人家？你考六十九分你是在暗示什麼意思？」

「只有朱偉考一百分。別以爲建中就了不起，沒老娘你一樣扶不起！」

「案情並不單純，這已經超越對成績要求高標準的程度了。她這麼兇應該不會有男友，我合理懷疑她這幾天一定是看到喜歡的男生跟別人在一起，所以才傷心崩潰。」

朱偉的情緒異常淡定，已經超越了他好脾氣的範圍。我合理懷疑他今晚如果沒有內傷送醫，就一定會找黃子如討親親。

「考滿分也可以哭？我操她媽的哩，幹！」——這才是我心目中心高氣傲的朱偉該有的反應——如果談戀愛眞的可以讓一個人脾氣變好的話，我眞心地希望大家一起談戀愛：這樣一來肯定世界和平，不會有什麼衝突和戰爭！

8

「你就老實講吧阿炬，你有沒有跟倪詩羽偷生孩子？」

「有啊，被你發現了。我跟她生的小孩名字叫馮亮——其實我們是你爸媽——這下你懂了吧？」一開始聽到這種對話的時候會有點擔心，可是時間久了以後我們寢的大家都自動把這些內容當成了背景音樂。

「你們肯定有曖昧。你如果不給出一個合理的解釋，我們很擔心你要怎麼跟沈郁薇交代？」

「剪刀膠水、澆花澆水，可是沒有膠帶。」阿炬：「沈郁薇跟我有什麼關係？我為什麼要跟她交代？」

「可是很奇怪啊！她那天不管成績，幾乎全班都罵：結果你這個死對頭才考五十七分比謝軒還不如，可是她居然什麼都沒有說？」

「會不會她罵到口渴了，不想再浪費口水？」我承認，我講的話真的很難接，而且不太看場合，常常會得罪人。往往阿炬都會罵我：「你不會講話就不要講話！少在那裡丟人現眼！」很幸運地，阿炬這次居然沒有叫我閉嘴。

「我這次不叫你閉嘴是有原因的，翁倩玉。」阿炬：「因為我要把話題轉向你——你要不要先跟大家解釋一下你跟林葳婷是怎麼回事?」

「什麼!阿炬,你……」林葳婷對阿炬一直很有興趣,前陣子我跟她互動得不錯,現在想來我突然有點懊惱怎麼沒有趁那個時候幫她跟阿炬兩人牽線,儘管成功的可能性不高——畢竟沈郁薇與倪詩羽都不是簡單角色——可是至少交個朋友,也不是沒有機會。想不到阿炬現在自己提到林葳婷,我覺得也該是時候了。

「阿炬,你聽我說。其實林葳婷她對你一直很有好感……」

「你當我跟你一樣是白癡看不出來?她是對你有意思!」

「哪有啊!我跟她明明就只是很單純的朋友關係。」

「是嗎?聽說上次你就以『她男朋友』的身分打敗謝屢逢,之後還跟她和李汕蓉一起去找李汕蓉的男朋友——擺明了你們這不就是兩對情侶一起出遊?」

「原來是這樣子啊……阿炬不講我還看不出來,原來高手真的在我們房間……有你的,翁倩玉!」聽馮亮的口氣,彷彿是恍然大悟;此時我的心卻像有一團迷霧,使我東南西北分不清楚。

「你們誤會了啦!我跟林葳婷不是你們想的那樣……」我真後悔我應該在林葳婷要我偷拍阿炬的當天

就把她丟給阿炬，這樣說不定他們現在早就在一起了，而我也不至於落得這個幫人不成還被誤會的無奈下場。

「你現在懂我的感覺了嗎？被誤會說閒話的感覺很不好吧？」

「……」

阿炬這樣講我也是服了。雖然被他當成隨機舉用的例子有點無言，但冤情總算平反的我也確實鬆了一口氣。

「三人成虎、人云亦云。這樣事情會被講得多難聽？什麼沈郁薇、倪詩羽，我跟她們一點也沒有關係——尤其是倪詩羽，我猜我一年裡應該見不到她幾次——而且重點是她們沒形象就算了，萬一我的形象被她們拖累，以後我要怎麼追其他女生？你們也替我想想看嘛！」

阿炬講的話很有道理，可是聽起來又有點詭異。雖然想反駁，可是一時間也想不起來，不知道該說什麼。

「對了，講到這個，我最近也一直接到奇怪的電話欸。」

「什麼奇怪的電話？」

「就是那種不顯示號碼，然後一接通就掛掉的電話啊。」

「你覺得是誰在惡作劇嗎？」

「我覺得可能是詐騙集團吧。」

「白癡喔！你以為你是什麼有錢的大少爺嗎？人家詐騙集團沒事吃飽太閒幹嘛找你？哈哈！」

「……妳再吵我就叫謝屢逢來喔。」

連續兩天的小運會，在龍兒他們活躍的表現下，我們經濟系表現得還算中規中矩。為了慶祝我們的比賽成果與慰勞兩天的辛勞，我們大家在第二天中午的決賽與頒獎典禮完了之後就一起到外頭吃燒烤慶祝。

席間林葳婷要我吃完以後跟她和李汕蓉一起逛附近的商圈：我本來不是很願意，想說下午兩點的大熱天我不想曬太陽，但是她偷偷跟我說謝屢逢最近追她追得很兇，吃完飯還想約她單獨去看電影，是她好不容易騙對方說她等一下有約——要跟男朋友還有李汕蓉和她的男朋友一起吃下午茶——才讓他知難而退。

我跟林葳婷說：「我才不要因爲這種無聊的事情得罪謝屢逢，要找救援妳去找阿炬，說不定到時候假戲眞做，你們還可以在一起。」——想不到她居然生氣，說她已經跟謝屢逢講說她男朋友是我了……還罵我都不幫她的忙：「假裝一下又不會死……你到底還是不是朋友？」——沒辦法，剛吃完燒烤的我現在只好頂著個大熱天的在路上跟她們閒逛。

「欸！妳到底爲什麼不找阿炬啊？」

「翁倩玉你眞的是什麼都不懂欸……我們家葳婷那麼害羞，跟你們阿炬又不熟，你是要她怎麼好意思開口？你如果把我們當朋友的話就不要管那麼多，跟我們一起走就對了！」

聽李汕蓉這麼一講，我突然想：我如果眞的要當她們的好朋友的話，再怎麼樣至少也應該給林葳婷一個助攻。

「其實，我最近有在想，應該找個機會讓葳婷跟阿炬好好認識……」

「到了！到了！你們在這裡等我一下喔，我去找我男朋友。」

「咦？妳不是說找男朋友只是騙謝屢逢嗎？」

「那是葳婷……我是眞的有約我男朋友見面好嗎？」

「可是我不認識妳男朋友欸……這樣會不會有點尷尬啊？」

「有什麼好尷尬的？你就說你是我們的同學就好了……欸，不對！你今天是葳婷的男朋友，哈哈哈！」

「……那我們跟妳一起去。」

「不用啦！我們等一下就來了，你跟葳婷先隨便逛逛吧。」

看著李汕蓉離去的背影，再回頭看著只剩一個人站在旁邊的林葳婷，我突然不知道要幹什麼。好在這時有個孰悉的身影吸引了我的注意。

「妳看！那是不是鮑光翟？跟在他旁邊的那個女生……是不是就是在我們學生餐廳打工的那個？」

「怎麼樣？今天下午好玩嗎？」

「妳還敢講喔？妳不是說等一下就來了嗎？結果居然自己跟男朋友跑掉，留我們兩個人在那裡等妳……」

「唉唷，對不起嘛！因爲我們想要有自己的空間嘛……以後你如果交女朋友的話，就一定能體會我們的這種心情。」

「……」李汕蓉今天下午的行爲實在有點隨興，我一度以爲她是女版的阿炬。

「你們後來去哪裡啊？」

「也沒有去哪裡啦，就只是在附近隨便玩玩逛逛。」

「對了，葳婷有跟你講她的事情嗎？」

「喔……有啊。」

「她最近心情不太好，你要多關心她喔。」

「……不是應該是妳們這些好姊妹關心她才對嗎……怎麼是我？」

「我們當然有啊，不過你也多關心嘛，多逗她開心，就算只是 MSN 也行啊！」

「多讓她嘲笑我、多讓她鬧我是嗎？其實她平常就一直這樣了……」

「也可以啊！哈哈哈！」

關掉李汕蓉的對話視窗，我靠著椅背、半躺式的坐在電腦前面，眼睛閉起來細細想著今天所發生的事情，還有李汕蓉和林葳婷跟我講過的話。我突然發覺，很多事情，好像並不如我所想的那樣，也不如表面上看起來那樣。

從之前的啦啦隊團練認識以後，謝屢逢就對嬌小可愛的葳婷很有好感不斷展開追求，可是偏偏謝屢逢不是她喜歡的類型——看尹麥可，像葳婷這樣的小女生，往往會對一些非主流、標新立異的人事物感到迷戀；謝屢逢爲人不錯，但有時候給人的感覺太積極、太過熱心，這樣的態度反而會讓人產生壓力，也難怪怕生的葳婷會招架不住。

如果只有謝屢逢的話那就算了，原來自從開學到現在，葳婷高中時的前男友就一直不斷地騷擾她：什麼奪命連環 call、瘋狂留言、電子郵件、MSN 等諸如此類的各種聯絡方式，他都一再嘗試且不曾停止。葳婷說她當初就是受不了他這種控制慾強的個性所以才提分手，想不到他現在依然故舊，雖然無奈但也只能不斷地消極冷處理不予回應——之前我一直以爲葳婷只是個單純又悶騷的小女生，原來她也會有感情方面的困擾。

除此之外，我也對李汕蓉的話感到好奇：葳婷有這樣的煩惱，發生這樣的事情，她這個好姊妹理所當然會幫她、支持她，可是爲什麼她要突然跟我說？我能幫上什麼？當然，我視葳婷爲好朋友，我當然也會無條件地支持她——就像今天，儘管以後遇到謝屢逢的時候可能會尷尬還是怎樣，但我還是硬幫她擋了這一回。

話說回來，老實講葳婷這個女生其實還不錯，爲人挺有趣的，雖然有點大喇喇——之前練習啦啦隊時的某次抬舉，她居然滴了一大滴血在我的肩膀上。我當時立刻把她放下來問她怎麼了？結果她居然跟我說：「不好意思，我好像沒有包好。」好在那時天色已晚，李汕蓉立刻陪她到旁邊廁所處理，也沒有引起太多人的注意。不過面對大家對我肩膀上血跡的追問，我也只能開玩笑說是我看了好多美女，不小心太興奮——儘管如此，但她現在正被一些惱人的問題纏著，我想我還是先等葳婷把事情處理完、心情穩定了以後，再找個機會來安排她與阿炬的事情吧。

9

「問君能有幾多愁？恰似一江春水向東流。」

阿炬最近不知道怎麼，突然迷上了中國古典文學的詩詞與歌賦，常常在宿舍裡搖頭晃腦地念著，自得其樂。

「我眞的很喜歡李後主的詞。明明這麼優美，可是讀起來卻這麼心酸，如果眞的唱起來的話一定會讓人心碎。」

「我拜託你別唱好嗎？雖然你一定不會唱。」馮亮靜靜聽了好一會兒之後實在忍不住：「你別這麼跳tone好嗎？你是尹麥可欸！你看看你現在這什麼樣子——麥可都不麥可了——拜託你別讓我的心臟承受這麼大的打擊好嗎？我現在還不太能適應。」

「重點是他前後期的差距。前期的他空有一身才華卻只作些宮廷艷詞、風花雪月；直到後來國破家亡，因懷想故國、感慨自身，反而創作出這麼多名垂千古的好詞，如《虞美人》。有人說他錯生帝王家，但我則認爲就因爲他是個皇帝，經歷了亡國的切身之痛，那種從天上掉到地上的人生巨變，心中感慨萬千，所以才能創作出這些打動人心、使人聞之涕泣的作品。所謂文窮而後工——如果他沒有經歷這麼深切的悲痛與這麼大的差距，也許就不會有今天的詞聖李煜。很多事情好像都有許多的如果可以討論，但其實我覺得這樣的安排卻也並無不妥，彷彿天生註定。」阿炬自言自語。

「翁倩玉你知道他在講什麼嗎？」

「算了啦……不要管他。我們又不是第一天認識阿炬，他想怎樣就怎樣吧。」

「而且我覺得他最厲害的一個地方在於：他的作品不管前期後期，都是以白描的手法、出於眞性情。眞性情有感而發往往不加雕飾，但是他卻能兼顧文辭的美感與其至情至性而渾然天成，簡直就是一個天才！也許哪天，我們也會因有什麼事而失眠？夢裡不知身是客，一晌貪歡。」

「阿炬你還好嗎？」我覺得我的室友快瘋了。

「流水落花春去也，天上人間。」

「尹炬詳你偶爾也早點來上課嘛。你這樣常常遲到、蹺課，阿姨看不到你會很想你欸！」

「兩情若是長久時，又豈在朝朝暮暮？」尹炬詳件隨著歡呼，靜靜走入教室。面對淑芬阿姨，兩人微笑著四目相視。

「尹麥麥你好酷喔！剛剛你走進教室的時候講那句話超酷耶！」

「沒有啦！就最近剛好有在看這些，想到就脫口而出啊。」

「眞的，很有你的風格！可是你要來上課啦——不要每次都害我找不到人好嗎？討厭！」

「……」

邵雨燕的豪爽與眞性情眾所周知，除此之外她還有一項不是每個人都知道的特殊能力，那就是讓阿炬無語。他們從一開學就走得很近，後來邵雨燕和龍兒在一起，兩人不受影響，還是互動得很頻繁熱絡。我只知道這段對話的隔天他們兩人一起吃早餐，然後一起準時上課。

這樣的情形持續了兩天，對阿炬來講簡直就是奇蹟——我們甚至開玩笑說要請邵雨燕每天早上來男生宿舍幫阿炬掀棉被——如此一來淑芬阿姨一定也會很開心，不會再日日思君不見君。

有一些人擅長網路型的聊天，見面時反而相對沉默，冰冷的沈郁薇則顯然不適用於此一論點——她與阿炬在 MSN 上打得火熱，實際相處的情形更是奔放——有時候大老遠的看到阿炬，她就會一路「麻吉！麻吉！」大聲地喊著；但是對我們其他人，則一點也都不假以辭色。有的時候想想阿炬眞的艷福不淺，而這甚至都還沒有算上還有個林葳婷在後面！

「兩情若是長久時，又豈在朝朝暮暮？」

每天的中午十二點和晚上九點半朱偉都會準時接到電話，晚上的時候黃子如也會不定時上即時通，可是這兩天來她卻一點消息也沒有，令朱偉感到十分焦躁。

對很多情侶來說，就算一兩個禮拜沒有聯絡也不算什麼，兩天沒有消息簡直是家常便飯、根本不值得一提，更別說兩人是遠距離。然而對已經習慣被黃子如依賴的朱偉來說簡直度日如年——他早已習慣一個人吃飯，也習慣回到宿舍後就在寢室待一整晚，但卻無法習慣沒有「小野貓」的對話視窗與來電顯示，更無法習慣沒有聽到黃子如的聲音。儘管他們只是連面也沒見過的「好朋友」，但他卻把她當作是自己的知音，亟欲關懷她、也亟欲被她所依賴；偶爾回應她的甜言蜜語，對朱偉來說更是一種極大的感官體驗與刺激。

儘管開學時因爲自己是畢業於所謂的明星高中而快速被同學們所認識，但在度過了幾個新生專屬的活動之後，朱偉很快地就淡出了大家的視線。除了公布成績時會在讚嘆的低語中卓然而立，更多的時間他選擇默默隱身人群，在系上與他會有較多聯繫的人只有歐鑑籲，因爲在他的內心深處，他也只看得起這個跟他同樣在大考中遭逢「滑鐵盧」的歐鑑籲。

認識黃子如以後，這個沒有出現過的「好朋友」便占據了他大部分的生活重心。他甚至開始覺得：他努力拚轉學考，是爲了向黃子如證明自己的才能，證明自己確實是龍困淺灘、懷才不遇；而他也會爲了她一飛而沖上天際。

在黃子如消失的這兩天之前，朱偉跟她曾經有些小衝突。那天黃子如問他爲什麼不報考她弟弟所念的在地科大，因爲根據她弟弟的講法與自己的理解，這樣的選擇更好就業。但朱偉卻認爲以自己的能力理應進入高級學府走學術路線，因而有些小不悅。在平常的其他方面朱偉很隨和，但對於升學考試這件事情他一直很堅持，他認爲自己的思想與觀念是正確的，黃子如對此並沒有太多經驗，實在不應該插嘴。

除此之外，單純天眞的黃子如心直口快，在某一次的聊天裡她曾經說她喜歡陽光型的猛男，「小野貓」的狂野風騷，頓時情慾外放；但她這無心的一句話卻因此觸碰了朱偉的地雷。因爲思想、因爲際遇、因爲個性，朱偉知道自己在男生之中的感覺屬於比較陰沉抑鬱，再怎麼說也不會是那種陽光外放的男孩，所以對此頗有怨言，直說既然如此她又何必找他。黃子如說這只不過是單純的個別欣賞，一點也不會影響她對朱偉的感覺，可是在朱偉的心裡卻因此有個陰影，他開始擔心黃子如會移情別戀、擔心自己比不上別人。

「爲什麼妳不讓我看照片呢？我之前明明都已經給妳看過我的照片了。」

「我眞的沒有照片。我的手機不能拍照，而且我家也沒有視訊裝備。我的外表就跟我跟你說過的一樣，我眞的沒有騙你……你一定不會失望。」

「那我們可以見面嗎？」

「可以啊……可是我現在沒有時間。我每天都要工作，等我有放假了我們可以再約。」

「妳的月休只有四天，都給妳用在生理期，妳這叫我是要怎麼跟妳約？我難道不可以去找妳嗎？」

「等之後啊……之後如果有多的假一定可以。我這裡很偏僻、你不知道路，我也沒有地址……而且你現在不是說要先準備考試？」

「妳這樣子我有時候會覺得很虛幻，我怎麼知道我們這樣子到底是不是眞的？」

「你覺得我對你是假的嗎？我雖然很窮，可是我也沒有跟你要錢啊！我只不過是想要有人每天逗我開心、陪我聊天解解悶……我說過了，我對你的感情是眞的！」

一開始的時候覺得半信半疑、可有可無，所以將就；等到眞的對她產生感情、產生依賴的時候，朱偉才發現，其實自己並無法因此滿足：他想要把她變成現實生活。他對黃子如這個人已不是半信半疑而是完全相信，但是他還是無法抑制自己那股想要更進一步的衝勁——她已經超過他原本的想像，他想要她所擁有的是眞實的自己，所以對她才會有這些眞實情侶間所具有的占有慾和嫉妒——周遭身旁的女同學，不管怎麼看都太過於傻氣與稚嫩，他對黃子如卻是充滿了美好和想像。朱偉有時也不禁恨著自己：爲什麼現實中的花草不去觸碰，卻寧可相信那些虛無飄渺、如眞似假的蝴蝶飛舞？

星期六中午朱偉一個人走在市郊的小公園，對他來說一整個早上都沒有讀書是個很難得的經驗，因爲此時的他滿腦子想著黃子如根本讀不下書，所以不得不出來走走抒發那股抑鬱。

這兩天黃子如都沒有主動聯絡。朱偉輾轉反側，心裡想著是不是因爲自己講的話太過分，所以小如生氣了？可是自己打電話過去時卻永遠是語音信箱，難道這段時間所發生的事情，只不過是一場沒有意義的詐騙？

「借過一下，噢……抱歉。」

大中午的走在路上真的很熱。朱偉走進了公園附近一家便利商店想買點飲料解解渴，結果看見一個年約二十的女孩手裡捧著一大堆的飲料和零食到櫃台結帳，但卻散了滿地。朱偉見了不假思索，立即幫忙她拿起掉落的東西。

「噢……謝謝。」女孩一邊撿拾東西一邊道謝。

「妳怎麼不用購物籃？」

「我不知道耶……」女孩說話的速度有點緩慢，而且臉色蒼白，看起來似乎很喘。

「妳這樣一個人拿得動嗎？咦……妳的手好奇怪，是不是受傷了？」朱偉發現她的手臂看起來異常纖細，而且樣子還有些怪異。

「是啊……醫生說我的手使用過度，容易痠軟無力。沒關係，我家就住在附近……」

「我幫妳拿到妳家門口好了。」

看著堆積如山的飲料和零食，就算整天不出門都待在家裡，可能也需要經過至少兩三天的時間才能把這些吃喝全部解決。雖然有點奇怪，可是看著這麼一個弱女子，朱偉不知怎麼的，一股同情心油然而生。

「喏……到了。」女孩的住處就在一棟樓梯很長很暗的老式公寓三樓。

豈止很近，簡直太近，根本就在便利商店隔壁。朱偉一邊上樓梯一邊想著。

「進來吧，幫我搬到冰箱好嗎？」

門才剛關起來，女孩突然把朱偉撲倒在沙發，又親又抱。

「小姐……妳別這樣……」話雖如此，女孩緊緊纏著朱偉，使他感到有些難以掙脫。

「說吧……你喜歡什麼姿勢？」女孩一邊親吻朱偉，手腳卻一點也不含糊，轉眼已褪去了全身衣物，只剩一件內衣與丁字褲。

「小姐……拜託……等一下……」倘若朱偉全力反抗，想要掙脫女孩並也不難。只是朱偉從小就埋首書堆，沒有什麼戀愛經驗，這樣被強行撲倒的場面今天也是第一次體會；加之女孩身上特有的香味使他感到有些心神蕩漾、且渾身痠軟無力。饒是如此，他仍拼命掙扎。

「你不想做嗎？我很喜歡你耶……你眞的不要？」

「小姐……妳不要這樣……妳先冷靜……我們先當朋友好不好？」

「不好……我不相信你，你一定是想馬上離開這裡然後跑掉……你敢跑我就喊非禮，你信不信？」

「不會啦……不然，我們交換電子郵件好嗎？」

「我要交換即時通跟手機。」即時通跟手機？朱偉感覺好像有些似曾相識。

女孩十分機靈，在得到了手機號碼以後還親自撥打，直到朱偉的電話鈴聲響起。

「真是莫名其妙！這哪能算是豔遇？」

朱偉安然脫身以後，以自己處境安全，加之止不住的好奇，就這樣與那名女孩有了聯繫。

聽起來有點像是假名。那個女孩名叫何曉奈，她的職業是電話交友女郎，每個晚上都要應付形形色色各種不同的插播電話，生活幾乎日夜顛倒。她的同居男友最近偷吃被她抓到，惱羞成怒的他離開時還帶走了她所有的錢；何曉奈一點也不恨他，還說只要她傻傻地等，總有一天他一定會回到自己身邊。

有著一張娃娃臉的何曉奈，眞實年齡已經二十七歲。她說話的內容總是反反覆覆，似乎還有些精神異常與歇斯底里。

然而不知道爲什麼，對於詭異的何曉奈，朱偉卻有著異常的迷戀，就好像著魔一般。

沒有接觸的時候可以冷靜分析她的問題，可是一到了晚上卻忍不住想打電話給她，聽她講那些奇怪的話：著迷於她緩慢的說話速度、反覆的聊天內容，還有那陰晴不定的古怪脾氣——朱偉忽略了何曉奈把自己當備胎的事實，對她癡等無賴男友的行爲感到不捨，就這樣很快地陷進這個充滿詭異的溫柔鄉裡。

「你在幹嘛？」

「我跟朋友在山裡。」

「你昨天晚上不是說今天要陪我聊天嗎？我從今天早上九點起床就坐在電腦前面……現在下午三點你跟我說你在爬山？你還要我等多久？」

「……可是我……對不起，這裡的收訊很差，等我回去再跟妳說好嗎？對不起！」

「你簡直就是禹喆的翻版嘛……她是誰啊？」

歐鑑籲的問題沒有得到回應。那天晚上朱偉打給何曉奈講到了凌晨五點。

「我要消失，再也不要跟你聯絡。」

「我拜託妳不要，我求求妳。」

「掛了這通，我就再也不會接了。」

「我相信妳，妳一定不會這樣子對我的。」

「你不要相信我！我會這樣子……我還會搬家，讓你找不到我……」

「我相信妳不會！妳只是在說氣話對不對？」

「你不要相信我……」

何曉奈的電話變成空號，再也沒上即時通。

從黃子如消失開始到現在也不過才短短幾天，可是朱偉卻覺得已經過了很久，因爲不管是離開了黃子如還是何曉奈，都讓他感覺度日如年。

「又是電話、又是即時通？」

朱偉很氣自己，究竟要如此失落多久？從此之後，他忘了黃子如和何曉奈，過了幾天原本他該過的現實生活。

直到有一天晚上，他又接到了一通陌生電話。

「寶貝我好想你！」嗲聲嗲氣，多麼讓人熟悉。

「小如？妳怎麼換電話了？妳怎麼之前都不跟我聯絡？」

「你知道我有多慘嗎？我跟姊妹去催繳原料，結果廠商那裡突然颱風，我們那邊完全與世隔絕、沒有收訊，而且我的手機還掉到水裡！一直到前幾天才有救難隊來找我們。我現在又新辦了一支手機。」

「那妳怎麼找得到我的電話？」

「我把你的號碼記起來啦！我每天都很想你，我知道這幾天都沒有消息你一定很擔心，所以我一辦好手機馬上就打給你，對不起。」

「……妳還好嗎？這幾天眞是委屈妳了。」

「還好啦……沒有關係。可是我這幾天一直很想你，我一直想如果你在我旁邊的話就好了……我眞的很想你！」

「小如……對不起……我之前還懷疑妳……」

「我對你的感情是眞的……」

朱偉之所以道歉其實還有一個原因：因爲他這幾天並沒有閒置。可是他不能說，他覺得自己對不起黃子如。

「對了，我之前有問你想考的學校，他們說如果想考轉學考的話可以上網下載或者去他們學校拿什麼簡章。可是，我不知道那是什麼東西？」

「小如，謝謝妳。」

什麼轉學考的報考簡章、放榜與通知日期，朱偉自己早就打聽好、準備妥當，黃子如的消息對他來說簡直是多餘且沒有任何作用；然而朱偉卻無法抑止自己眼眶中打轉的淚水，他滿是歉疚、也滿是感激和感動。

她脫險之後馬上就打給自己。她打電話去學校詢問，只爲了幫助自己。就算她人身在遠方，但她卻是眞情實意。就算她只有國中畢業，但她對自己也是盡其所能、煞費苦心。對於考試與升學這方面她明明什麼都不懂、也不感興趣，但是卻讓他感受到她的心。

朱偉再無懷疑。從此之後，他們心照不宣，不再定時聊天與上線，取而代之的是一種偶爾、隨興的聯絡頻率，就像很多情侶。

朱偉開始相信這一切，也再次走向人群。

兩情若是長久時，又豈在朝朝暮暮？

10

「你昨天怎麼沒有來？是不是身體不舒服？」

起床後才接到了調課的臨時通知，好久沒有聯網切磋的我們今天一早就大開殺戒，整個男宿區被宰得橫屍遍野、哀叫連連；結果一個不小心，我居然忘了午掃時間。商雅晴小組長並沒有怪我遲到，反而關心起我昨天的狀況。

「呃……沒有啦。我昨天中午是突然有事情，結果來不及跟妳報備……眞的不好意思，學姊。」

「嗯，沒有關係啦！那我算你請假好了，這樣不會扣分。以後如果有事情的話記得要早點跟我講喔。」

「好的，謝謝學姊……」

「眞是給你賺到了，歐鑑籲。你如果遇到別人的話哪有這麼好康的？」

食科系掃友慧旻說的一點也沒錯：能遇到這種天使型的小組長連我自己都感到慶幸——我想如果是阿炬的話，說不定還會為了她每天早起。

「記得帶舞鞋卻忘記帶舞衣，成果發表會前一個小時才想起來妳也眞行。」

「唉唷！就跟你說我忘了嘛……幹嘛這樣子？不過昨天眞的謝謝你啦，如果沒有你的話我就糗大了！」

「還謝謝我哩！妳昨天中午打給我的時候口氣明明超兇，還要我立刻騎車到校門口等妳，我還想說妳是發生了什麼事情那麼緊急。而且有車的人那麼多，妳幹嘛一定要我載妳？」

「中午十二點大家都在吃飯啊，汕蓉要約會也不可能。所以沒辦法我只好找你嘛。反正你也沒事，幹嘛那麼計較？」

「哇！所以我不用吃飯？我單身沒人可以約會活該？妳就一定要找我當指定駕駛就對了？」

「你幹嘛那麼小氣啦！你載我回家拿東西其實也算約會啊，我這是在幫你欸！而且至少你現在知道我家在哪了，以後來載我也比較方便啊！」

「……」

「喂！我也是有人追的好嗎？謝屢逢想載我，我還不給載哩。你應該要感到知足才對！」

「都是妳啦！害我現在對小組長感到超虧欠的！」

「無以爲報的話就以身相許好了？」

「動不動就以身相許！那妳對我又要怎麼回報？」

「大不了我也以身相許啊！」

「可是我不想啊！我才不要爲了妳這個少根筋的白癡被阿炬殺死。」

「……翁倩玉你才白癡啦！超級大白癡！」

聊沒幾句就下線了。我想一定是因爲葳婷最近外務繁多所以心浮氣躁，絕對不是因爲發現交通工具居然會講話所以被嚇到。

最近表哥把阿嬤從台北接下來玩，今天他特地打電話跟我說下午會開車載她來學校看我。

「好久不見啊，鑑籲。」

「好久不見了，阿桓。」

「阿嬤我好想妳！」

「阿嬤也好想你啊，鑑籲。最近過得好嗎？」

「還好啦，普普通通。」

充當導遊的我領著阿嬤和表哥漫步在校園裡，一邊向他們介紹環境。儘管阿嬤已經八十一歲，可是走起路來還是相當平穩，一點也不需要我們攙扶。

我一邊介紹一邊納悶：怎麼平常已經看膩的建築與風景，現在突然變得新奇起來？

在從教堂往社科院的那條上坡柏油路，雅晴學姊和她的朋友兩人迎面走來，很親切地先跟我們打招呼。

「哈囉！鑑籲！」

「雅晴學姊！這是我的阿嬤。阿嬤，她是負責我們打掃區域的小組長，雅晴學姊。」

「阿嬤妳好！」

「妳好！我們鑑籲平時受妳照顧了，謝謝！」

「不要這樣講啦阿嬤……鑑籲平常很有禮貌，掃地的時候也很認眞，我們大家都很喜歡他。」

「學姊妳們剛下課嗎？」我問。

「喔，沒有啦……我們剛剛是在系辦。現在因爲有點事情，所以要去活動中心一下。」

「這樣啊……好吧，那我們就先不耽誤妳時間囉，學姊掰掰！」

「不會啦……掰掰！阿嬤掰掰！」

「鑑顲，你這個學姊很漂亮欸！要不要衝一下？」

「我覺得你好像比我還想衝欸……」阿桓最近剛跟女友分手，我想性情奔放的他現在一定很寂寞。

「鑑顲，那個女孩子不錯喔。看起來乖乖的，也很有禮貌……」

「阿嬤！怎麼連妳都……」

「你看吧！阿嬤都講了……可不是我在跟你開玩笑喔！大學就是要修戀愛學分啦，不然哪能叫大學生？哈哈哈……」

我有點無奈，不知道該回答什麼。就這樣目送著雅晴學姊的背影離開。

鮑光翟坐在小天橋的欄杆上自彈自唱。

「好好聽喔。」

晚飯後，我原本想到樓下洗衣服，結果那柔和的歌聲與優美旋律卻使我忍不住停下腳步。

「還不錯吧？這首歌是我跟小琳一起作曲，然後請中文系的學伴幫我們塡詞。」鮑光翟放下吉他。

從我認識鮑光翟到現在，他所唱的每一首歌幾乎都是自創。他那與生俱來的音樂才能眞的是我們經濟系理應典藏的珍寶。

「你知道我有多羨慕你嗎？又帥又有才華，還有一個跟你興趣相投的正妹女友……」我必須說，我講這句話的時候有些情不自禁——畢竟看著別人在陽光照耀下所展現的燦爛笑容，只要一個回頭就會發現自己處在沒有陽光的陰影之中。

「呃……其實我跟小琳還只是在好朋友的階段而已……」聽到我這麼講，一向不疾不徐的鮑光翟居然也露出了靦腆的模樣。

「不算男女朋友嗎？可是我記得小運會那天，我好像有在商圈附近看到你跟她欸……」儘管我們學校位於繁華市區，附近有許多美味佳餚，但從開學至今仍然鍾情於學生餐廳的人依舊不在少數。對我們這些窮學生來說，我們之所以吃學生餐廳，除了方便省錢、離宿舍近以外還有一個很大的原因，那就是希望有朝一日能跟余若琳走在一起，例如張盛元和胡博靖。當然不是只有我跟葳婷，一直以來很多人常常在社科院後面的夜市區看到鮑光翟和余若琳走在一起。

「不算吧……畢竟我沒有跟她表白，也不知道她有沒有這個意思？」

「一定有啦！講眞的她的冰山程度一點也不輸給我們翡翠公主——雖然每次跟她買飯的時候她都表現出一副很客氣的樣子，可是大家都看得出來她很難追——你到底是用什麼方法融化她的？」

「用雞蛋糕。」

「雞蛋糕？」我從來沒想過夜市買的雞蛋糕可以發揮這麼大的力量。鮑光翟之所以浪漫，是因爲他總能從尋常的事物之中，找出驚人的效果與詮釋。從旁人的角度看來與聽來，簡直如夢似幻。

「她是個很特別的人。一開始認識的時候我以爲我了解她，想不到眞的相處以後，我才知道她有多特別。」我不知道鮑光翟有幾段深情的過往，但見他說得如此情眞意切，不愧是有完美情人之稱。

「不好意思，請問她特別的點是？」

「在她冰冷的外表下，其實她就是個單純的小女孩。爲了生活，她必須把自己武裝起來，就像穿上盔甲。你以爲她很冷淡，其實她比任何人都渴望被愛；同時，她也比任何人都要害怕受傷害。」

溫柔細膩的鮑光翟，彷彿能聽見別人心裡的聲音。

「我覺得你跟龍兒不太一樣。你並不會特別彰顯自己的才能，你比較含蓄、內斂。可是自然而然你的這種特質就會吸引別人，尤其是女生。」

「就像你們班的尹麥可一樣嗎？」

「眞的。」我突然想起阿炬。阿炬從來沒有主動向誰表達過感情，可是卻能讓從沒跟他講過話的葳婷對他死心塌地。

「我想這都是各人的選擇吧，有的人就喜歡像龍兒那樣子交遊廣闊。一呼百應的感覺雖然很威風，可是我比較喜歡現在這種無拘無束、自由自在的生活模式，可以充分利用自己的時間做想做的事情，不用刻意去與誰交際。我想麥可應該也是跟我一樣的想法，只是他比較酷而我比較溫和——我沒辦法跟他一樣課上到一半就站起來直接走人、或者是跟誰公然嗆聲。」

阿炬的狂人事蹟簡直講三天三夜都講不完。一想到這裡，我跟鮑光翟都忍不住笑了起來。

「對了，說到麥可，你怎麼看他跟沈郁薇？你會不會覺得他們很像你跟余若琳？」其實多少心裡有底，可是話聊得很投機，我不禁有點想聽聽鮑光翟的想法。

「他是你的室友欸，你怎麼反過來問我？他都沒有跟你們說嗎？」

「他當然有說啊。不過，我們多少還是抱持著有點懷疑的開放式態度……」

「以我對他的了解：可能是他某個不酷的樣子剛好碰到沈郁薇的冰點，所以冰山就融化了；至於有沒有在一起，我想麥可可能有這個意思，只是跟我一樣，還沒有找到適當的時機表示。」

「原來如此！」我突然覺得，可能只有鮑光翟才能了解阿炬在想什麼——所謂英雄惜英雄，我想一定就是指他跟阿炬。

「其實我之前也有跟麥可聊過……不過當然不是聊沈郁薇，我們是聊音樂。麥可的音樂素養也很不錯，他還會拉小提琴欸。」

「我沒聽錯吧？小提琴？」

鮑光翟這句話徹底震撼了我的心靈。我完全沒辦法想像阿炬一邊跳月球漫步一邊拉小提琴，嘴裡還問君能有幾多愁的樣子。

「阿炬！我終於知道你跟沈郁薇是怎麼回事了！」回到寢室的我喜形於色。我知道現在的我，一定是一副洋洋得意的樣子。

「什麼怎麼回事？」阿炬此時正在跟沈郁薇聊 MSN。他回頭看我的時候表情有點疑惑。

「我剛剛在跟鮑光翟聊，他都跟我說了。你跟沈郁薇，其實……」

「去你的！你個白癡！」

11

「你爲什麼每天都戴這條翡翠項鍊？」

「因爲這是爸爸送的。」

已經有太多人問過這個問題了，從沈郁薇的口中，他們永遠只能得到這個答案。她與前世情人的緊密關係從這一個小動作之中可以很明顯看出來，比熱戀中的情侶更加如膠似漆。

說完那句話以後他就陷入沉默。眼前的這個人站在自己對面，身體像木頭一樣僵硬，一點也不像剛剛在台上表演月球漫步時那麼的神氣活現。

對沈郁薇而言，尹炬詳是個很特別的人。她的 MSN 裡滿是好友邀請，可是偏偏沒有他的名字；主動加他爲好友，他也沒回應。在開學前的分區迎新茶會裡他坐在她的旁邊，可是從頭到尾他都沒有說過一句話。就連現在——她就站在他的面前——他的臉上依然沒有表情，好像她不存在一樣。

孝順的女學生陳韵芝每個星期六都會陪媽媽到市場買菜。市場有個爲人老實誠懇、長得又英俊的小夥子叫沈朝貴，每次陳韵芝經過的時候都會忍不住多看他幾眼；每當她看他的時候，都會有一種感覺：彷彿他也正盯著自己看的樣子。

過了幾年女學生畢業了，找了一份穩定的工作。每當她的父母催婚時，已屆適婚年齡的陳韵芝總是不願回應。直到有一天她告訴父母：她要嫁給在市場賣魚的小夥子。

沈郁薇的父母當年就是這樣認識。

「你還記得我們是什麼時候眞正認識嗎？」

「記得啊，第一支舞。」

「你好可愛唷！平常都不理人，結果突然對我比出一個『YA』的手勢。」

「沒辦法，不然妳那時候那樣講，我不塞住妳的嘴巴會很尷尬。」

「也多虧了你那個『YA』，所以我們現在才能變成麻吉。」

儘管同意兩人結婚，但是陳韵芝的父母卻對雙親早逝的沈朝貴很不放心：也許他努力工作或可養活自己，但將來又怎麼能同時照顧老婆與孩子？

陳韵芝不以爲意。她的薪水在當時並不低，只要省吃儉用，基本的生活開銷倒也無虞。

沈朝貴嘴裡不說，其實心裡一直很痛苦。他聯絡了幾個朋友合資，決定到對岸去闖蕩——他想給妻子更好的生活，也想向岳父岳母證明自己的能力。

「少則三個月，長則半年，我一定會回來的。只要我一安頓好，馬上就會跟妳聯繫。」

沈朝貴告別陳韵芝離開台灣，只留給她一條名貴的翡翠項鍊——那是他用多年來日積月累所攢的錢買來的。當時陳韵芝已經懷了沈郁薇，可是她自己並不知道。

「舞都跳完了，你還在當你的木頭人。請問這樣我們是要怎麼認識？你能不能跟我來點互動？尹麥可？」

沈郁薇此時的言語與她平時的形象迥然相異。

也許在其他人的眼裡，她自己也是一樣。但是她知道自己的原因，她知道自己不是這樣的人。

不知道爲什麼，她有點在乎尹炬詳，她希望能與他有交集。她希望兩個人的關係，不只是平行而已。

遇上了超級颱風。根據新聞報導，找到小船時船上已無人生還。

因爲失蹤的關係，沈朝貴的名字並不在死亡名單，但也從此失去音訊。就這樣過了很多年。

沒有理由，可是沈郁薇始終相信自己的爸爸還活著。自從她懂事了以後每天都掛著那條翡翠項鍊，期待有一天走在路上可以父女重逢。她想問爸爸：爲什麼這麼多年都不管她跟媽媽？爲什麼這麼多年都不回家？

雖然大家都擔心她這樣太過招搖，但沈郁薇仍然堅持；陳韵芝對此早已不抱任何希望，但是她了解女兒的心理也不忍苛責，就這樣由著她去。

「尹麥可你在幹嘛？比完YA以後就躲在這裡發呆？」

老實說尹炬詳並不喜歡這個不理人又假掰的翡翠公主。他有點後悔剛才跳完第一支舞離開前，對她比出了一個「YA」的手勢。

突然跑來跟自己裝熟，不知道她又想幹什麼？

高中畢業以後，有天沈郁薇在回家的途中看到一則資訊展的廣告，廣告上的文字表示：贊助廠商是對岸的沈晁桂公司。

音念起來相同，字寫出來卻不一樣。但沈郁薇的心裡突然燃起了一絲希望。到展場打聽之後，她知道該公司的高層最近要來台灣交流，爲了不讓母親再次傷心，沈郁薇瞞著媽媽暗中請相關認識的朋友幫忙委託徵信社，希望他們在這段期間可以幫她調查沈晁桂究竟是什麼人。

她知道這只是她的一廂情願，因爲這麼多年以來她忍不住對父親的思念。因爲這個原因，她鮮少露出笑容，也不喜歡與人來往。她並不希望最後得到的結果是她異想天開，同時也忍不住懷疑著自己的這個舉動是否正確？

然而出乎意料的，沈晁桂的身家背景有很多可疑的地方，他似乎有很多的祕密想要遮掩。

沈郁薇因此手機不離身，她希望隨時都可以掌握到有關沈晁桂的過去經歷與最新資訊。

露營的那天晚上，沈郁薇對尹炬詳打開了心扉，當然也展現了長久被壓抑底下的天眞童顏。

「那天晚上跟你聊了好多，第一次感覺到你很幽默。原來你也有不酷的樣子。」

「妳才是吧！在那之前我一直以爲妳很冰山，想不到原來好傻好天眞。」

「喂！我們現在是在回憶成爲麻吉以來的點點滴滴欸……你不好好回憶還在那邊嗆我，乾脆絕交好了！」

「妳很幼稚欸。」

「你說什麼？」

「這是哪來的劇情？我想說不定他們的調查結果根本就是自己虛構的。」尹炬詳不可置信地說。

「可是……他們說他們的調查是經過各種管道，他們的證據很充足、消息來源可信度很高，以過往的風評與形象看來……我想他們應該不會出錯吧？」

「要不要，乾脆我們自己去找他本人確認？」

沈晁桂一行人就住在這間飯店，他們今晚要搭機回福建。尹炬詳和沈郁薇一早就告訴櫃檯人員，他們要找住在二十號房的沈晁桂；結果等了半天對方根本不願意見，於是他們就在櫃台，逐一詢問每個退房的客人他們是不是沈晁桂，就這樣等到了十一點二十三分。

「先生，請問你是不是沈晁桂？」

「是啊，我是。請問你們兩位是？」沈晁桂有點訝異地停下來。

「我們是誰並不重要。我想請問你有沒有見過這個東西？」尹炬詳指著沈郁薇胸前的翡翠項鍊。

沈晁桂低下了頭、兩眼瞇著，就這樣看了很久。

「沒見過啊！這不過就是一條很普通的翡翠項鍊……你們爲什麼要給我看這個？」

「眞是太好了！既然沒有見過，那這個東西就是你的了。這只是一條普通的翡翠項鍊，微薄小禮不成敬意，還希望你能收下。」沈郁薇把項鍊拿下來塞到沈晁桂的手裡，接著轉身就往外跑。

「小姐！我不能收下妳的東西……」沈晁桂在後面大聲叫喊。

「有人託我把它送給你！她說怎麼來的，就怎麼去！」

「小姐……」望著沈郁薇逐漸消失的背影，沈晁桂似乎想起了什麼，欲言又止。

「先生，你會冷嗎？」

「什麼？」沈晁桂猛然回頭。

「沒什麼。你們幾個不是要退房嗎？快趕不上飛機了，走吧！」

「你怎麼知道我要趕飛機？你們究竟是誰？」

沒有理會沈晁桂。尹炬詳逕往外走，表情冷漠。

沈朝貴醒來之後發現自己躺在醫院，他傷得很重。護士跟他說救他的人是秦先生。那天秦先生的貨船也遭遇了颱風。好不容易颱風過後，他們停泊在海岸邊緣等待物資與救援時看到海上漂來了一個人。他的身上並沒有任何東西可以證明身分，但是好心的秦先生仍然派人把他送到附近的醫院，自己也不時地去探望他，那個人就是沈朝貴。

沈朝貴傷好了以後親自到秦先生家中致謝，他這才發現原來他是福建一帶有名的大戶。由於與外界斷了音訊，身無分文且孤身一人的沈朝貴請求秦先生收留他在家中幫忙打雜，爲了表示感激他不收任何薪水。

雖然不知道對方是誰，但是聽到沈朝貴來自台灣且說話誠懇，於是秦先生便答應沈朝貴可以先讓他在自己家中安頓一陣。

沈朝貴很想家，但是他不能就這麼回去——他知道自己現在回去將一無所有，所以他必須留下來，直到做出一番成績。

秦先生見沈朝貴做事情十分認眞，便讓他進公司當名夥計；他有個獨生女兒叫釉雪，很喜歡沈朝貴，於是就說服了秦先生贊助沈朝貴很多錢讓他做生意，想不到經營起來竟有聲有色。

沈朝貴很感激秦釉雪，同時他也雄心勃勃，想做一番事業，於是便娶了秦釉雪。在秦先生的幫助之下，通過一點手段把自己的名字改成沈晁桂，並更改身分爲秦先生的一名沈姓好友，於多年以前從孤兒院領養來的義子。

自此之後沈晁桂的事業越做越好，與秦釉雪也有了孩子，便漸漸地把心思轉移到了自己的新身分。

當年沈朝貴並不知道自己已經有了孩子。他沒有把名字改得很徹底留下了一點蛛絲馬跡，是否是囿於舊情？除了他本人以外沒有人知道這件事。

當年的答案究竟爲何其實並不重要，因爲如今的他已經做了抉擇。

「妳還好嗎？」尹炬詳和沈郁薇坐在計程車的後座。

「很好啊，至少確定徵信社錯了。」

「妳不用對我說謊。其實妳早就知道了對吧？不然妳爲什麼要把翡翠項鍊送給他？」

「因爲我想擺脫這個不切實際的幻想。我現在終於知道，當一個人的心變了，本來該是你的東西也會變成不是你的。」

「妳應該也有看到他在發抖吧。」

「既然他想當沈晁桂，又何必逼他當沈朝貴？對陳韵芝來說沈朝貴早就死了；對沈郁薇來說沈朝貴也死了。」

「妳錯了。沈朝貴沒有死，他一直活在沈郁薇和陳韵芝的回憶裡。他是個上進的年輕人，也是個負責的好爸爸、好丈夫。我們今天見到的人是沈晁桂，一個事業有成的對岸廠商。」

「謝謝你的安慰，我不要緊。」

「那妳爲什麼流眼淚？」

「我只是一夜沒有睡，覺得很累。」

沈郁薇把頭靠在尹炬詳的肩膀，喃喃地說著。

那個男生看起來很斯文。有點靦腆，而且很帥。他還一直朝自己的方向盯著。

可能是剛好、可能是錯覺，但是沈郁薇知道自己喜歡這個男生。

「尹麥可！他說他認識你欸！」

「誰？」

「王子啊。」

「妳不是說他是進修部的嗎？」

「你忘了我們經原是一起上課的嗎？他說你很特別啊。」

「其實我根本不知道妳在講誰。」

「他跟我說他明天要跟我告白耶！」天外飛來一句。

「他這樣講不就等於告白了嗎？爲什麼還要等到明天？」

「因爲他說他要正式的告白。」

「妳會答應他嗎？」

「會啊。」

「妳怎麼不當下就答應他？這樣不是多繞一大圈嗎？」

「可是他還沒有告白，所以我不能答應啊。」

「……我覺得很神奇，妳為什麼要找我當妳的麻吉？」

「因為當我第一眼看到你的時候，我就認定了你是我的麻吉。」

「那現在後悔來得及嗎？」

「來不及了。是你自己跟我說，我跟你講話的時候可以有話直說的。對吧麥可麻吉？」

「……」

世界上永遠有一種人：穿著總是光鮮亮麗，模樣冰冷的樣子看起來很難親近。其實她只是個害羞的花癡罷了。

然而就算是花癡，也許也有她自己的故事。

12

雖然已經跟阿炬和馮亮、禹喆來過很多次，可是當我自己一個人走在夜市區的時候我還是會有點搞不清楚方向，因爲我是路癡。

其實這也不能完全怪我，畢竟這裡是商業和住宅的混合區，歷史悠久、巷弄錯縱複雜，地址實在難找。此種環境的交通狀況通常都很差，當然我的所在地也不例外：這裡的移動方向與次序沒有一定規律，完全就是在比人跟車誰比較兇——我才走沒幾步路就被困在人潮與車陣中動彈不得，還被白白叭了好幾聲。

本來想請阿炬幫忙帶路，好在我沒有找他。上次他老兄被叭得不爽，索性展現霸氣就站在十字路口中間不動；好在我們強行把他拖走，否則現在我的寢室下鋪可就空了，經濟系再也不會有尹麥可。

時間已接近傍晚，天色漸暗。伴隨著人聲、車聲與喇叭聲我漫無目的地走著。我忘了我來這裡幹嘛，周遭嘈雜的聲響似乎正在離我遠去，我彷彿迷失了我自己，在這喧囂的寧靜。

「嚇！」突然有人拍了我的肩膀，在背後大叫一聲。

「啊！」我如夢初醒似的大喊一聲。

「幹！誰啦？」

「人家好心跟你打招呼，你反而還罵髒話！」原來是最喜歡鬧我的林葳婷。

看到我被嚇了一跳，汕蓉笑得可開心了；葳婷則滿腹委屈似的假裝生氣。

「誰叫妳要嚇我？」嘴上雖然這麼講，但其實我有點感激葳婷。畢竟她把我帶回了現實，如果沒有她的話，現在的我說不定已經躺在路的中間，或者是飛上天。

「你怎麼自己一個人走在路上啊？你在幹嘛？」

「我在……呃……我在……」

怎麼搞的？我怎麼想不起來？難道我還沒回來現實？難道我眞的忘了？

「太扯了吧！你連自己在幹嘛都不知道？你最近是不是得失憶症？」汕蓉的表情跟我說，她是眞的很驚訝。

「還是……有什麼不能公開的祕密？你被我抓到了喔，翁倩玉！」

「啊！我想起來了！」一聽到她的聲音我就想起來了。今天的葳婷很不一樣，總是能把我從迷惘中拉回現實。

「我來這裡找房子！」

「欸！你們下學期要租外面的房子還是住宿舍？」那天晚上在宿舍，馮亮突然問大家。

「當然是住外面啊！你們難道不覺得跟大家共用廁所跟浴室很麻煩嗎？」阿炬一邊打 MSN 一邊說著。

「說的也是，不然你每次洗澡都洗一個小時，別人排隊的哪受得了？你應該要自己住一間套房，然後每天自己在浴室裡慢慢洗你的貴妃浴，洗到中毒、洗到天荒地老都沒有人管你，也省得你去影響別人。」

「你給我閉嘴。」

「禹喆應該也想住外面吧？」

「是啊。」

「翁倩玉你呢？」

「我其實都可以啦，不過感覺住外面好像比較自由……我應該也會想住外面吧。」我說。

「而且，還可以期待一下隔壁有沒有住什麼美女，然後就故意去拔她的網路線。」

「結果正想拔網路線的時候突然聽到隔壁傳來啪啪聲，然後馮亮就崩潰了。」

「這樣太殘忍了啦！不要啊……」馮亮和阿炬，總是這麼一搭一唱。

「不管怎麼樣，就算沒有同一層，至少也同一棟。」阿炬難得感性地轉過身來：「對吧，各位室友？」

「當然啊！那有什麼問題？」

「欸欸！尹麥可都講話了，有誰敢不同意？」

「呂筱楓是誰呀？」在這難得充滿和諧氣息的當下，我突然瞥到阿炬桌上的筆記型電腦，這次出現在MSN的對話窗的居然不是沈郁薇，也不是我們系上的同學，看著這個陌生的名字我不禁脫口一問。

「筱楓喔，她是我的企管系學伴。」

「哇！是企管系欸！」

想當初從我加她的時候開始，我的企管系學伴一看到我的大頭貼就突然下線，到今天爲止我都還沒再看過她上線。

我買的消夜就這樣放了兩天，吃了噁心、丟了浪費，不知道該怎麼解決。到最後沒辦法只好送給張盛元——張盛元之前自己一個人在房間裡偷做運動被胡博靖抓包，急中生智的他於是還沒洗手就抓著大把的糖果到各寢室發，以聖誕老人過生日發乖乖桶的概念掩飾自己的行爲——在把消夜交給他之前我還特地吐了一口口水，就這樣請他吃我辛苦買的消夜我覺得還太便宜了他一點。

「你換對象了喔？那沈郁薇怎麼辦？」

「你自己去問她啊，然後你就順便跟她告白好了。整天沈郁薇長、沈郁薇短的掛在嘴邊，你跟翁倩玉簡直一樣腦殘。」

「喂！你這樣講太過分了！」我跟馮亮異口同聲抗議。

我們抗議的原因並不一樣。在聽到馮亮抗議的第二時間，我就把頭轉向他表達我的不滿。馮亮臉上的表情有些僵硬，滿是尷尬的樣子。

「時間點也差不多了，不早不晚的，有空的話大家找看看有什麼房子不錯的吧！互相幫忙啊！」

「對了，你下學期要租外面的房子還是住宿舍？」今天下午上完通識課，我出了教室以後遇到雅晴學姊，我們沿著上次跟阿嬤還有表哥遇到她跟她朋友的柏油路一路往下，聊著聊著她也關心起了我的生活近況。

「我應該會在外面租房子吧！不過沒什麼概念，不知道該從何找起。」除了大學住宿舍以外我一直都住在家裡，關於房市與房價之類什麼的我從來沒有注意、也不需要擔心；現在突然自己要在外面找房子，一時之間我還眞不知道有那些事情應該注意。

「你要不要來住我們家？」

「住妳家？」我忍不住大叫了一聲。我現在才發現，原來雅晴學姊竟然是一個這麼直接的人。

「呃……我是說，我媽媽是房東，最近我們新蓋好一棟房子準備出租，你看你要不要來住？」我剛剛叫得太大聲，路上的其他人都轉頭看我們。雅晴學姊有點難爲情地推了一下黑框眼鏡，小聲對我說著。

「噢……這樣啊。在哪裡？」不知道怎麼搞的，我突然感覺我好像有點失落。

「就在夜市區那裡，我等一下回去再傳給你地址。」

「現在都沒有人嗎？」我問。

「對啊，我們最近在招募房客。你過去的時候要記得跟我媽說你是我推薦來的喔，她會給你打折！」

雅晴學姊給了我一個微笑。

「好的，謝謝學姊！我有空會去看看。」

我今天沒有去找雅晴學姊推薦給我的房子，而是去找另外一家叫做「動物園」的學生公寓。從路上發的傳單看來，這棟學生公寓不僅離學校近，而且收費也相對便宜，重點是系上有很多大四的學長姊都住在那裡，我們大一有很多人也都等著他們畢業以後想要直接交接。

看完以後，我覺得環境還算可以接受；只是畢竟我之前沒有租房子的經驗，所以爲了保險起見我沒有繳交訂金，只跟房東阿姨說我過幾天再帶朋友來參觀。

我以前並沒有來過。可是剛才經過門口時我匆匆一瞥，結果發現裡面有個好可愛的女店員。

在回來的路上我突然心血來潮，所以就順便逛了一下公寓旁的 DVD 影音出租店。

我租了兩部鬼片，而且還辦理了會員。我想等我升上二年級以後，我一定會很常來這家出租店。

「啊！」

「吵死了！你在鬼叫什麼東西啦？」

馮亮的一聲慘叫，劃破了寂靜的夜。

最近這幾天只要一吃完晚餐，就到了我們寢室的電影播放時間。

由於這幾天忙著打聯網大會戰，我租來的 DVD 就這樣子被晾在了一邊，稍早我吃晚餐的時候發現明天就是歸還期限，所以在我的慫恿之下我們今天晚上一口氣就看了兩部鬼片。可能是入戲太深，也可能是睡著了以後夢到電影中的角色，總之馮亮在夜裡突然一聲的慘叫喚醒了我們大家；不論白天晚上，只要一起床就會生氣的阿炬正在那裡發飆。

「好可怕啊……嚇死我了！」馮亮還心有餘悸。

我記得我們後面看的一部影片的名字叫做「鬼來電」——我記得女主角是一個很漂亮的日本女生，而且她自己唱的主題曲也很好聽——然而重點是，它的劇情眞的很可怕，特別是我們剛才看電影時，還自以爲應景地關門關窗關電燈。

雖然沒有慘叫，可是其實我心裡害怕的感覺一點也不亞於馮亮。看完電影以後我不敢自己出去上廁所，硬拉著禹喆跟馮亮跟我一起去；阿炬則滿臉不屑地說完「你們這群膽小鬼！」以後就直接倒頭呼呼大睡。

這時候禹喆的手機突然響了。雖然不是電影裡的鈴聲音樂，可是我跟馮亮還是不約而同地又大叫了一聲。

「你們兩個智障給我閉嘴！幹！」不意外的，阿炬又是一聲咒罵。禹喆則輕聲地接起了電話。

「不行啦！這怎麼可以？我拜託妳不要這樣子好不好……喂？妳在嗎？拜託一下……」

禹喆掛上了電話。

「是誰？是不是你自己？」馮亮緊張地問。

「想都不用想啊，一定是李欣瑩。對不對？」

聽到阿炬這麼一講，我突然也想起來，自從上次從李欣瑩的學校回來以後，我好像就再也沒有看過或聽過禹喆跟李欣瑩聯絡。禹喆之前還偶爾會逛她的無名，不過最近沉迷於電玩與電影的他似乎已經忘了李欣瑩——當然，不可否認，也許禹喆在夜深人靜的時候還會默默地思念、或者與她聯絡，就像現在這個樣子。

「她跟我說她想來找我。」沒有直接回答阿炬的問題，不過大家都知道禹喆在說的人是誰。

「她現在還在機場……我跟她說不可能，叫她不要這麼大老遠地跑過來，可是她不理我，還直接掛我電話……」

「掛得好啊，省得你還要掛她電話，她幫你省了一個按鍵。」沒等禹喆把話說完，阿炬就直接打斷：「別管她了，還是趕快睡吧！什麼鬼來電，根本就是婊來電，無言。」

早上不到八點鐘，我們大家就被一陣急促的敲門聲給吵醒。

「誰啊？這麼一大早的？」今天是星期六，我們沒有回家的人除非有事要外出，否則通常都會睡到中午。想不到才一大早的就有不速之客，真是擾人清夢。

「不要開門。」阿炬掀開蓋著頭的棉被，連眼睛也沒張開就直接對著門口大吼：「給我滾開！老子還在睡！」

「不要這樣子，」禹喆下床之後穿上拖鞋：「是小瑩。她剛才打電話跟我說她在外面。」

「是李欣瑩？」本來還睡眼惺忪，結果一聽到禹喆講出那個討人厭的名字之後我瞬間清醒，眼睛瞪得老大：「你昨天半夜不是說她還在機場嗎？怎麼她還真的來了？這麼快？」想不到李欣瑩昨天夜裡鬼來電騷擾我們還不夠，今天一大早她這個不怕陽光的女鬼居然親自找上門。

「我出去跟她講一下。」禹喆披上外衣之後把門打開然後溜了出去，接著又把門關起來。

「你剛才很沒禮貌欸，阿炬。」

禹喆和李欣瑩出去散步，說要帶她參觀我們校園。我一邊吃著早餐一邊對我的室友說：「你怎麼好意思只穿一條內褲就出去盥洗啊？人家再怎麼說也是女生欸……你這樣不是很尷尬？」

「她又不是沒看過。」阿炬一邊上網搜尋玩家一邊回答：「而且她又不是我女朋友——如果她是我女朋友的話我連內褲都不穿——跟這種沒道德觀念的女人誰還要管什麼分寸。」

「講得眞好！」馮亮也在一旁表示附和：「對什麼人做什麼事，本來就該這個樣子。」

我理解馮亮跟阿炬的想法，我也很痛恨李欣瑩。我痛恨她如此不顧情面地羞辱禹喆，給他造成這麼大的心理創傷。從認識禹喆以來，我們看著他受到打擊前後的改變都覺得相當於心不忍。可是這有什麼辦法？如此的結果雖然可說是李欣瑩一手造成，但是自願承受且面對的人卻是禹喆；就像阿炬之前所說過的一樣：當事人既然已經決定，我們旁觀的人又能改變什麼？

這次李欣瑩大老遠從機場跑來，雖然不知道是怎麼回事，但是我想這也許是老天爺再給他們的一次機會：禹喆和李欣瑩彼此之間的關係，說不定還可以有轉圜的餘地。

「有轉圜的餘地又如何？最好不要給我轉圜。把人的心傷得如此支離破碎，結果現在跑來這裡嘻嘻哈哈個兩句就想要一筆勾銷？天底下哪有這麼便宜的事？」

我知道我如果說出什麼對李欣瑩不是那麼充滿敵意的話，阿炬和馮亮一定會這麼對我說，所以我接著就沒有再出聲。寢室裡的三人就這樣陷入了沉默。

晚餐時間過後，禹喆和李欣瑩終於回到了寢室，馮亮看了他們一眼並沒有講話，阿炬則連頭也沒轉，繼續看著他的 PPS。

「你們回來了啊。晚餐吃完了嗎？」雖然阿炬和馮亮可能會不高興，但我還是主動跟他們打招呼。

「嗯。」禹喆輕聲地回答：「小瑩，雖然妳們之前有見過面，不過我還是跟妳正式介紹一下好了。他們是我的室友：馮亮、歐鑑籲，還有尹炬詳。」

「你們好。第二次見面，請妳們多多指教。上次是我的不對，真是不好意思！」

講完話之後李欣瑩還吐了吐舌頭。她的聲音很柔和，語氣也很親切，和她的外表看起來一樣就是個可愛的鄰家女孩，與上次在她們學校裡見到她的時候那種理歪氣壯的態度完全不同。她的這個變化完全出乎我的意料，連馮亮也轉過身來看著李欣瑩，嘴巴張得很開卻吐不出半個字。

我覺得好感動。我眞心地替禹喆感到高興。不管怎麼說，這才是眞正的李欣瑩：禹喆忍受了那麼多的痛苦都沒有放棄，現在老天爺終於把李欣瑩還給他，他的女朋友李欣瑩終於回到他的身邊了！

然而聽到禹喆接下來講的一句話之後，內心正自高興的我就像挨了一記當頭棒喝。

禹喆：「好了，小瑩，妳該回去了。」

不只是我而已，在場的所有人除了禹喆和阿炬全都大吃一驚，當然也包括李欣瑩。

「水喔！」阿炬突然轉過身來，一邊拍著手一邊大聲說。

「禹喆……你說什麼？」李欣瑩以爲自己聽錯了，表情有些茫然。

「我說……妳該回去了。不然妳難道又要大半夜自己一個人搭計程車嗎？老實說，這樣有點危險……」

「我不是說我要睡在這裡嗎？」

「可是……這裡沒有妳的床位。」

「有、有、有。」馮亮：「她睡你的床，禹喆你睡我的位子好了。隔壁寢那麼多空床位，我隨便睡哪邊都OK。甚至你如果想清場的話……我也可以順便幫麥可跟翁倩玉找床位。」

「不是床位的問題，」禹喆說：「我的意思是……我不應該跟小瑩睡同一間房間。」

「爲什麼？」

「因爲……如果這樣的話，我會不知道怎麼跟小雅交代。」

「小雅是誰？」李欣瑩見禹喆沒有回答，把目光轉向我們。

可是就算看也沒有用。我身爲禹喆的室友、跟禹喆幾乎朝夕相處，可是他最近的生活重心就眞的只有電玩與電影；況且就我所知，我們系上也沒有一個女生綽號叫小雅。我眞的不知道小雅是誰。

「有件事情我已經想很久了；剛好妳今天來，我想這是一個機會，我看我還是實話實說好了。」禹喆：「小瑩……我決定要跟妳分手。」

「你說什麼？我是你女朋友欸！你怎麼可以沒有經過我的同意就決定分手？你怎麼可以這樣子？是不是那個什麼叫小雅的跑來勾引你？你跟我講她是誰，我要去找她對質！」寢室裡的這個女孩突然恢復正常，變回了我印象中那個無理不饒人的李欣瑩。

「不是這樣子，跟小雅無關。」禹喆說：「這是跟我們有關，小瑩。」

「什麼跟我們有關？」

「我仔細想過了，我的確沒有辦法好好陪伴妳、照顧妳，我不像那個男生，可以隨時在妳身邊給妳安全感、保護妳。既然那個男生可以代替我在妳心裡的位置，那麼不給他一個名分對他真的太不公平了：我想與其這樣，不如就放妳自由，讓妳跟他好好在一起，這樣我也不會打擾到妳。」

「你別跟我提他！」李欣瑩相當激動：「就是他把我一個人丟在機場！我那時候才知道，原來他早就有女朋友！他跟我出國的時候什麼都不說……一直等到飛機快降落才突然跟我講他要轉機，在我的逼問之下他才說他要去找他國外的女朋友——他們已經在一起兩年了，我居然什麼都不知道！」

「我那時就看出來了，」阿炬：「我早就知道你們兩個是天生一對。」

「他背叛了我！他傷透了我的心！我以為他的心裡只有我一個人。」李欣瑩：「我現在才知道，只有你……禹喆，只有你才會把我當成你的唯一，你如今也是我的唯一。所以，禹喆，我求求你……可不可以不要跟我分手？我現在沒有人可以依靠……我只剩下你。」

李欣瑩抱著禹喆不斷啜泣，禹喆輕輕地把她推開、握著她的雙手：「妳放心，妳不是一個人，我永遠都會把妳當成是我的朋友……」

「禹喆……」李欣瑩顯然受了感動，幾乎連話也說不出口。

「但是，」禹喆放開了李欣瑩的雙手：「我們是朋友，不是男女朋友。我必須讓小雅放心——我沒有背著她，做那些見不得人的事。這些話妳以前有告誡過我……我真的有把它聽到心裡去。謝謝妳，小瑩。」

「你就是為了她所以才不要我！他已經不要我了！怎麼連你也不要我？你怎麼可以對我這麼殘忍？」

李欣瑩像發了瘋似的，不斷捶打禹喆，我和馮亮連忙把她拉開，但她依然不依不饒地持續掙扎，直到阿炬給了她一記耳光。

個。」

「妳鬧夠了沒有？」阿炬：「可以把我逼成這樣子妳也不容易。我一向都不對女人動手的，妳是第一個。」

李欣瑩整個呆住，連眼淚也都停止。她跟禹喆在一起超過三年，禹喆從來都不曾違背她的意思，更別說是吵架，更別說是動手。然而這記耳光打得非常響亮，李欣瑩的臉上有很明顯的手掌痕跡，看得出來阿炬一點也不打算憐香惜玉。

阿炬：「怎麼？妳想怎樣都可以，別人就不可以？妳自己劈腿的時候想過禹喆的感受沒有？現在被甩了還跑來強迫禹喆一定要接受妳？禹喆想跟誰在一起關妳什麼事？從妳偷吃的那一刻起妳早就沒有資格管禹喆了！還有，妳自己愛玩有什麼資格怪別人？妳可以玩對方，人家就不可以玩妳？妳連出軌的對象都要求他把妳當唯一的眞命天女，妳自己又把他當什麼東西？妳又把禹喆放在哪裡？妳以爲妳是女神，還是以爲禹喆專門做資源回收？我以前就警告過妳，叫妳不要再傷害禹喆；妳今天會有這個下場只是剛好，完全是妳自作自受！」

「好了，夠了……我求求你不要再說了，阿炬。」禹喆走到李欣瑩面前：「要不然……我幫妳叫計程車好不好？趁現在還沒有很晚，妳趕快先回學校。」

「你載我回去好嗎，禹喆？」李欣瑩的態度軟化。看她那楚楚可憐的樣子，真的讓人很難拒絕她。

「不好！」阿炬的立場十分堅定：「計程車跟警車，妳沒有其他選擇。」

「所以小雅到底是誰？」把李欣瑩送走之後，我們大家都很關心這個話題。

「小雅是我的英文班同學，我很喜歡她。我最近打算跟她表白。」

「什麼？所以你們還沒有在一起？」馮亮驚訝地問。

「還沒有，不過……」禹喆露出了久違的、招牌的靦腆笑容：「我跟她有相同興趣。」

「什麼興趣？」

「就是打魔獸啊。你們難道都沒有發現……最近我自己上網打的時候，都有固定跟同一個玩家一起組隊嗎？」

「哇靠！誰會注意那種小事？」

「所以你最近都堅持到底，是爲了不想在小雅面前漏氣？」

「小雅只是新手，她還不太會玩。」禹喆苦笑了一下：「總不能每次她表現不好就立刻跳吧……如果她還想繼續到底的話，我當然也只能陪她啊，不是嗎？」

「無言欸……這樣也可以喔？」

「我今天算是服了你了……鄭禹喆，眞有你的！」

禹喆持續沉迷於電玩與電影，但是他沉迷得很高興。

13

「你們怎麼還不睡呀？」

凌晨兩點半，本來躺在床上的禹喆被我們的笑聲吵醒。

幾個小時以前，我和阿炬才剛從聯合家聚回來。洗完澡之後我回到寢室，阿炬正在與他企管系的筱楓學伴聊 MSN——他一面打嗝一面傻笑，嘴裡還一直念念有詞喊著「等登登」——看阿炬一反常態這麼 high，我就知道剛才那個當眾質疑愛麗絲學姊的「酒女」名號且豪氣干雲的尹麥可現在一定還在幻境。

「這樣子可不行。」阿炬滿口胡言、嘴上不斷嚷著「我沒醉！」，馮亮和我等不下去，所以就乾脆自己先上網打了一場連線——本來想找禹喆，但是已經奮戰了一整天的他表示很累了，想要早睡。等我們破了對方主堡之後阿炬的筱楓學伴也睡了，這時看似已經清醒的他突然跟我和馮亮聊起了系露營時所發生的一段插曲。

「你們知道章芯汝嗎？那時候在玩大地遊戲，聽到關鍵的數字要抓旁邊人的手指。然後她坐在我旁邊，我對她其實不熟，結果你們知道她對我說什麼嗎？」

「別抓手指，請摸胸部？」馮亮開玩笑地問。

「當然不是！」阿炬提高嗓音，還敲了一下我的頭，因爲馮亮講話時我在旁邊偷笑。

「她說：『你不要抓我喔，謝謝。』你們不覺得很突兀又很乾嗎？講得好像我很熱衷、躍躍欲試想吃她豆腐的樣子？她那什麼態度？」

「我之前也是啊！」我說：「我之前在便利商店裡遇到她就主動跟她打招呼，結果她看了我一眼完全沒有表示然後就走出去了——我們是同班同學耶！我的存在感眞的有這麼低嗎？」

「哇！好厲害喔……」馮亮有些讚嘆地表示：「我們經濟系眞是人才濟濟，有金銀珠寶，還有章芯汝跟張盛元。」

「閉嘴！別把我跟那些白癡相提並論！」阿炬好像有點生氣。

「一樣是系露營才認識的，我覺得吳繡綺好多了。」我說。其實不只是系露營，還有之前的啦啦隊比賽：吳繡綺不僅個性陽光樂觀，而且人也長得很可愛，雖然已經有個從高中就開始交往的男朋友，可是很多人對她還是鍥而不捨，整天像無頭蒼蠅似的圍著她打轉——比如蕭裕弘和李承梵。

「她應該是以為你們想要追她，所以才先跟你們打預防針吧。可以想像，她一定是一個害羞的女孩子。」馮亮對女孩內心情感與思緒的洞察能力突然敏銳起來，彷彿鮑光翟上身：「我來翻譯一下好了：『你不要抓我喔，謝謝。』其實白話文應該是『你不要把我喔，謝謝。』才對。」

阿炬大吼一聲：「她整個把我當白痴耍！別說我什麼都沒有做，我對她根本連個想法也沒有……結果就莫名其妙先被她打槍！你還跟我說她很害羞？你們難道不知道她平常老擺一張撲克臉，可是只要一有人說要拍照，她馬上就會擠到前排中間嘟嘴裝可愛嗎——啊不是很害羞？啊不就好可愛——還把她哩！扁她都來不及了還把？」

阿炬的唱作俱佳，看著他那誇張的肢體動作與豐富的表情變化我和馮亮忍不住哈哈大笑。結果聊著聊著，禹喆就這麼被我們吵醒了。

「你們怎麼還不睡呀？對了，現在幾點？」本來躺在床上的禹喆這時坐起身來，還一邊揉著眼睛問。

「兩點半。」平常不喜歡講話、可是只要話匣子打開就很難停止的阿炬譙人譙到一半突然被打斷。才剛做完熱身、只是小試身手一下的他這時肯定是意猶未盡。

「都兩點半了還不睡喔？神經病！」

禹喆抱怨了一聲，接著爬下床把電腦的電源打開。

「禹喆你要幹嘛？」

「你們太吵了根本睡不著。反正既然都起來了，乾脆先打一場魔獸再說。」

「對了，阿炬，你當初到底是爲什麼會喜歡跳舞？看你這個能躺著絕對不坐著、能坐著絕對不站著的樣子，我是眞的沒想到你會跳舞，而且還跳得那麼好，系露營的時候我是差點沒被你給嚇死！」馮亮問了一個我一直很想問的問題。這個問題我之前就有好幾次想問，不過每當話到嘴邊，卻總是會被阿炬強勢的氣場給壓住而不好意思開口。

我記得我國中的英文老師有講過：有問題就要問，不要不好意思，因爲你如果不問的話你永遠不知道答案是什麼。當阿炬講出答案時，我不禁暗罵了一聲：「就只是因爲這樣？你到底有沒有搞錯？」

阿炬：「其實我並不是喜歡跳舞。我高中的時候喜歡班上的一個女生，可是她暗戀一個熱舞社的學長，她說她喜歡跳舞的男生，」

「原來如此！講了這麼久，其實這句話才是今夜的重頭戲啊！」阿炬從來沒有跟我們提過他以前的感情生活，我們雖然很好奇可是也想不到他現在居然會自己爆料，禹喆跟馮亮甚至還吹起了口哨。

「我那時跟的是一個地下舞團。我學得很認眞，我甚至還爲了練習而蹺了很多課，學校的老師跟教官都對我很頭疼。」

「原來你從高中就開始蹺課啊，我還以爲淑芬阿姨跟倪詩羽才是你的前兩名受害者——我記得你讀的高中風評不是不錯嗎？你這樣的行爲在學校裡應該很罕見，也難怪老師跟教官會頭疼。」

「後來你有追到那個女生嗎？」我問。

「沒有。」

「怎麼？她已經跟學長在一起了喔？你還是慢了一步？」

「也不是，」阿炬露出了一絲苦笑：「她並沒有跟學長在一起，反而是被一個我很討厭的男生追走——我先聲明，我討厭他不是因爲他跟她在一起，而是我本來就很討厭他——而且重點是，那小子根本完全不會跳舞。」

「太悲情了吧！你最喜歡的女生卻跟你最討厭的男生在一起？你應該從此都不去學校吧？」馮亮說得沒錯。以阿炬的個性看來，這的確像他的作風，就算他眞的如此也不會有人感到意外。然而阿炬的後續反應卻大出我們的意料之外。

「不但悲情，而且諷刺。」阿炬：「我去學跳舞是因爲我喜歡的女生喜歡會跳舞的男生；可是到頭來她卻跟不會跳舞的男生在一起。我爲了跳舞犧牲了很多跟她相處的時間；而那些空檔卻剛好讓那小子趁虛而入。從我知道他們在一起的消息之後的第二天開始，我就每天都準時去學校上課，放學之後我甚至還留下來晚自習，因爲我想看看他們到底有多恩愛。」

「好深的怨念啊！」我說：「那結果呢？他們應該被你嚇到了吧？」

「沒有。」

「怎麼又沒有？爲什麼？」

「她們完全不知道我在不爽的事情，因爲她們根本不在學校。」

「什麼？」

「自從她們在一起之後就常常蹺課去約會，就算有晚自習也是到外面的K書中心。總之就是兩人甜蜜的小世界，什麼旁人的反應他們根本不關心。」

「太慘了！我完全不知道該講什麼。你這根本是血本無歸，賠了夫人又折兵，努力的成果就這樣被別人整碗拿走。」聽了阿炬高中時的這段往事，眞讓人忍不住想掬一把淚。

「人家嘴裡講的，不見得就是心裡想的，或者說這根本就只是推託的藉口。只能說我努力的方向錯了吧。」

「感覺你跟禹喆根本難兄難弟——都那麼努力，也都被別人趁虛而入。」馮亮說著還一邊看著禹喆。

「不能比啦！千萬別這麼說——再怎麼樣我畢竟沒有跟那個女生在一起——禹喆遭遇的事情比我慘痛多了，那根本是不同等級啊。」阿炬拍了拍禹喆的肩膀。

「不會啊，」禹喆微笑：「我跟小瑩還是朋友啊，我不但沒有失去她而且反而要感謝她——因爲她願意選擇放手，所以我才能跟小雅在一起。」

禹喆並不知道李欣瑩之所以會那麼快就放手是因爲她害怕阿炬還是她已經找到下一位，他現在的一言一行都流露出滿滿的幸福；但他之前維持了好長一段時間那副要死不活、宛如行屍走肉的模樣我卻仍記得很清楚。只能說可能每個人難免都有一些堅持，也許很古怪，也許是旁人所無法化解的情結；然而也許堅持了很久怎麼也不願意改變的事，在某個很神奇的時間點會突然想通，突然不在乎、突然可以諒解，然後就突然變得很乾脆。

「難怪你從來都不提跳舞，畢竟那充滿了你的不好的回憶。」我言歸正傳：「你在系露營的晚會跳舞，還有之前的啦啦隊比賽，應該都是應學長姊要求、勉爲其難的吧，眞是辛苦你了。」

「是應學長姊要求沒錯，但也不會勉爲其難。」阿炬：「說實在話我現在可以大方地講出來給你們聽就代表我不在乎了。我對跳舞本來沒什麼興趣，想不到現在在這裡卻可以娛樂大家……其實我覺得這樣子倒也不錯。」

「豈止是不錯而已？阿麥，你簡直就是我的神啊！」

隔壁寢的沈運伍不知道什麼時候闖了進來。想必是因爲聽到我們聊天聊得很大聲，所以才跑來湊熱鬧。

「運伍，這麼晚了你還不睡啊？」阿炬問。

「睡了啊。只是剛剛起來上廁所經過你們房間時聽到你們聊得好大聲，所以想說就來湊一咖。」

「原來是這樣啊。不過下次還是記得要敲門啦！馮亮平常做很多壞事，你半夜裡敲門可以嚇嚇他——而且萬一翁倩玉在學張盛元做運動、或者禹喆跟小雅眞的在運動的話，也正好可以給他們一點時間讓他們還原。不然你如果直接開門的話，場面不知道會有多尷尬？」

沈運伍是阿炬的超級粉絲。自從看到阿炬在系露營的晚會上模仿阿姆斯壯以後，他就鐵了心要拜阿炬爲師，希望自己可以成爲艾德林。不過以阿炬曾經帶他跳過幾次的經驗看來，與其互相搭檔，他還是繼續當他的粉絲會比較好。

That's one small step for (a) man, one giant leap for mankind.

「你們畢業之後想做什麼？有什麼夢想嗎？」聊到後來，我們不免俗地把話題帶到了之後的生涯規劃。雖然我們都知道所謂的生涯規劃其實多是夢話，每個人之後會有什麼際遇與發展誰也說不準，可是我們還是很喜歡說一些毫無根據的夢話且樂此不疲——反正看看時間現在大家應該都在做夢，我們應應景地說些夢話，說不定還能與他們溝通。

「我想打 NBA，而且還要加入塞爾提克隊。」馮亮說。

「你現在就可以打了啊，電腦不是沒關？」阿炬吐槽。

「我是說眞正的 NBA 啦！」

「那時候三巨頭早就老了，你加入有什麼用？」

「老了也沒有關係啊，至少等我加入了再退休嘛，」馮亮：「我想在塞爾提克這支歷史悠久的球隊，與那些傳奇球星們完成歷史性的交接。」

「你做的這個夢可比那些睡著的人精彩多了，」阿炬讚賞地表示：「可惜終究只是做夢。除非你去把球隊老闆的女兒——也許這樣你可以有機會出現在球隊的傷兵名單裡，然後穿西裝坐在觀眾席；否則的話你就只能像現在這樣玩玩電腦而已。」

「我想成爲第二個比爾蓋茲。」禹喆說。

「哇靠！你比馮亮還猛！」我瞪大了眼睛看著禹喆。

「你要想清楚啊，禹喆。打遊戲跟寫程式，可是天南地北、兩個完全不同的概念。我原本以爲你會說你想成爲職業電競玩家欸。」

「我原本以爲你的夢想是入贅，對象從李欣瑩變成小雅。」現在的禹喆對以前的事情早已不再牽掛，甚至可以微笑地面對阿炬開這樣的玩笑。

「是眞的啦！其實剛上大學的時候，我還有猶豫要不要轉系或者重考。不過後來……」

「後來什麼？」我問。

「不過後來我被你們影響接觸到魔獸，就漸漸變得無法自拔，沒時間考慮那些了……」禹喆講著講著，自己也不好意思了起來。

「你倒是很誠實……」馮亮：「不過，既然不當電競玩家的話，還是不要太玩物喪志啊……你看我也很常跟你們打魔獸，可是我並沒有忘記籃球。」馮亮得意地指著書桌底下那顆滿是灰塵的斯伯丁。

「好了啦！你的夢話時間早就結束了，你還是自創球員玩你的夢幻選秀就好，別再打自己臉了。下面一位！」

阿炬話剛講完，大家一下子把目光都集中到我身上。

「我……」

「你什麼？」

「我不知道。」

「怎麼可能啊！你是不想說吧？」

「……我……我不是不想說，我是眞的不知道，我以前從來沒有想過這個問題……」

「好歹講個成爲宇宙霸主、世界之王、享盡人間美色等等？」

講到世界之王，我突然想起了鐵達尼號，傑克的那句經典名句「I'm the king of the world!」

「如果眞的要講的話……」我說：「我希望時間可以停在現在。因爲現在的我眞的很快樂。」

我並不是硬要給出個答案，其實這就是現在的我最眞實的夢想。我以前從來沒有想過我會離開家裡，當初我還很擔心自己內向不擅長交際，在外面會不會變得很孤僻；不過我現在反而很喜歡這樣的自己，一天二十四小時都在外面，有自己的朋友、有自己的生活，無憂無慮且多采多姿，這樣的日子眞的很快樂。

不過很顯然我的室友們對此並不買帳。

「你這句話拿去騙女生多好用？幹嘛唬弄我們！」

「你這樣講話太噁心了啦！這是平常的你嗎？翁倩玉？」

「再過幾分鐘就要六點了，」阿炬：「這應該會是我大學第一次看到日出。」

「當然啊，平常你起床的時候都已經中午了。」我說。

「千萬別這麼講啊！如果我們交換小組長的話我一定每天都去早掃。」

「少來了啦！雅晴學姊人那麼好，你一定是直接睡到爽完全不鳥她。」

「就是因爲人好所以我才會給她面子啊！態度影響心情，你看倪詩羽整天像個母夜叉一樣，我是不是從來都沒鳥過她？」

「這倒也是，哈哈！」

本來輪到阿炬講夢想，但他卻臨時起意說要看日出。我們幾個騎車來到這裡時天色已經微亮，四周一片寂靜，空氣非常清新。

「對了，我剛剛不說並不是因爲我沒有夢想，」阿炬突然自己提起未完的話題：「我之所以不說出自己的夢想是因爲我不想空口說白話，而且我也不願意聽別人評判。表面上看起來我好像有點滿不在乎，但其實我從來都不曾與別人分享。」

看起來從不在乎的卻最在乎，所以刻意不提起地孤傲保護——我覺得我好像可以體會阿炬的感覺，但是同時又覺得阿炬的心裡好像隱藏著很多事情，我以前從來沒有看過阿炬這麼認眞的樣子。

「那麼你願意跟我說你的夢想是什麼嗎？」阿炬從來都不曾與別人分享，如果可以的話我還眞希望能夠知道。

「我想做一件事情。」阿炬說。

「什麼事情？」

「什麼事情並不重要，重要的是我想讓人們永遠記得。」

「讓人們永遠記得？」永遠記得可能有點困難，但是阿炬時而誇張且脫序、那種我行我素的行徑，我想見識過的人可能也不是那麼容易就會忘記。

「這是我自己的想法——我覺得一個人如果能做一件事情，然後在他死後過了兩三百年，人們依然記得他做過這件事情——那麼他就算完成那件事情以後立刻死去，或者是一輩子窮困潦倒、孤單無依，只要他能完成那件事情，其他的一切都無所謂。」

「這就是馬斯洛的需求層次理論裡的自我實現？」

「是的，只不過每個人想實現的目標不同，端看個人意願。」阿炬：「但是，當一個人已經完成理想，進入超自我實現的境界時，就算急流勇退，其餘的一切倒也不必眷戀。」

「你的自我實現的目標就是讓人們永遠記得？那你想要做什麼樣的事情讓人們永遠記得？」

「做一件我擅長、而且深愛的事情。我現在還沒有想好要做什麼，但是我知道，我會把我的一切都投入在那件事情上面。只要我能完成那件事情，其他的都無所謂。」

「好崇高的理想啊！雖然你說得很虛幻，」我說：「那麼從現在開始，你應該就要按部就班，一步一步地朝你的夢想實現。」

「我不喜歡按部就班，我想要的是一步登天。因爲我的一步，就會花比其他人努力了一輩子還要更多的心血。」

「你是不是表面清醒，其實還在宿醉？」阿炬的一席話幾近狂妄與荒誕，我是越來越聽不懂。我想馮亮跟禹喆一定也這麼想。

我把視線從遠方轉向阿炬，然後忍不住發出了一聲驚呼。

「阿炬！你的眼睛好漂亮！」

雖然阿炬平常很喜歡戴墨鏡，尤其是在剛開學的那段日子，不過時間久了，在宿舍時我們總會看到他沒戴墨鏡的樣子。說眞的有沒有戴墨鏡的阿炬眞的是兩個人，因爲他的眼睛看起來很有靈性，澄澈明淨、而且充滿感情。

日出的陽光灑在阿炬的臉上，他的目光朝著遠方，望向很遠的地方。

「我一直都是睡前才洗澡的啊！凌晨的時候本來要去洗，結果跟你們聊著聊著就拖到現在。反正我等一下洗完也是要睡啊，還不是一樣睡前洗。」

阿炬和我們一樣整夜沒睡就算了，但是他從昨晚到現在居然連澡都沒有洗。早餐吃完回到宿舍以後，我們才赫然發現今天早上有課，依照阿炬「自己就是選課系統，自己課表自己安排」的說法，我們大家都決定今天早上要在寢室集體補眠，就像阿炬曾經講過：「既然沒在上課，爲何還要點名簽到拚出席率、在那裡自欺欺人？反正都是睡覺，當然要在有床的宿舍裡睡比較舒服，幹嘛特地走到教室去睡給人家看？」

「什麼事情吵吵鬧鬧？」尹炬詳洗完澡走上二樓，看到小天橋上擠著一群人，每個人的臉色都很難看。

歐鑑籲和馮亮、鄭禹喆一睡就睡到下午；尹炬詳醒來時已經晚上七點鐘。醒來過不到幾個小時，尹炬詳又跑去洗澡。洗完澡之後他看到小天橋上擠著一群人，站在中間的金隆笙講著電話，似乎是在和誰吵架。

「尹炬詳！你來得正好！」

金隆笙見到尹炬詳連電話也不掛就隔空大聲喊道。

14

小天橋離我們房間只有幾步的距離，聽聲音知道是我們經濟系。

「你懷疑我的理由毫無根據！而且你也沒有資格掌控她的過去！」尹炬詳大聲咆哮。

就算不出門我們也知道出了事情；開門走過去赫然發現：邵雨燕哭成個淚人兒，阿炬和龍兒兩人正針鋒相對著。

「我沒有資格，難道你有資格？這是不是就是你想說的？」金隆笙的聲色俱厲，絲毫不落入下風。

「你是跟現在的她在一起，那你爲什麼要質疑她的過去？你究竟憑什麼要干涉她的過去？」

「憑什麼？就憑我跟她在一起！」金隆笙：「我告訴你，我金隆笙的座右銘只有兩個字，那就是『完美』——我對我自己的要求只有完美，我在場上力求表現、我與朋友眞心相待、我對我的感情要求也是純潔神聖，不容有一絲汙穢！」

「你居然說這種事情是污穢！請問你活在哪個年代？你活在哪個世界？請問你今年幾歲？」尹炬詳彷

佛被戳中痛處，像連珠炮似的不斷加重語氣並大聲嚷嚷。

「你不用轉移焦點！我的堅持就是完美。」金隆笙不爲所動，並不理會尹炬詳：「我對自己要求完美，而我的對象對我理應也是完美——可是現在我卻嚴重懷疑，究竟是誰讓邵雨燕變得不完美？」

「你對完美的定義爲何，我沒興趣也不想干涉——但是你當著她和這麼多人的面前追究這種事情——你知道她是你女朋友嗎？不管是不是你女朋友，你都不應該這麼對一個女孩子，你有沒有替她想過？」

在尹炬詳與金隆笙的中間，賴詠櫺站在邵雨燕面前擋住眾人視線，並揮手示意要大家別看她們。

「你也知道她是我女朋友？聽你說話的口氣，你對邵雨燕的了解好像比我還多？你是不是覺得你比我懂邵雨燕？你不讓我追究這件事情究竟是什麼原因？你知不知道我爲什麼會懷疑是你？」金隆笙也提高音量。

「那是你的存在感低，不懂珍惜而又作賊心虛！」

「你不承認也沒關係。我告訴你，我會懷疑是你不是沒有原因。」金隆笙：「我對邵雨燕的了解遠勝於你！我告訴你，像邵雨燕這樣的女孩子絕對不會這麼不懂得珍惜、自己糟蹋自己，這一定是發生在來這裡之後的事情——來這裡之後除了我哪個男生最常和她在一起——就是你！」

「是我又怎麼樣？你難道懷疑她會做出對不起你的事情？你對自己喜歡的女生如此不信任，你完美的感情態度又在哪裡？」

「我不是懷疑她，我是懷疑你——如果不是廖仕暄親口跟我說的話，我甚至還不敢相信！」

「叫廖仕暄出來啊！他爲什麼人不見，手機又沒接？」

「你昨天晚上跟誰在哪裡你自己很清楚，對此大家也心照不宣。事情都已經這麼明顯了你還敢找他對質，簡直不見棺材不掉淚，我不得不佩服你的臉皮之厚……」

雖然聽得不是很清楚，但是大概也知道意思。龍兒與邵雨燕的感情出了點問題，龍兒認爲問題的源頭是阿炬。很顯然阿炬一定是被誤會。

「我只想問你一句：你說你律己力求完美，對別人也要求完美——那麼你跟盧梓巽的那場單挑，請問是什麼意思？」

「像你這種沒有打球的人根本不會懂——我爲了邵雨燕拚盡我的全力，不管面臨多麼不利的狀況我都不會放棄——這就是我對愛的重視和展現！」

「是這樣嗎？」尹炬詳：「你以爲我不知道你爲什麼打那麼拼命嗎？那是因爲你不想輸——但是你不想輸的只是一口氣，不是邵雨燕！」

「你……你一個局外人懂什麼東西？我才不聽你胡言亂語！」金隆笙愣了一下，突然大怒。

「你們以邵雨燕爲賭注——我聽說邵雨燕當天就已經因爲這件事情洗你的臉了；就跟你對完美的過時定義一樣，對於你扭曲的價值觀我不想追究——但是我想問你，你們打賭的動機是什麼？你別跟我講是因爲邵雨燕，那天本來你已經贏了，你爲什麼還要跟盧梓巽打賭單挑？如果說你拼命的動機是爲了邵雨燕的話，那你根本不必多此一舉；你只是想以邵雨燕爲賭注來激起盧梓巽的鬥志，你以爲你爲了邵雨燕那麼拼命，其實你只是想證明你的球技，你以爲我不知道是你自己先提起這場以邵雨燕爲賭注的單挑？你冒著失去邵雨燕的風險也不想在球場上輸給盧梓巽——你居然還敢跟我說你是爲了邵雨燕？」

「尹炬詳！你……」

「你跟盧梓巽單挑是爲了邵雨燕還是爲了籃球？你嚴以律己、凡事力求完美；並且因爲愛邵雨燕，所以也要求她必須跟你一樣完美——這就是你的完美？你是爲了自己完美、還是爲了她的完美？你不惜犧牲她也要成全自己的完美，還好意思要求她去遷就你那自以爲是、自私自利且不合時宜的完美？你根本就不明白——完美之所以完美，是因爲它的不完美被包容，所以才會完美——你自己又有多完美呢？你敢跟大家保證，你在遇到邵雨燕之前都沒有碰過其他女生？」

「尹麥可我求求你不要再說了……」邵雨燕蹲在地上啜泣，她的眼睛不僅水汪汪，而且眞實充滿了淚水。看到這個畫面無論是誰都會覺得很美，使人鼻酸而又無能爲力的淒美。

「我眞後悔，我當初應該一有所察覺就對邵雨燕提出警告、我後悔我自己不忍破壞朋友感情而選擇隱忍——想不到你現在變本加厲，居然一點也不把邵雨燕放在眼裡。你瞧瞧你那扭曲的價值觀和過時的完美定義：你凡事以你自己爲中心，只懂得要求別人卻不懂得檢視自己。你充其量只是一個活在自己幻想的完美世界裡的小屁孩而已——我現在堅決反對邵雨燕跟你在一起！」

「這就是你的目的！你講了那麼多廢話，終於講到你今天的重點！你還敢跟我說我懷疑你懷疑得不對嗎？」始終堅持自己觀點的金隆筌一聽到尹炬詳說出這句話立刻反擊。前頭遭到了一陣搶白的他仍然強自鎭定。

「豈止是懷疑？我告訴你，你對我的懷疑不僅僅只是懷疑而已，而是鐵一般的事實——我不但搶了你『完美』的邵雨燕，而且我現在還要在你面前，再搶這個被你稱之爲『不完美』的邵雨燕！」

尹炬詳突然一把拉起邵雨燕走下小天橋。

在場的所有人都被這一幕給驚呆了，尤其是賴詠櫺和金隆笙。邵雨燕一點也沒有反抗，就這樣被尹炬詳牽走。

「走！我們去約會！那小子不珍惜妳，我會好好珍惜！」

「你有本事你就把她帶走！」驚怒不已的金隆笙氣急敗壞地朝兩人破口大罵：「邵雨燕妳就和他走！妳和他走了以後，妳有本事妳就不要回來找我！」

我們四個室友前天晚上整晚沒睡而且一直在一起，阿炬不可能在那個時候避開我們跟邵雨燕出去——

我和馮亮、禹喆昨天晚上都聽得很清楚：很明顯是廖仕暄亂放謠言陷害阿炬然後神隱；龍兒則是因此和阿炬產生了嚴重的衝突與誤會。

雖然龍兒與盧梓巽的那場單挑是龍兒主動提起的，但是很明顯盧梓巽用了激將法。他最後之所以放棄比賽並不是因為折服於龍兒的拚勁，而是因為看到邵雨燕的反應，覺得就算贏了比賽也贏不了她的心；主動棄賽或許是因為感動而展現氣度，也或許是因為無奈而自己找台階下、還做個順水人情。

雖然當初盧梓巽是故意激龍兒跟他單挑好替自己創造贏面，但是也意外地激起了龍兒的黑暗面：阿炬說得很對，龍兒這樣的行為實在讓人懷疑，他愛的到底是籃球還是邵雨燕？如果兩者有衝突的話他會如何取捨？或許龍兒他自己也從來沒有想過這樣的問題，或者龍兒他其實一直都只愛他自己？

然而仔細想想，阿炬之所以會引起龍兒的懷疑和不滿、甚至遭人陷害，其實也是因為他從來都沒有收斂自己的想法與行為、鋒芒太露，所以才引來別人忌妒。這些人也許平常不會有所表示，但是只要一逮到機會，任何的小缺點、小失誤和閒言閒語，都會被他們無限放大。

就像阿炬和邵雨燕，大家都看得出來他們的互動很熱絡，雖然在沈郁薇之前我們也常拿他們開玩笑，但那畢竟不是男女之情。

然而也許不是每個人都可以把友誼和男女之情分清楚。面對這層關係，也許他們無法像一些人可以想明白、看透徹，就像龍兒：一向以「完美」爲座右銘的他，怎麼可能容忍自己的女朋友和其他男生走得那麼近？如果不是因爲平常已經看阿炬不順眼而找無機會發揮，相信不管廖仕暄再怎麼造謠生事，他們也不至於會鬧到今天這步田地。

一整個晚上，阿炬和邵雨燕的手機都關機，沒有人知道他們去了哪裡。

等阿炬回來時已經是隔天早上。一臉失魂落魄的阿炬兩眼無神，而且只有他自己一個人。

那天晚上在大家面前，阿炬和龍兒因誤會而起了衝突，但他們彼此也各說各話、互不相讓地展開爭鬥。從表面上看起來，阿炬直接帶走邵雨燕，宣告了他當晚的勝利，但是這場勝利也只維持了一個晚上——邵雨燕回來之後依然與龍兒在一起，而且從此和阿炬保持距離——這樣一來無疑是向大家宣告：尹炬詳企圖破壞金隆笙與邵雨燕的感情而且最終以失敗收場。從此大家看阿炬的眼光就不同以往，紛紛開始對他疏遠、避之唯恐不及，連我們這些室友都難以忍受這突如其來的一切。

龍兒跳過了我們房間，其他的房間他逐一親自去講，告訴大家尹炬詳是如何惡劣地有意接近、並企圖破壞他和邵雨燕；至於女生方面，他也請和系上女生最有互動的蕭裕弘、李承梵和魯仁廷等人幫忙轉達。

身爲朝夕相處的室友，我們幾個都非常了解阿炬的脾氣，所以對於阿炬當天晚上的實話與氣話分得相當清楚，也能理解阿炬當晚怒氣之下所做出的脫序行爲，我們都相信阿炬沒有破壞龍兒與邵雨燕的感情。從當天晚上的情形看起來，阿炬從贏變成輸的關鍵在於沒有人證明廖仕暄說謊——然後被阿炬強行帶走的邵雨燕隔天回到龍兒身邊，事情從此蓋棺論定——大家結論式地認爲尹炬詳就是一個惡劣且失敗的破壞者與競爭者。

其中沈運伍的變節最讓我們感到憎恨：口口聲聲說是阿炬粉絲的他在事情發生的前一天晚上還有來我們寢室，第二天懼於眾人壓力沒有出面替阿炬作證「或許」情有可原，然而從此他卻也刻意地疏離我們，就連偶爾見到阿炬，也滿是鄙夷與不屑的眼神。

「我快受不了了！再這樣下去我眞的會發瘋！」馮亮高聲叫道：「我現在就去說出眞相，告訴龍兒、告訴邵雨燕和大家。我現在就先去把廖仕暄那個王八蛋找來對質！」

「不行！」阿炬大聲斥喝。

「你瘋了嗎，尹炬詳？你知不知道我這是在幫你？這種事情你自己應該最有體會，我不想追究你這兩天爲什麼就這樣默默地隱忍不說，這不是你的風格——但是你現在爲什麼連我想要去說這件事情你都要阻止？」

「馮亮、禹喆、翁倩玉。」自從那天晚上帶走邵雨燕，回來之後就一直很沉默的阿炬這時主動叫住我們：「我在這裡先向各位表示我的感謝，謝謝你們願意相信我，」

「這不是願意不願意相信，這是根本就沒有發生的事！」馮亮雖然平常很喜歡與阿炬互相調侃，但是其實他是那種只要朋友有難，就絕對會義不容辭地幫忙到底的人。阿炬這次背了黑鍋、受到這麼大的委屈，他自然是看不下去。

「謝謝你，馮亮。」阿炬露出罕見的微笑：「但是我不希望你這麼做。不只是你，我希望翁倩玉和禹喆你們也不要幫我解釋。」

「爲什麼？」我想不管是誰，一定都會對阿炬的這句話感到驚訝與不解。

「請你們想想邵雨燕吧。金隆笙上次在大家面前那麼說她已經對她造成很大的傷害，如果我們現在把事情解釋清楚，難保金隆笙不會再對那件事情追根究柢，那麼就換邵雨燕難以解釋了——她是一個女孩子，怎麼可以連續受到兩次這種傷害？我之所以承認是我就是想把所有的焦點都轉移到我的身上，因爲我不希望大家再去追究她的過去，請大家給她保留一點面子。」

「所以這樣的結果，你願意默默承受？」

「我無所謂。反正我是男生，別人怎麼說我都沒有關係。」阿炬：「更何況，我不是還有你們嗎？我想真正懂我的人一定會願意相信我的。」

「可是這不是事實……」

「沒有關係，你們不必再說了。」

就算失去一切，我也不能失去我對妳的心。

15

從阿炬跟龍兒那天晚上在男宿的小天橋上吵架、阿炬強行帶走邵雨燕，到今天為止已經過了整整一個星期，阿炬也背黑鍋背了整整一個星期。

幾乎系上的所有人全都對阿炬另眼相看，大家對阿炬的態度在事情發生的前後有著一百八十度的轉變。我們幾個室友看阿炬站在風口浪尖上，從敢做敢言、瀟灑不羈的尹麥可變成人人鄙夷輕視、避之唯恐不及的心機反派，唯一沒有改變的就是他一直都是大家聚會時所討論的話題人物，就算他們不認識阿炬，但是彼此之間依然會有所告知與風聞；然而不管他們所講的是好話還是壞話，他們僅僅只是交流所得來的消息與資訊、作為茶餘飯後的話題，從來不會有人想要花時間去了解傳聞是否屬實、去辨明事情的眞僞——他們往往只憑口耳相傳的道聽塗說，或者是某人喝醉酒時不經意的一句話，就對別人輕易地做出結論並且貼上標籤——事情發生之後已經過了整整一個禮拜，雖然這件事情已經傳得沸沸揚揚、盡人皆知，可是不管是在宿舍裡、還是系上或者系外，居然沒有任何人主動來問我們這件事情——他們沒有問阿炬，也沒有問我和馮亮、禹喆，從他們與我們相處互動時的那種異樣的眼光與神色，那樣的感覺就好像我們與阿炬狼狽為奸，同是一丘之貉。

不只是馮亮，就連我跟禹喆也忍不下去，我們吞不下這口氣。但是阿炬還是堅持強調不說、也不讓我們說，甚至還揚言「你們誰說了誰就不是朋友，你們懂我的性格」；沒有辦法、萬分無奈，就像之前他曾經說過的一樣：如果身處其中的人已經做了決定，那我們其他的局外人講再多又有什麼用？

十一點十一分，葳婷突然打電話給我，她說她今天蹺課去找哥哥，可是回來晚了錯過末班車，身上的錢也不夠坐計程車，她問我如果我在學校的話可不可以去載她。

今天是星期五，阿炬、禹喆和馮亮這禮拜都回家，寢室裡只剩下我一個人感覺怪孤單冷清的，再加上最近發生的事情，雖然我並沒有身處其中，但是我們 5128 寢的室友在系上是出了名的感情好，因此大家多多少少也下意識地把我當成了當事人，在與我相處時，除了異樣的眼光之外，自然也不會給我什麼好臉色。受夠了這些窩囊鳥氣的我本來想這個週末都關在宿舍裡打電動睡覺度過，想不到這時葳婷突然打電話給我，眞是讓人喜不自勝，雖然現在下著大雨，不過我仍然非常高興地拿著鑰匙準備出去牽車。

「總算有人願意對我有正向表示，就算要我當轎夫我也願意。」

出門時，我還高興地喃喃自語。

「好久不見了欸。」

「是啊，我知道你們最近有一些事情。」

「在這種時候妳居然願意相信阿炬，真讓人感動。」在等紅燈的時候我回頭說：「等這件事情一過去，我一定叫阿炬娶妳。」

「其實我不是相信尹麥可，我是相信你。」葳婷坐在後座，身體微微向前傾地對我說。

「什麼？」

「你想想看嘛，我跟尹麥可畢竟不是很熟，所以我也無法確定他到底有沒有做那些事……」葳婷：「可是你就不一樣啦！我跟你很熟，我知道你有色無膽、為人忠厚，我想你應該不至於騙人。既然你口口聲聲說尹麥可是被陷害而且自願背黑鍋的，那我想這應該就是事實。」

「妳說我為人忠厚就好了，幹嘛講什麼有色無膽？」聽了葳婷的一席話，我真不知道是該感動還是無言，葳婷總時不時就喜歡拿我消遣。

「不然你證明給我看啊。」

「證明什麼啊？妳這是什麼意思？」

「沒—什—麼—意—思。你快點專心騎車，別一直回頭問！」

「欸，我回不去了耶……」窗外的雨越下越大，葳婷一邊吃著魚板一邊對我說。

「不會啦，我直接載妳到女宿門口就OK啦！」本來我想直接回學校，可是葳婷說什麼都一定要先到便利商店躲雨順便吃關東煮，結果才坐下來沒多久就看到窗外的雨越下越大，這才在跟我抱怨。

「我不是在說下雨的事情……」

「那妳說什麼回不去？」

「你看！」葳婷指著掛在牆上的時鐘：「已經超過十二點了，我們女宿有門禁，從凌晨十二點到早上六點，電子大門的系統會自動關掉。」

「哇靠！妳不早講！怎麼現在還有心情在這裡吃東西？」我差點沒從椅子上站起來大叫。

「我本來想說沒差，反正女指室有一個我很熟的學姊可以幫我開門。結果我剛剛才想到今天禮拜五——她前幾天有跟我說她這個禮拜會回家——這下我回不去了啦！」

……不愧是葳婷，果然大愚若智。

「那怎麼辦？」我問。

「只好睡路邊啦！還是你要借錢讓我去睡旅館？」

「我不知道我們附近有什麼旅館欸……而且我現在身上也沒有那麼多錢……還是我們先回去宿舍拿

錢，順便用電腦查附近有什麼旅館好了。」我說。

「也只能先這樣啦，不然怎麼辦？」

「可以唷。」睡到一半，突然感覺背後有人在說話。

本來還說要來拿錢、然後上網找旅館的，結果葳婷一到 5128 寢就賴了下來，說什麼也不走。

「怎樣？瞧不起女生喔？這裡還有這麼多空位我為什麼不能留下來？我這是在幫你省旅館錢欸。」

「我是說先借妳錢！我哪有說要幫妳出錢……」

「我就不想花錢啊！你幹嘛一直趕我走啦？你一個人要睡四張床嗎？」

「不是啦……」

「那不然是怎樣？你是不是覺得我們這樣子孤男寡女的，你怕你自己到時候會忍不住……」

「誰忍不住啦？本來忍不住的一看到妳也會瞬間忍住！」葳婷到最後果然用激將法，可是我明明知道卻忍不住，偏偏就吃這一套。

「好，這可是你說的！」葳婷爬到右邊的上鋪：「你如果敢亂來我一定報警。」

「等一下……妳幹嘛一定要睡上鋪？那是我的……」

「晚安，記得關燈。」

葳婷睡走了我的床位。沒辦法，我只好躺到下鋪，那是阿炬平常在睡的位置。

就像葳婷講的一樣，我對她根本就沒什麼想法，只是很純粹地把她當成好朋友這樣。

歐鑑籲果然遵守諾言，說一是一、說二是二，我說我不碰葳婷我就真的不碰。

可是葳婷的鼾聲有點大，我翻來覆去有些受不了；於是我只好用枕頭埋住臉頰，整個人躲到被窩裡。

就這樣過了一陣子果然就沒有再聽到鼾聲，而我也漸漸有了睡意。

「可以唷。」睡到一半，突然感覺背後有人在說話。

朦朧中，我揉著眼睛，看起來好像是葳婷，不知道她什麼時候下來下鋪，我記得她剛剛好像睡上鋪？我很睏，不想管那麼多，於是我轉頭閉起眼睛——我想我現在應該是在做夢。

「我說可以唷，翁倩玉。」睡夢中我突然又聽到了葳婷的聲音。

我知道這不是在做夢。我瞬間驚醒。這時我才發現葳婷正從後面把我抱住。

「你知道我喜歡你很久了嗎？」

「葳婷……妳清醒的嗎？我不是尹麥可——我是歐鑑籲。」我從來沒有被一個女生從後面抱住，我緊張到簡直連動也不敢動。

「我知道啊，我當然清醒。」葳婷在我的耳際輕聲細語：「從開學第一天我就覺得你很可愛……你很單純，而且心地善良。」

「可是……妳不是跟我說妳喜歡阿炬？」

「我從來都沒有說我喜歡尹麥可啊，那都是你說的——我跟你聊尹麥可那只是我想要接近你、跟你找話題而已。」

「可是……我完全不知道這件事……」

「你當然不會知道啊，你那麼遲鈍，」我很清楚感覺到葳婷說話時，在我耳際流動的空氣：「又遲鈍又天眞，簡直笨的可以——可是又笨的可愛。我就是喜歡這樣單純沒有心機的你。」

「我從來都沒有想過……」

「你記得我們第一次講話的時候我要你偷拍你跟尹麥可的合照嗎？那是因爲我想要你的照片，可是我不好意思講。還有我爲什麼要參加啦啦隊比賽？不是因爲尹麥可，是因爲站在尹麥可旁邊的你——翁倩玉，你是不是覺得在尹麥可這朵大紅花的旁邊，你就永遠只是一株不起眼的野花小草？你知不知道你很迷人？你知不知道你很有魅力？你是不是以爲躲在尹麥可旁邊我就找不到你？」

「葳婷……妳聽我說……」

「之前你一個人在夜市找房子，我突然拍你的肩膀、在你背後大叫，我跟你說，其實那根本不算什麼：你之前接到那些不顯示號碼、然後一接通就掛掉的奇怪電話，其實都是我在跟你惡作劇。」

「妳爲什麼要跟我惡作劇？」

「我爲什麼要跟你講我的心事？那是因爲我信任你，因爲我對你毫無保留、不怕你笑。你知道我爲什麼要找你幫我擋謝屢逢？爲什麼我找你出去、要你假裝當我的男朋友？你知道我有多麼希望我們能假戲眞做？連汕蓉都那麼積極在助攻，你爲什麼就是看不出來？」

「可是我一直以爲妳喜歡的是阿炬，而且我之前還說過要幫妳牽線……」

「是啊，你看你多白目。」葳婷把頭靠在我的肩膀上：「你常常說我莫名其妙就生氣，其實那是因爲我每次給你暗示你都沒有發現，也不知道是眞的還是故意，然後還一直把我推給尹麥可……」

「我眞的不知道啊，妳又沒有跟我說……」

「你記不記得我上次臨時叫你載我回家，然後我跟你開玩笑說要以身相許？其實這不是開玩笑，因爲我眞的願意……」

葳婷把我轉過身，輕輕地親吻我的額頭。

我突然像觸電一樣一把推開她。

力道不重，可是卻很突然。葳婷似乎被我的舉動嚇到。

不只葳婷，連我自己也嚇到。

「你討厭我嗎？」葳婷看著我，有些不可置信地問。

我也覺得不可置信。此時的我完全無法思考，我不知道我自己在幹什麼，只覺得無形之中有一股力量，驅使著我的所做所言。

「葳婷，妳聽我說，」我把雙手搭在葳婷有些顫抖的肩膀，低著頭對她說：「我的性格很內向，不太會交朋友。可是自從我上大學以來，我很高興的一件事情那就是跟妳認識——妳是一個很可愛、也很有趣的人——我很高興有妳這個朋友。」

「……朋友？」

「這次我們 5I28 幾乎跟所有人都鬧翻了，但妳卻願意挺我們，不管妳是相信我還是相信阿炬，我都萬分感激。我很感激妳還願意把我當成朋友……」

「爲什麼只是朋友？你有喜歡的女生嗎？」

「沒有。老實說……我沒有談過戀愛，我不知道什麼是喜歡一個人，也從來都沒有想過這種事……我想也許有一天我會明白——但是我現在可能沒這個心情……最近發生了好多事……我覺得心裡很亂……」

「等你的心情穩定、想明白了以後，你會不會願意跟我在一起？」

「我不知道……但是現在，我能有妳這樣一個好朋友——真正的好朋友——我只知道我很慶幸。」

「好朋友……真正的好朋友？」

「是的，真正的好朋友。就像阿炬與翡翠、瑪瑙一樣，我們是超越性別的好朋友。我會一直把妳當我的紅顏知己。」

「……我明白了，我們是好朋友。」

「是的，葳婷，我很珍惜。我希望我們的友誼能長久且持續下去。」

「我們是真正的好朋友。我也會很珍惜我們的友情，翁倩玉。」

「謝謝妳，葳婷。」

「不客氣，翁倩玉。」

在清脆的鳥鳴聲中我睜開雙眼，此時葳婷還在上鋪很安穩地睡著。

我覺得我在做夢。昨晚的事情沒有任何徵兆、而且發生得太突然。儘管我昨天睡前沒有喝酒、但是我的身體卻很累；我當時的感覺很真實，可是現在回想起來我的印象卻很朦朧。我想這一定是在做夢。

我還不打算起床，微微翻轉了身子準備再睡一會兒。被奇異的夢給折騰了一個晚上，我需要好好補眠。

「我們是好朋友喔……翁倩玉……」上鋪傳來了葳婷夢中的喃喃自語。

這時，我突然聞到我的棉被裡，隱約有一絲很輕微的香味。

16

「唉唷……你們看看誰來了？眞的是好久不見了啊！尹麥可——今天這是你的場欸——你怎麼不上去露個兩手隨便跳跳？」

「是要跳什麼啊？人家尹麥可眞正厲害的才不是在台上唱歌跳舞的這些雕蟲小技，而是瞞天過海、暗度陳倉——只可惜機關算盡……到最後還是枉費心機啊，哈哈哈！」

這樣的結果都是出於自找且完全可以想像。但是基於人之常情，阿炬仍然被最近在系上盛傳的那些謠言搞得心煩意亂，本來就不喜歡上課的他索性就整天躺在宿舍裡睡覺，取代禹喆成爲我們 5128 的寢室保全，到今天爲止阿炬已經整整兩個禮拜沒有上課，也沒有參與系上的任何活動；我實在看不順眼阿炬這個樣子，所以今天晚上我硬是拉著他與我一起到活動中心的音樂廳，觀看由我們校方學生會所舉辦、一年一度的才藝表演決賽。

儘管阿炬本人對此不是很有興趣，但是自從啦啦隊比賽和小運會結束以來，系上的學長姊都一直不斷提醒阿炬千萬不要錯過今晚的盛會，說如果他願意參加的話一定能闖入決賽，希望他可以在全校師生的面前替我們經濟系爭一口氣；然而時至今日，本來該是以參賽者身分出現、在台上大秀舞步且接受高分貝歡呼的尹麥可，現下卻只是一個一進場就碰到系上的同學、且還被冷言冷語大加奚落的「默默」觀眾。

「你可千萬別在意啊，阿炬。」我說。

「講什麼傻話？我才不在乎他們呢。」儘管阿炬嘴上這麼說，但他還是特意繞過了集體出入的系上同學，選在遠邊接近角落的座椅區坐下。看來他多少還是有點在意他在大家心目中的形象與大家對他的評語。

豈止多少，而是非常。其實他一直都很在意。

他當然很在意。

你看起來似乎有些疲累。我知道，你只是想要自己一個人好好靜一會兒。

「好久不見的倪詩羽……想不到居然在這裡。」

每個禮拜都有助教課，基本上除了阿炬之外，詩羽學姊並不會好久不見。

儘管如此我卻也對詩羽學姊的出現感到意外。

假如她出現在觀眾席的話，我一定會覺得：「哇！原來妳除了念書考試做研究還有上課跟罵人以外，居然也會有『閒情逸致』？」，但是此刻我卻無法用言語表達我的震驚與訝異，因爲她出現的地點是在舞台中央。

如果不是主持人有先跟大家介紹系級與姓名，我還眞看不出來眼前這個化濃妝且性感嫵媚的女生，居然就是我們平時那個正經八百、不苟言笑的詩羽學姊。

「眞的悶騷，」阿炬搖了搖頭：「看她這身打扮，八成是又要 high 了。」

眞的是人不可貌相啊！當我第一次見到詩羽學姊時還暗自替她感到可惜，因爲她的性格太強勢、言行又過於無趣，簡直辜負了她那略帶有些古典氣質的好模樣——然而現在我才知道，學姊果然不愧爲學姊，在她向我們展現她的才藝以前就又先跟我們上了一課：做什麼事情，就該有什麼樣子。我簡直太佩服公私分明且動靜皆宜的倪詩羽學姊了！眞的。

「這是我第一次、也應該是唯一一次參加比賽，我很高興也很驚訝我居然可以就這樣子一路撐到決賽……這段時間我過得很辛苦，但也很開心有人能在我的背後給我支持……」詩羽學姊：「本來我今天是要堅持之前的風格唱 high 歌的……不過我現在想改變主意。我想改唱一首對我有特殊意義的歌獻給一直支持我、讓我有勇氣從負面的情緒中走出來，可是他自己最近卻深陷麻煩與困擾的那個人……」

「還有這招啊！」我說：「出其不意來打個溫情牌好像也滿厲害的。只是不知道那個人……」

「經濟系的尹炬詳……我要把這首歌送給你！」

你爲她變得如此憔悴，爲了她扛下所有罪？你是否知道我也爲你執迷不悔，甚至整夜都無法入睡？

「所有人都別走！」

今天的馮亮好像吃了炸彈似的，整天擺著個臭臉，而且一下課就堵在門口不讓大家離開。

這堂課是跟政治系男生合上的軍訓課，女生則在隔壁教室與政治系合上護理課。現在是晚餐時間，馮亮這個行為顯然不太討喜，而且也沒有號召力。

「誰理你呀？馮亮。」金隆笙與他的朋友群首先起身。

「尤其是你不能走！龍兒。」馮亮大叫一聲。

「注意你講話的態度啊，馮亮。」金隆笙似乎有些不悅：「我對你一向不錯的……別因為你住在 5I28 就忘記你也是我們籃球隊的一員。」

「就因為我住在 5I28 而且又是籃球隊，所以才要由我出面！」

聽到這句話之後大家都知道馮亮想幹嘛了。走動中的人紛紛停下來；隔壁有女生聚集在窗外，本系的賴詠櫺和吳繡綺等人更是直接走進教室。今天所有人都在，連尹炬詳和廖仕暄也難得出現，的確是個最佳時間。

「龍兒，我要先跟你解釋……那天晚上我們寢整夜都沒有睡，從晚上在宿舍一直到早上去看日出，我們四個人一直都在一起，所以阿炬那天晚上不可能有時間去找邵雨燕；他那天之所以會承認完全是因爲他被誤會、所以氣壞了，其實根本沒有那一回事。」

「馮亮！你給我住嘴！」尹炬詳大吼一聲。

「你們 5128 寢的自己把話套好就想來騙我？誰不知道你們都是好兄弟、好麻吉？」從表情、從語氣，金隆笙對馮亮所講的話一點也不相信。

「龍兒！你……」啞口無言的馮亮焦急地環視四周，他看見躲藏在人群中的沈運伍和廖仕暄——已經知道結果的事情不用浪費時間嘗試——瞪了他們一眼；然後看到賴詠櫺旁邊的邵雨燕。

「邵雨燕妳自己講！」馮亮像是一頭瘋犬般直接衝到邵雨燕面前：「妳那天晚上沒有和阿炬出去對不對？妳跟阿炬沒有發生任何關係、你們是清白的對不對？」

「我……」

「妳什麼？妳自己應該很清楚不是嗎？爲什麼支支吾吾？」馮亮抓著邵雨燕的肩膀，語氣相當激動。

「馮亮你幹什麼？」尹炬詳衝到邵雨燕身邊把馮亮的手撥開：「你爲什麼要逼她？誰又要你多嘴？」

「我這是在幫你欸！尹炬詳……你自己才在幹什麼？」

「她是我的女人！你們兩個誰都沒有資格碰她！尤其是你尹炬詳！」金隆笙也衝到邵雨燕的身邊並推開了尹炬詳和馮亮：「我不管你們有沒有說謊——總之她是我金隆笙的女人，你們誰都不准動她！」

你表面上裝作無所謂，其實早已痛徹心扉。有時候我想要給你安慰，但你卻淡淡笑著拒絕。

「他們沒有說謊。可是你卻說謊了，龍兒。」

「你說什麼？」金隆笙回頭一看，說話的人居然是跟自己告密之後就時常神隱的廖仕暄。

「說謊的人應該是你吧！你怎麼反而說龍兒說謊？」歐鑑籲提出質疑。

「我說謊喔……算是吧。可是眞正說謊的人是龍兒啊！」廖仕暄承認自己說謊時的表情竟然一派輕鬆，似乎有什麼更爲驚人的祕密在握。

「你說謊？龍兒也說謊？」

「我只是配合演出而已，其實不算說謊。」廖仕暄指著金隆笙：「是龍兒要我配合他——他說他要跟大家講我跟他說我看到尹炬詳跟 Myrna 那天晚上在一起——要我之後少在大家面前出現，如果有人問我的話就照著他所說的回答。」

「廖仕暄你胡說什麼！」金隆笙勃然大怒。

「你的演技很強欸，龍兒。」廖仕暄：「你不是跟我說，你看不慣尹麥可跟 Myrna 那麼要好……所以你想弄弄尹麥可嗎？我記得你是這樣跟我說的對吧？」

「你跟我假告密誤導我就算了，現在還反咬我一口……你到底是何居心？」爲什麼要拖別人下水？金隆笙無法忍受不實的造謠和指控，此時的他已被廖仕暄莫名反咬自己的憤怒所淹沒，此等情緒的展示顯然遠超他對廖仕暄欣然坦承說謊、使當晚的狀況與方向急轉的詫訝。

「你居然還不承認啊龍兒？這樣太死撐了！你跟 Myrna 也不是第一天在一起，以你的作風你應該早就知道 Myrna 的事情了……你只是假裝不在乎、假裝不知道，然後想設個圈套給尹麥可而已呀，難道不是嗎？」

「你……」

「只可惜你就算騙得了大家，也騙不過 Myrna。我想 Myrna 當時一定很納悶，你爲什麼早不在乎晚不在乎，偏偏要選在那天晚上忽然發怒？因爲那天晚上的時間點是你我共同討論以後說好的呀！」

付出一切所換來的感情竟使妳傷痕滿身。這樣的妳是否值得？

「那天晚上你在電話裡突然氣急敗壞地要我去男生宿舍，我以為你是眞的對我有誤會……原來你是要利用我來陷害尹麥可？你為了使大家相信你，甚至還故意誣賴我？你為什麼要這麼做？」

這一切都是廖仕暄在說謊，就像他當初挑撥尹炬詳與金隆笙一樣——邵雨燕希望自己可以聽到否定的回答——然而就像她當初莫名被捲入事端一樣，這次的結果又出乎她的意料。

「因為如果我不把尹麥可毀掉，妳的心遲早會飛到他身上！」

金隆笙突如其來的一聲大吼嚇傻了在場的所有人。假使廖仕暄所言不虛，這一切都是金隆笙自導自演、陷害旁人——那麼如此滿懷心機、為達目的不惜犧牲邵雨燕的他為什麼現在又要如此爽快地承認？為什麼他不堅持立場、抵死不認？

「邵雨燕妳聽懂了沒有？我誣賴妳是因為我害怕失去妳！是因為我太愛妳！」

這一切都是眞的？他為什麼要承認？

邵雨燕向著金隆笙。他們之間相隔不到一個人的距離，但她卻什麼也看不清楚。她迷人的眼眸有如長江洩洪，她的視線變得模糊。

「我的個性本來就大喇喇，我一直都是這樣。你不是就是因爲這樣所以才喜歡我嗎？你爲什麼要因爲這樣而懷疑我？」

「是懷疑、還是眞的？邵雨燕妳憑良心說，我對妳的懷疑是懷疑嗎？」

看著妳眼中飽含的淚水，我的心口也跟著碎裂。

「金隆笙你憑什麼這樣說邵雨燕？你也不看看你自己做了什麼事？你還有何資格在這裡理直氣壯、頤指氣使？」賴詠櫺抱著邵雨燕對金隆笙破口大罵。

「就算尹炬詳當天晚上沒有跟邵雨燕出去，但是大家都有聽到他親口承認他跟邵雨燕有特別的關係，而且他還當著我的面把邵雨燕帶走一個晚上，這點大家都可以作證！」金隆笙仍然不依不饒，扯開嗓子大聲說道：「就算那天晚上的開頭是我一手策劃，可是我的動機有錯嗎？我的懷疑是懷疑嗎？」

「好了，眞相大白了。不管怎麼說恭喜我洗刷冤屈！我當時是被龍兒脅迫出於無奈；可如今我已轉作汙點證人，請大家給我一個改過自新的機會、放我一條生路吧！」廖仕暄對著眾人朗聲說道。

「但是，你又要怎麼證明你說的是事實？我們怎麼知道你是不是想陷害龍兒？也許龍兒之所以承認只是出於現在一時情緒，就像阿炬那天晚上一樣……」

「你說得沒錯啊鄭禹喆，」鄭禹喆話還沒說完就聽到朱偉插嘴：「廖仕暄說的都是事實，但是他漏講了一個祕密。關於假告密這件事情，表面上是龍兒脅迫他、其實他是故意被龍兒脅迫；而且他早就下定決心要在尹麥可被毀掉之後再出來轉作汙點證人揭發龍兒——龍兒想毀掉尹麥可，而他則是想同時毀掉尹麥可和龍兒——他當初之所以會答應龍兒淌這淌渾水，其實爲的就是這個目的。」

「爲什麼？」

「不要說！朱偉！」

廖仕暄的喊話對朱偉來說就像是耳邊吹過的一陣風：「因爲他喜歡邵雨燕！」

教室裡外一片寂靜，腦中的場景猶如晴天霹靂。

「朱偉你亂說！」不久前還神氣活現、把金隆笙搞得近乎崩潰的廖仕暄這時所處的立場突然變成金隆笙，而朱偉則接演了廖仕暄的角色。

「我是你的室友，怎麼可能亂說？」朱偉：「我假日的時候偶然翻到，你的床墊底下藏滿了你偷拍邵雨燕的照片不是嗎？要不要我們現在立刻回宿舍？」

「我……不……」

金隆笙想陷害尹炬詳，但卻被廖仕暄所利用並出賣；廖仕暄一箭雙雕，但卻被他毫無防備的室友朱偉從背後捅了一刀。螳螂捕蟬，黃雀在後。可是在黃雀後面的又是什麼？在什麼之後又有什麼樣的什麼？

「你們這些傢伙爲什麼都站著默不作聲？也許你們不知道廖仕暄的目的，但是你們難道不知道金隆笙是那天晚上那場鬧劇的導演兼製作人？你們不都是領薪水的演員？你們既然當初都已經配合演出，爲什麼現在還要做出那種驚訝的樣子？現在主角都已經死了，你們難道還演嗎？還是你們已經在演另外一齣戲了？」

「對！是我故意陷害你尹炬詳的！你先來，但是我先贏！這可不是什麼先來後到，這是勝者爲王敗者爲寇的弱肉強食、先搶先贏！就算你比我早在她身邊又怎麼樣？不出手的話你永遠都不會贏！」

金隆笙近乎瘋狂地對尹炬詳怒噴。尹炬詳臉上的表情毫無變化，連眼睛都沒眨一下。

「你以爲你在幫我嗎？」尹炬詳緊緊抓著馮亮的衣領不放，兩眼圓睜，怒目而視。

「我這難道不是在幫你嗎？你難道想被大家誤解一輩子嗎？」馮亮毫無懼色，兩眼直視尹炬詳。

「誰說了誰就不是朋友，你明明懂我的性格！」

「身爲一個朋友，就該爲對方著想。就算你要恨我也沒關係，我說什麼也不能眼睜睜地看著你就這樣沉淪！」

「你是爲了我還是爲了吳繡綺？你以爲她因爲你是我的室友所以才不接受你？你以爲只要幫我解釋清楚你也能跟著洗白，然後她就會跟你在一起？」

「你也知道你自私地一意孤行會影響到我跟禹喆跟翁倩玉的人際關係？」

「你憑什麼爲了吳繡綺犧牲邵雨燕？」

「那你憑什麼爲了邵雨燕犧牲我們 5128，還有你自己？」

沒有平時的咄咄逼人與潑辣，她的歌聲飽含滄桑、她的眼神隱含憐惜，她的舉手投足充滿了深深的情意——從我有記憶以來，我從來沒有看過詩羽學姊像現在這樣溫柔。在她性感嫵媚的外表下，這樣的反差更讓人感到迷惘、感到錯愕。

「她眞的是臨時起意，你看她連造型都來不及換。」朱偉坐在我們旁邊，遠遠地指著詩羽學姊。

詩羽學姊她爲什麼要指名阿炬？

我轉頭看了看阿炬。我想阿炬現在一定也很迷惘、也很錯愕。

你其實和人們對你的想像不一樣。你並沒有堅強到可以獨自面對這些是是非非。

只是光線的反射與折射而已、角度不同所造成的情形。我連理由都幫阿炬想好了，因爲我知道他一定不會承認。

阿炬確實很迷惘、很錯愕。但那是在音樂響起之前。

「就算全世界離開你，還有一個我來陪。怎麼捨得讓你受盡冷風吹？」

「就算全世界在下雪、就算候鳥已南飛——還有我在這裡，痴痴地等你歸。」

在燈光昏暗的音樂廳裡，有一個戴著墨鏡的人隨著旋律緩緩流下了淚水——他沒有說話，沒有移動，連臉上的表情都沒有變。

17

我從來沒有見過龍兒像今天這麼狼狽，這是我認識龍兒以來第一次看到他流淚。球場上的龍兒無畏任何陷阱也無懼任何對手，但情場上的龍兒卻沒有球場上那種臨危不亂、扭轉局勢的霸氣與魔力：爲了阻絕他惴惴不安的危機感，他對心存芥蒂的潛在「對手」出盡下策；然而他鐵了心腸、不惜豁出一切的下場，竟然就像是上籃時走步沒被裁判抓到、但卻被臥底的隊友賞了個大火鍋一樣。

一個個性陽光開朗的熱血男孩，生活的態度充滿了積極與正向，爲人講義氣且自制力極高、形象與目標都近於完美的他如今卻敵不過情感，就這樣無來由地在眾人面前崩潰，還顯露出了他居於內心底的種種黑暗面：原來在龍兒海派豪放的軀殼裡、勇敢剛毅的皮囊下，住著的竟然是一個自私而又膽小的靈魂？他的形象就此土崩而瓦解，他輸得徹徹底底，他再也不是大家心目中那個堅忍強悍、叱吒風雲的龍兒，他只是一個褪去了神話色彩的平凡人，一個貨眞價實的反派角色——也許龍兒有他自己的苦衷與動機，但是不可否認的是，因爲這次的事情他對很多人都造成了很大的傷害，不管是直接還是間接——而且諷刺的是，龍兒這個「反派角色」的形象本身就意味著失敗，害人不成、反而害了自己：他甚至還栽在了名氣遠不如自己的廖仕暄手上。龍兒從來沒想過廖仕暄敢對自己出手、更沒想到自己居然會因爲廖仕暄而輸；雖然最後廖仕暄也沒有得到什麼好的結果，但是那並沒有對廖仕暄造成如同龍兒所面臨的那麼大的影響，而這些甚至都只是後話。

與此同時更讓我吃驚的人是阿炬。阿炬為了邵雨燕不惜犧牲自己與大家敵對，但在面對自己的事情時卻表現得心如死灰，在可以解釋清楚時竟然選擇主動退出，甚至不惜與馮亮翻臉。這一年來我已經見識過太多他們倆的嘴砲和打鬧，所以我知道這次和以前不一樣：這一次，阿炬與馮亮他們是眞的翻臉了。

「翁倩玉！跟我到外面去吹風！寢室裡的空氣太悶我待不下去。」

現在是期中考前夕，平時馬馬虎虎的我正在加緊努力與書本和講義裝熟套交情，阿炬卻不管我的意願直接把我拉出門外。

今天的天氣還不算熱，寢室裡窗戶大開、四支小電風扇也一直轉著，空氣的流通其實很不錯。當然，我們所有人都知道阿炬為什麼覺得悶、而他的這句話又是說給誰聽的。

「你跟馮亮已經整整一個禮拜沒有講話了。大家都認識這麼久了，有什麼事情直接講出來就好，不用搞成這個樣子吧？」

「這句話你有沒有跟馮亮說過？」阿炬一邊說著一邊遞給我口香糖，我知道他這是在暗示要我閉嘴。

我們坐在位於男指室前面，一個有階梯通往學生餐廳的小廣場上，這裡與經濟系的幾棟建築之間已經有一小段距離。

「阿炬，你和馮亮爲什麼會搞成這個樣子？」

「搞成什麼樣子？」

「我們 5128 是最團結的，我不希望你們變成朱偉跟廖仕暄那樣。」

「別拿我跟那兩個白癡比。」

「……」阿炬就是阿炬。就算處境孤立無依，他還是目空一切。

「我不知道朱偉的動機是什麼，但是很明顯他是見不得廖仕暄好所以才故意漏廖仕暄氣，絕對不是什麼正義感驅使之類的古怪原因。」

「你怎麼這樣講呢？再怎麼說他也讓眞相大白、讓你洗清冤屈了不是嗎？」

「他並沒有幫誰洗清冤屈，他只是很單純洗廖仕暄的臉而已。如果眞的要講的話，幫我洗清冤屈的人其實是廖仕暄，但他跟馮亮一樣，都是假借名義、暗藏目的，說白了也就只是自作聰明而已。況且我從來都沒有說我想洗清冤屈，我也從來都沒有說我受到冤屈。」

「那難道不是冤屈嗎？還有我拜託你可不可以不要這樣說馮亮，就算他有他的目的，但他這麼做的同時這不也是在幫你？」

「有些事情該幫、有些事情不該幫，你要我一時怎麼能說得清楚？」阿炬嘆了一口氣。

「有什麼好說不清楚？我只知道龍兒說你的那些事情都不是眞的，你就是背了黑鍋、你就是受了委屈。既然這樣，那我們當然有義務要幫你洗清冤屈。」

「有些事情其實他倒也沒說錯……」

「沒說錯什麼事情？難道你眞的有跟邵雨燕怎麼樣嗎？那是什麼時候發生的事情？阿炬？」

「瞧你說的，你想到哪裡去了？我連自己的事情都懶得管，怎麼可能會去破壞別人感情？我跟邵雨燕可是清清白白的，我們完全沒有做任何事情。」

「既然如此，那你為什麼說……」

「金隆笙看不慣我跟邵雨燕的互動太好太頻繁，他吃醋、他忌妒，所以設計我、針對我——我先再次聲明，他懷疑是我對邵雨燕所做的那些事情，我一件都沒有做。」

「我知道。我們一直都相信你。我們知道你跟邵雨燕之間只是朋友的情誼而已。」

「只是朋友的情誼而已……」

「難道不是嗎？」

「是啊，我想我跟邵雨燕之間，可能就真的只能是朋友的情誼而已……」阿炬說話的樣子不像是在回答我，反而比較像喃喃自語。

「阿炬？」

「姑且不論金隆笙他做這些事情的是非對錯、是否對我和邵雨燕造成傷害、是否合乎情理道德，雖然我並不認同他假完美之名逞自私之慾、那種令人作嘔的價値觀與做法，但其實我可以理解他的動機。因爲如果是我的話，我說不定也會產生與他類似的情緒……」

「你是說你理解龍兒的心情？」

「也許其他人會覺得他沒有肚量，但是我可以理解。因爲如果把我的想法投射到事情本身的話，我想不爽的人一定不會只有金隆笙；我想如果是我自己碰到這樣的事情，我肯定也無法接受。」

「你無法接受什麼？」

「金隆笙一把洞挖好，我就迫不及待地跳進去：我之所以會這麼做，一方面是不希望他爲了讓大家認爲是我做了某些事情而一直不斷消費邵雨燕，一方面是我的確有做那些事情的想法與動機，我只不過是提前承認了而已。所以我不會覺得我被陷害，也不會覺得我受到冤屈。金隆笙原本想陷害我，但我卻大方承認——他的本意是請君入甕，然而想不到我卻眞的對號入座——弄巧成拙的他面子掛不住，所以當然就惱羞成怒。」

「阿炬，你的確有做那些事情的想法與動機，你只不過是提前承認了而已？」

「是啊，怎麼了？」

「所以你對邵雨燕眞的……」

「你不是常說我瀟灑不羈？」阿炬：「那天晚上我的所作所爲所表達的正是我的眞性情，你難道看不出來嗎？」

「其實金隆笙講得也沒有錯。」阿炬：「這種事情本來就沒有什麼先來後到，而是先搶先贏。雖然我始終沒有那麼做，但是他對我和邵雨燕的擔心也並不是沒有原因。」

「阿炬，既然你比龍兒更早喜歡邵雨燕，你爲什麼一直都沒有跟我們說，也一直都沒有什麼行動和表示？」

「問得好啊，你問的問題我也曾經想過。我想也許是我對感情的事情缺乏自信，所以不好意思吧。」

「不會吧？你缺乏自信？你是在說你嗎，阿炬？」最近發生的一些事情讓我不時感覺有些震撼與虛幻，我這幾天一直懷疑我是不是生活在夢中；然而今天的我更像是一個走了運的記者，在沒有刻意為之的情境之下，我卻不斷地挖掘到一條條獨家的新聞內幕。

「後來她跟金隆笙在一起，我就更沒有理由干涉了。對我來說，能跟她成為好朋友，其實我已經很滿足了。」

「但是後來你還是站出來了，並且對此有所表示。」

「這是時勢所逼，當時的我不得不承認。但是其實這樣也好，強迫我誠實地面對我自己、認清我自己的內心。」阿炬：「我很訝異你知道之後居然沒有怪我。其實何止這次的事情，平常我也做了不少會讓人懷疑我踰矩的事情，正所謂發於情、止乎禮，我很明白有很多時候我的行為都有失公允。」

「我比較好奇的是，既然你最後已經決定要面對自己眞實的心情，為什麼你把她帶走一個晚上回來之後又放棄？」

「我沒有放棄，我只是尊重她的選擇。」

「邵雨燕知道你對她的感覺嗎？」

「我沒有說。但是我知道她一定知道。」

「你又沒有明白說出口，怎麼能如此肯定？」

「因為她很懂我。我什麼都沒有說，但是她懂。她一定早就知道了，但是那又能怎麼樣？就算會犧牲到我和她自己，她也會選擇對金隆笙容忍。每個人都有自己的堅持與想法，任誰都沒有辦法解決，也沒有辦法改變，不管是我還是她、或者是其他人。」

「你所說的也許眞的是邵雨燕的想法，但是那你呢？你的想法又是什麼？以前你看他們很幸福所以不好意思，但是現在事情已經搞成這個樣子了，你難道還要放棄嗎？你不是喜歡她嗎？你不是已經認清你的內心了嗎？」

「是啊，我是眞的喜歡她。」阿炬：「我以前不是沒有喜歡過別的女生，但是直到我遇見她，我才眞正地明白清楚知道什麼叫心動，還有什麼叫心痛。」

「既然如此，你爲什麼不選擇繼續堅持，反而……」

「如果金隆笙的感情是完美、邵雨燕的感情是容忍和犧牲，那我尹炬詳的感情就是成全。我不想別人強迫我、我也不會強迫別人。對一個人好不是把自己的想法加在她的身上，而是要理解她的考量、站在她的立場；如果她的想法與自己有衝突與出入，那我就只能選擇退出、好成全我所在乎的那個人。」

「朱偉呢？你這樣做，不就枉費了朱偉的一番苦心嗎？」

「是朱偉的一番苦心還是你的一番苦心？」

「阿炬！我眞的什麼都沒有跟朱偉說——雖然我很想說，但是我眞的什麼都沒說。」

「我知道你沒有說。」阿炬：「我知道你跟朱偉不錯，所以我想你就算沒有跟他說我的事情，但至少也會多少跟他抱怨一下因爲我連累你、害你所受到的遭遇——關於這點，我眞的要跟你們 5128 的大家說聲抱歉。」

「阿炬……」

「朱偉是什麼人？他是不用上課也不用讀書、就算整天跟他的虛擬女友耗在一起濃情蜜意也能考九十分的人。聽到你的抱怨，他當然馬上就能知道我有沒有做過哪些事情。以他的邏輯思維來推敲，了解整件事情的脈絡也只是時間早晚的問題而已。」

「我確實很感激朱偉；不過他跟廖仕暄的室友關係，恐怕從此就會……」

「我跟你保證你不用擔心。既然連你都想得到，他不可能沒有心理準備。」

「但是……」

「其實這些事情本身並不難猜測。就算我身處其中，我的直覺仍然告訴我廖仕暄這個人絕不會傻傻地任憑金隆笙擺布，這些事情除了表面之外一定還有什麼後續尚未浮出檯面；只是當時我的情緒受到牽引，所以才沒有、也不願參與那麼多，因爲不管他們誰的動機與眞相如何，我還是會做出一樣的選擇。但是朱偉就不同了，他是個局外人，他之所以會這麼做，我的直覺告訴我他絕對是有別的原因，至於這個原因，絕對不是爲了所謂正義、或者是你的一番苦心。」

「對於朱偉跟廖仕暄，我不知道我該說什麼。但是阿炬，馮亮他沒有這麼多的心機，他只是基於朋友的立場爲你著想，而且你怎麼會知道他想追吳繡綺……」

「我自然知道。如果眞的是基於朋友立場就應該尊重朋友的意思，更何況他只是美其名而已，以他的個性早就按捺不住，怎麼可能忍那麼久之後還特別選了一個時間點發聲？」

「也許是兩種動機加在一起才產生刺激，更加催化了他正強自壓抑著的那股想解釋的衝動？」

「我不想談他了。」

「……」

「怎麼樣？」

「我沒有想到大家……其實原來都知道眞相。我本來以爲只有沈運伍……原來幾乎所有人都知道。但是我更沒有想到的是，他們明明知道卻假裝作不知道，他們怕龍兒不敢出來發聲、只跟隨他們自己製造出來的輿論起舞就算了，可是居然還要這樣子對我們……」

「他們這樣對我們，其實也不意外啊，畢竟輿論也需要有具體的行動來展示，他們既然選擇裝作不知道，當然要裝得像一點不是嗎？」

「你早就知道他們知道了嗎，阿炬？」

「我早就知道了。」阿炬又嘆了一口氣：「我只是想看看他們到底有沒有把我當成朋友，想不到他們居然沒有任何一個眞心對我。我一直以爲我上大學之後最大的改變就是認識許多好朋友——現下看來，這不過是我的一廂情願。原來我尹炬詳從頭到尾，充其量就只是一個無知的失敗者。」

在面對禹喆和李欣瑩的感情問題時，阿炬的積極與強硬作風讓我印象深刻，他對禹喆的關心時而溢於言表，但卻也尊重禹喆的選擇——我想阿炬之所以會這樣對禹喆，是因爲他把禹喆當成朋友；將心比心，他的內心一定也期望他的朋友能如此待他，積極而主動、但又不失尊重。不過很顯然在他最需要的時候並沒有人對他這麼做，甚至連馮亮也因爲『尊重意願與否』的這個原因跟他鬧翻，雖然阿炬輕描淡寫，但是我知道他心裡一定覺得很痛苦、而且非常失望。這時我突然想到了葳婷，不管怎麼說至少我還有葳婷這樣的好朋友與紅粉知己，我覺得與阿炬比起來我非常幸運。

「你還記得開學的第一天早上，因爲你的仔細，所以我只穿著一條內褲就跑來男指室借鑰匙嗎？」

「阿炬，你今天很反常。」

「因爲我平常不會跟你講那麼多，因爲我平常只會罵你。」

「是啊……」

今晚與阿炬的談話，使我對阿炬的很多印象改觀。一直以來我一直以爲我很了解阿炬，但是現在我才知道，不管是與你多親近的人，就算他是跟你無話不談的死黨、就算他是跟你朝夕相處的室友，也一定會有不爲人知的一面，不僅僅你不知道，甚至連他自己也不知道。不只阿炬，也不止龍兒跟邵雨燕，更不只朱偉和馮亮、沈運伍和廖仕暄，很多的人與事都不像表面上看起來那樣、更不會符合你的美好想像……

「其實我一直很羨慕你，翁倩玉。」

「什麼？」我從來沒有想過，我能有什麼事情好讓阿炬羨慕？

「那天你的阿嬤來學校看你，還來宿舍跟我們打招呼……」

「是啊，怎麼了嗎？」

「我很羨慕你有阿嬤，」阿炬：「我的阿嬤在五年前就已經去世了。我跟你一樣，從小就跟阿嬤住在一起，阿嬤從小就很疼我、對我很好，甚至可以說是溺愛——我小時候常常頂撞她、甚至對她發脾氣，但是她都會包容我、甚至在爸媽與阿公面前還護著我，從來沒有任何怨言——後來等到我長大懂事了，每每想起這些我都覺得很自責、很難受，我想要盡我所能地對她好、孝順她，但是她的身體卻變得很差——從阿嬤離開人世之後到現在已經五年了，我到現在每每想起阿嬤，都覺得我對阿嬤很虧欠，而且我也一直在懷念著她，我懷念小時候跟她在一起時，那些簡單而快樂且無憂無慮的日子。所以我那天看到你阿嬤跟我們握手，謝謝我們照顧你的時候，你不知道我當時眞的很想哭。我想到我的阿嬤，如果她還在的話一定也會做跟你阿嬤同樣的事情——所以我告訴你翁倩玉，趁你阿嬤現在還健在，你一定要好好孝順她，珍惜她還能照顧你的這段時光。」

「……」不知道阿炬爲什麼會突然跟我講這些話，而且爲什麼要這樣地叮嚀我、囑咐我。阿炬今天晚上到底怎麼了？我不曉得。

「對了，還有一件不關我的事情……我本來不想說，但我想我還是提醒你一下會比較好。」

「什麼事情？」

「你知不知道你錯過了林葳婷？」

「阿炬……怎麼連你也知道？」

「知道什麼？」

「噢……沒有……沒事……」

「你在隱瞞著我什麼嗎？」

「沒有啦……我以爲你知道她……喜歡我。」

那個週末在宿舍裡差點發生大事，基於保護葳婷的立場，對於這件事情我沒有辦法對阿炬誠實。

「我一直都知道好嗎？我才以爲你不知道呢！怎麼，看你的反應，你好像終於知道了是不是？」

「是啊……之前她有在 MSN 上跟我講過，我跟她現在還是好朋友。」

「好朋友……」

「是啊，就像你跟邵……沈郁薇一樣。」

「我不知道你的想法是什麼，畢竟你有你的選擇，」阿炬：「不過並不是每個人都可以當好朋友的。你現在也許不明白，但是我必須說，你眞的不知道你錯過了什麼。」

「爲什麼我們經濟系會變成這個樣子？」

「一直都是這個樣子，只是有沒有顯露出來而已。」

「你還記得剛開學的時候學長姊說什麼嗎？他們說我們這一屆新生人才濟濟，有金銀珠寶、翡翠瑪瑙，將來一定可以壯大我們經濟——那時候我們大家是多麼團結、多麼快樂——爲什麼現在我們反而自己鬥成這個樣子？」

「你該不會眞的相信他們所說的話吧？你眞的很天眞欸，翁倩玉。」

「難道你從一開始就不這麼認爲？」阿炬的回答讓我一時之間不知該如何反應。我一直以爲居於金銀珠寶之中是系上的學長姊對阿炬的一種肯定與期許，但從阿炬的神情看起來，似乎又不是這麼一回事。

「你就等著看吧，翁倩玉。」阿炬：「所謂的金銀珠寶、翡翠瑪瑙，不過就是一些被拱出來的破銅爛鐵，很快就會現出原形的。」

阿炬與龍兒相互心存芥蒂這我能理解，可是他這麼一說，把與這件事情毫無相關的鮑光翟和沈郁薇，連同他自己也全都給罵進去，他之所以會說出這樣的話就代表他已心如死灰、簡直是自暴自棄。

「邵雨燕呢？」我問。

「她是唯一的例外。只可惜她太在乎金隆笙，幾乎忘了自己的本質。」

你不也爲了邵雨燕幾乎忘了自己的本質嗎，阿炬？

「難道你也是破銅爛鐵嗎，阿炬？」

「我不是嗎？」

阿炬摘下墨鏡，彷彿自言自語似的，仰頭直視。

今晚的月色很美。天上的月，很圓。

「詩羽跟我說她身體不舒服，所以今天下午的助教課暫停一次，你們的期中考考卷就下個禮拜再檢討吧。」淑芬阿姨一走到台上就是這句話。

詩羽學姊的助教課一向準時、超時，而且傷病無懼、風雨無阻，然而在阿炬走了之後的第一個禮拜，她居然無預警地蹺課。

那天晚上回到寢室時馮亮和禹喆早已趴在桌前呼呼大睡。阿炬不管三七二十一直接躺到床上、蓋起棉被；我則是硬打起精神想再翻翻課本，但是不久之後，我也忍不住進入夢中。

我夢到阿炬跟邵雨燕表白，邵雨燕點頭答應，然後他們兩個人就在一起。然後我就聽到禹喆和馮亮叫我的聲音，然後我就夢醒。

「阿炬走了！」禹喆和馮亮很緊張地說道。

「走去哪裡？」我揉了揉眼睛。

「不知道。」

「不知道就算了啊……反正考試時間又還沒到。」從天色看起來現在應該還很早，我記得我們的第一堂考科時間是在下午。

「只怕他不會回來考試了。」禹喆輕聲地說。

「什麼？難道他想缺考？」

「不只是缺考，我覺得我們以後可能再也看不到他了……」馮亮低著頭：「你看你的電腦螢幕。」

我動了動滑鼠，叫醒了休眠中的電腦。我發現阿炬傳了個MSN的群組對話給我跟馮亮和禹喆。

「不用找我、也不用聯絡我，因爲我從此就將消失。將近一年來的時間裡很高興認識各位，但也很抱歉因爲我的任性給你們造成困擾。希望你們能理解我爲什麼要離開，我永遠也不會忘記大家。再見了，5128的各位，謝謝你們。」

阿炬留下了大部分的行李沒有帶走，只帶走了隨身的一點東西。我們大家都希望他只是出去散散心，兩三天以後就會回來；但是其實我們的心裡卻也一直覺得，這個希望很可能會變成失望，就像阿炬對這裡的所有人一樣。

阿炬走了，天才剛亮。

「你們知道我爲什麼這麼喜歡尹炬詳嗎?」淑芬阿姨問我們大家。想當然爾並沒有人回答,而且也沒有人能回答。

「我以前有個兒子,我會說以前,是因爲他已經不在了,這件事情你們的學長姊可能有跟你們講過……」

「他從小就很有自己的主見與想法,而且非常率眞、從不吝於表達。但是他卻不懂得審時度勢、察言觀色,也因爲這樣子常常闖禍:學校的老師都說他桀敖不馴、過於自我,我和他爸爸對此都非常頭痛。」

「他爸爸是個好好先生,所以我不得不板起臉孔——我以前不像現在那麼好講話——長期以來他對我就一直存有誤解,他覺得我不愛他。可是其實他並不知道,我比任何人都要愛他……」

「六年前他出了車禍,那時的他年紀跟你們一樣……我還記得他出門之前還跟我大吵了一架,他說他以後寧可天天睡在網咖也絕不要回這個沒有人愛他的家……想不到從此以後他眞的再也沒有回家……」

「他一直到死前都以為我不愛他……早知道我當初應該要對他溫柔一點，這樣也許他那天就不會跟我吵架，更不會有之後那場車禍……我真的很後悔我沒有用那樣的方式好好愛他……」

「後來我遇到你們，遇到了尹炬詳——你們知道嗎？尹炬詳的舉手投足，他的神情，還有一舉一動、一言一行，都像極了我兒子當年的樣子。或許他表面上看起來有些吊兒郎當，但其實他有一顆善良的心，他是個會替他人著想的好孩子，詩羽和我都很喜歡他……」

「現在他走了，對我來說就好像又失去了一個兒子。對詩羽來說，更是……」

「你們看吧！看你們做的好事！阿炬已經被你們的自私與懦弱逼走了，你們這下子滿意了嗎？你們這些虛偽的人！」

抑制不住心中的怒火，我的氣往上衝。整間教室裡台下頓時鴉雀無聲。

淑芬阿姨已抑制不住淚水，在台上泣不成聲。

「麥可你聽我說，我跟龍兒在一起之前，其實……」

「噓……妳聽。」尹炬詳：「妳有沒有聽到什麼聲音？」

「沒有啊……你說什麼聲音？」

「在這裡，是他的聲音。」尹炬詳把手放在胸口：「我聽到他跟我說他好緊張。他說今天是他第一次跟這麼漂亮的女生晚上單獨出來約會，他緊張到快要不能呼吸了。」

「尹麥可！你不要鬧啦！」儘管語氣略有責備，邵雨燕仍忍不住地噗哧一笑：「人家要跟你講認眞的……」

「我也很認眞啊，」尹炬詳：「妳聽，他跟我說名字有瑪瑙兩個字的女生都長得很漂亮，因爲她們都會有跟 Myrna 一樣的眼睛還有嘴唇，而且麗質天生。」

「麥可，我不想要你誤會我。你聽我說，我沒有……」

「沒關係，妳不用講。」尹炬詳：「我所在乎的邵雨燕，是現在在我眼前、這個跟我講話的邵雨燕。不管妳過去做了什麼事情，都不會影響妳在我心目中的質感、與我對妳的印象。」

「把手機關了吧。我想妳現在一定和我一樣，需要一點空間好好地靜一靜。」

妳知道他的「完美」，是怎麼「完美」的嗎？

「非常美麗。可是指甲好像有點長的樣子……」感覺很溫暖。邵雨燕的手和她的皮膚一樣白皙，手指修長而又纖細。

「哪……哪有。」在尹炬詳的注視之下，邵雨燕雙頰微暈、感覺有些不好意思，但她並沒有掙脫。

「妳知道白色的指甲比粉紅色的指甲老嗎？」

「什麼？」

「過來一點，」尹炬詳執起她的右手，把邵雨燕往他拉近：「妳看，長在肉上的指甲是粉紅色的，等它長長超過了一定的長度、留在外面以後就會變成白色的。這白色部分的指甲就是被新長出來的粉紅色指甲一點一滴往前面推，然後被我們剪掉的。」

「眞的耶。」

「妳知道嗎？其實指甲的生長就代表著我們人的一生。我們剪指甲的方式就隱含著我們的生活縮影，」尹炬詳：「被我們剪掉的指甲都是過往，而留下來的指甲就像未來與新生：我們剪指甲的時候都從比較舊的指甲剪起、保留比較新的指甲，這就像是在提醒我們要放下過往、活在當下；我們剪掉過長的舊指甲並不是否認自己的過去，而是經由這個動作來檢視以前的自己、提醒自己，把過往化成前進的動力。我們都應該要放下過去，努力朝未知、但卻充滿希望的明天前進。」

「你常剪指甲嗎？」

「是的，很常。我從很小的時候就開始學小提琴，家教老師每次來家裡的第一件事情就是檢查指甲；後來她回香港，我也沒有再找其他的家教老師，只是一個人自己在家練。從那個時候開始我就已經養成習慣了，常常會檢查自己的指甲。」

「我記得你跟我說過你的小提琴家教長得很像松隆子。是因為這個樣子所以你才喜歡松隆子嗎？」

「不是，我喜歡松隆子是因為她是日本的女生，因為妳有一半的血統是日本人。」

「可是我也有一半的血統是阿美族耶，你怎麼不說你喜歡 A-Lin？」

「把過長的舊指甲剪掉會讓妳的手看起來更完美無瑕，希望妳可以用妳這雙美麗潔淨的手，去創造出屬於妳自己的幸福。」

「麥可？」

「我來幫妳剪指甲好嗎？」尹炬詳：「妳看，我沒有騙妳。我連在機車的坐墊底下都隨時放了一把指甲刀。」

「麥可……我覺得你如果剪短頭髮的話，看起來一定會很有朝氣、很有精神。」邵雨燕突然天外飛來一句。

「爲什麼妳每次總是三言兩語就可以輕易地反將我一軍、使我啞口無言呢，瑪娜・洛伊小姐？」

「因爲你是尹麥可啊！尹麥可就是看起來一副酷樣其實卻是小孩心，你說對不對呀尹炬炬？」

講別人簡單，做自己困難。我能解析別人的想法，卻不能抑制自己的慾望。明知道這樣做不好，卻仍要往此處去想。我曾要別人剪去舊的指甲，但卻無法剪去自己的長髮。我討厭這樣的我自己，我是矛與盾。

不知道爲什麼，每次總第一個想到你。你眞的了解我，但你是否清楚你自己內心的感情？

午夜時分、滿天星斗。山裡的空氣聞起來特別清新，四周聽得見的聲音只剩心跳與呼吸。在空曠的草地上兩個人相互凝視，女孩笑得很燦爛——這是一幅多麼美麗而哀傷的風景。

我們都不會輕易放手，儘管放手才能改變、放手才能解脫。其實有很多人的行爲都很難理解，但我不管其他人。我只關心我關心的人，我只在乎我在乎的人。

指尖飽含的堅持，是盲目、還是勇敢？

長髮飄逸的不是瀟灑，而是羈絆。

18

小如最近在忙什麼呢？

不知道爲什麼，最近突然好想念小如。她已經很久沒有上線了，等夜深人靜的時候打通電話給她好了！

朱偉與黃子如已經有好長一段時間沒有聯絡了。在這段時間裡，朱偉一直埋首書堆，準備著大二時的降轉，儘管偶爾還會傳傳簡訊，但已經鮮少再通電話，畢竟整天讀書與整天工作都很讓人疲憊，再加上他們的對話內容實在過於鹹濕，有時候室友在房間裡也會不好意思。

這應該是熱戀過後的平穩時期，就像老夫老妻——在身邊時略感厭煩、不在身邊時也無違和感，但卻一直是彼此心中最無法取代的存在。有時候朱偉會覺得，就算黃子如不在自己身邊且彼此最近也沒有聯絡，但只要自己用心過生活，就能夠在努力的過程中隨時感覺到她，而他也知道當自己需要她的時候她一定也會出現，因爲他們彼此其實一直都在對方身邊。

但是這樣的感覺與精神層次卻不是人人都能體會。廖仕暄三不五時就會對自己冷嘲熱諷，說黃子如的存在根本從頭到尾都只是一場自欺欺人的騙局；且還不斷吹噓著他與魯芒廷在過去是如何風流倜儻、如何四處調戲良家婦女而又不留痕跡。

朱偉對自己的想法與理解很有信心，他知道自己與黃子如的感情絕不是子虛烏有，同時道德觀感強烈的他也對廖仕暄的言行頗不以爲然——雖然他們是室友，但是他們對感情的態度卻大相逕庭，且從來沒有認同過彼此。有一天朱偉心血來潮翻了室友的床墊，他才了解到廖仕暄並非無懈可摧。

朱偉難掩心中的喜悅，他覺得自己之所以這麼做不僅僅是伸張正義、而且還是給廖仕暄一個教訓——他要讓廖仕暄知道，像他這樣充滿複雜心機算計的感情態度是多麼的錯誤與荒唐，而他引以爲傲且沾沾自喜的樣子又是多麼可笑——只有自己的感情態度才是正確的，只有自己與黃子如的感情才能經得起淬鍊和考驗。

朱偉想起了黃子如：他突然好想跟小如講話、好想跟小如見面，他想讓小如知道，他們的感情是多麼的純潔而堅貞。已經很久沒有這樣的感覺了，朱偉的心情好像回到了剛與黃子如認識時，那種急切想與對方聯絡的興奮。

「好久不見了，小如。妳最近過得怎樣？」

「還好啊。」

「喔，沒有啦，不是，其實我們從來沒有見過面。我的意思是，我們好久沒有講話了。」

「嗯。」

「妳最近在做什麼啊？」

「沒什麼啊，還是一樣每天上班啊。」

「那……妳有想我嗎？」

「會啊。」

「怎麼感覺妳的語氣有點冷淡？妳怎麼了，身體不舒服嗎？」

「沒有啊，沒怎樣啊。」

「妳在幹嘛？」

「沒幹嘛啊。我剛洗完澡，正在吹頭髮。你呢，有好好讀書嗎？」

「有啊，每天都很認眞欸。」

「嗯哼。」

「妳在跟誰聊天啊？我好像聽到打字的聲音，妳有裝 MSN 了嗎？好像有人敲妳欸。」

「沒有啦，你聽錯了。」

「是喔。」

「嗯。」

「對了，我們好久沒有那個了欸。妳現在要不要……」

「不行啦，我爸媽在睡了……他們在隔壁而已，我們家裡隔音不好。」

「喔……好吧。」

「好啦，我有點累了，我想先去刷牙洗臉了。」

「好啦，那妳保重喔，晚安。」

「晚安。」

「愛妳唷，嗯嘛。」

「愛你。」

和黃子如講電話一直是朱偉最期待的事情，兩人在電話中暢談生活大小事，彼此的聲音穿越了距離的藩籬，彷彿對方就在自己身邊。除此之外黃子如常會用她甜蜜的嗲音引導他講些讓人臉紅心跳的事情，若有所指、語帶挑逗——感情單純的朱偉一直處在被動，他其實很喜歡這種感覺並對此感到興奮，儘管他沒有對黃子如說。之前黃子如曾經抱怨朱偉太木頭、不夠熱情，因為畢竟她也想當小女人；後來朱偉對此習慣之後漸漸從被動變得大膽，這樣的改變也使黃子如又驚又羞、歡喜無限。

然而今天朱偉卻有些失望。在電話中久別重逢，黃子如卻似乎沒有絲毫的熱情與興奮，甚至有些冷淡。雖然知道他們彼此已經進入了老夫老妻模式，可是朱偉偶爾也想來點激情，特別是最近發生了一些事情，使得朱偉這樣的慾望特別明顯、特別強烈，雖然聰明的他知道這只是他自己的單方面感覺，但是面對黃子如平緩的情緒時，他也難掩心中隱隱的那股失落。他有點想念那些激情與甜言蜜語，他有點想念當初那隻狂野風騷、情慾外放，讓他感到迷惘且心神蕩漾的小野貓。

與朱偉、黃子如比起來，鮑光翟和余若琳的關係則簡單多了，畢竟他們隨時都可以見面，在彼此的現實生活中出現的兩人互動起來總是更加地自然且熱絡。

不過鮑光翟卻隱隱感到不安，有一股焦急而又緊張的情緒充斥在他的心裡：他希望自己與余若琳的關係可以更上一層樓、變得更加緊密，可是又擔心失敗後該怎麼去彼此面對——世界上最微妙的男女關係就存在於友達上面一點點、可是卻搆不著戀人的那塊神祕的地方。

「鮑光翟！」

「謝屢逢！」

鮑光翟和余若琳走在社科院後面的夜市區，迎面遇到了他的好室友謝屢逢。

他們已經有好長一段時間沒有來了。儘管是期中考前夕，余若琳仍然跟鮑光翟去家扶中心陪小孩子唱歌，再加上工作的關係使得她原本就忙碌的生活變得更加緊繃，今天晚上好不容易空出時間，儘管是已經走了將近一年的地方，但是余若琳卻一點也不覺得煩膩，因爲重點是那個將近一年以來一直陪在她身邊的人，她希望將來的一年、兩年、三年、五年甚至十年，在自己身邊的永遠都是這個人。

「你們要去哪裡啊？」

「我們要去上面吃豆花啊。」

「路口老店？」

「當然囉，這裡的豆花沒有哪一間可以比得過那家老字號。」

「欸……我勸你不要去……」謝屢逢突然降低音量，面有難色地說道。

「爲什麼?」

「我剛剛經過的時候看到小愛跟她朋友在那裡面……你們這樣過去會很尷尬。」

「噢好,我知道了,謝啦。」

謝廈逢的背影看起來有些落寞,也許是因爲林葳婷沒有走在他旁邊。

「小愛是誰啊?」

「喔,沒有啦,她以前跟我的一個好朋友交往,後來劈腿分手了……不好意思,我們晚一點再去好嗎?我不想見到她的時候尷尬。」

「嗯,沒關係啦……不然我們就下次再去好了。」

「你這樣子不好吧?你遲早要跟余若琳坦白的,不是嗎?」

「你怎麼這麼冒失？你太多嘴了吧？你就是因為都不會看場合與事情輕重，所以才把不到林葳婷——你剛剛差點害我穿幫你知道嗎？」

回到寢室的鮑光翟瞪了謝屢逢一眼，低頭陷入自己的世界。

「您的電話將轉接到語音信箱，嘟聲後開始計費。如不留言請掛斷，快速留言嘟聲後請按井字鍵。嘟——」

形象斯文、才華洋溢的鮑光翟一直是很多女生心儀的對象，然而性情溫和且心地善良的他並不是很懂得如何去拒絕別人，儘管謝屢逢已經跟自己說過很多次，但是他還是遲遲無法對任何人狠下心來。對他而言，不只小愛，還有愷馨與萩芷，她們對自己都很具意義，都是惹人憐愛、使人無法忘懷的女孩。

上個禮拜小愛的心情不好，自己一個人在 KTV 裡唱了一夜。鮑光翟收到簡訊不放心，到了包廂之後發現她果然喝得酩酊大醉，本來想把她帶走，但是小愛堅持不肯離開，不願意勉強別人的鮑光翟爲了安全起見只得留下來，索性點了幾首歌開始唱。誰知道小愛唱到一半突然大哭，說她想起她的前男友對她如何不好，而現在她暗戀的人對她也沒有任何表示——難道她就這麼不討人喜歡？鮑光翟不知道該說什麼、只能拍著她的肩膀輕聲安慰。

小愛撲倒在鮑光翟的懷裡越哭越傷心；鮑光翟喝了酒之後意識變得有些模糊，只記得一向堅強好勝的小愛一反常態地哭得梨花帶雨，還有她那混合了口紅與淚水、顯得更鮮嫩欲滴的嘴唇……

小愛希望鮑光翟可以答應與她交往，因爲她一直以來暗戀的人就是他。鮑光翟不知道該怎麼回答，因爲他雖然喜歡小愛，但「交往」兩個字對他而言太過沉重，他喜歡兩個人在一起的感覺，但是卻覺得自己還不足以對對方許下承諾。爲此苦惱不已的他開始躲著小愛，也一直思考著他與小愛、愷馨與萩芷等人之間的關係。

我喜歡小愛。可是我也喜歡愷馨還有萩芷。她們對我而言都是獨一無二、無法取代的存在，我不能爲了與任何一個人一時衝動所產生的激情，就傷了與其他人長期以來的穩定關係，因爲這樣對她們而言太過殘忍、也太不公平。一直以來我遲遲不肯提起那兩個字，就是因爲我不想爲了一己的自私而傷害她們。我和她們在一起都是因爲兩方願意、基於自由意志，從來沒有給對方束縛與壓力，但是那兩個字一旦說出口的話就會產生巨大的限制，限制我們兩人，也扼殺了我給其他人的幸福——我不能爲了妳們任何一個人而傷害到妳們其他人，我不能那麼自私。我不能讓妳們承受那麼大且沉痛的打擊，我不忍心、也捨不得妳們。

「怎麼樣，鮑光翟，難得你今天沒事，要不要跟我們一起去夜唱？很久沒聽到你的歌聲了耶！」

「呃……好啊。」

今天本來要跟小琳去家扶中心唱《屋頂》給小孩子們聽，結果小琳臨時大姨媽來說要在家裡休息。連打工也沒去的她讓張盛元和胡博靖在學生餐廳撲一個空，現在時間這麼晚了，一定早就睡著了吧？等明天早上唱完以後再順便帶早餐過去給她好了。

想到這裡，鮑光翟便欣然答應。

「難得今天鮑光翟也來了。剛好我今天有約幾個女生，等一下她們過來之後我介紹給你們認識，大家一起同樂！」魯芒廷看到鮑光翟，顯得很高興。

「女生？是什麼系啊？還是別的學校？」鮑光翟問。

魯芒廷是A班的地下公關，但是他的效率卻比B班的正牌公關謝軒好太多——也許是因爲一個有蕭淑茗、而另一個只有雙手的關係，所以他們做事時的心態與積極度無法相比——總之魯芒廷的業務範圍很廣，從單身十八年到單身幾秒鐘，只要和他稱兄道弟的人就是他的免費客戶。他的口碑好到之前還有別系的學長特地跑來找他，對他說他就是他失散多年、曾經在夢中相認過的好兄弟——不過其實魯芒廷也並非成功的完全保證，雖然他的視野很廣而且傳球質量很好，可是偶爾他也會有些腦充血，把本來想助攻給隊友的好球變成自己的強行出手：這種濫投的情形以往並不是沒有發生過、而且通常都會命中。

「我不知道她們是什麼學校欸，可能都有吧。說不定有的還有額外在兼差工作——所以等一下可能還要叫她們一聲『姊姊』喔。」

「怎麼，不是你找的嗎？你該不會不認識她們吧？」

「是我找的啊。不過我今天跟她們也是第一次碰面，是她們的朋友推薦給我的，哈哈！」

「推薦？」

「好啦，我們就不隱瞞你了……其實魯芒廷今天找的是一些傳播妹。」蕭裕弘把魯芒廷的手機拿給鮑光翟，秀出裡面的簡訊。

「費用的事情你不用擔心啦，我都已經跟她們講好了，廖仕暄會負責。我們只要出包廂的錢就好了。」

「什麼？廖仕暄？」鮑光翟似乎有點摸不著頭緒。

「沒問題的啦，魯芒廷跟廖仕暄都是行家，他們都很有經驗了。你等一下只要負責出張嘴就好……她們聽到你的歌聲一定會喜歡你的。」李承梵笑著說道。

「您播的電話號碼目前沒有回應。」

「你可以給我一個解釋嗎？你爲何麼叫傳播小姐？」

「那妳爲什麼會在她們裡面？妳不是說妳今天不舒服？妳要不要先解釋一下妳的行爲？」

「我不是！我不是……傳播小姐……」

「妳不是說我叫傳播小姐嗎？妳剛剛不是跟她們走在一起？怎麼妳現在又不承認？」

「不是……她們是我的朋友，我今天是跟她們一起來聯誼，可是我不知道她們平時有在接傳播小姐的工作……」

「妳不是沒時間交朋友嗎？哪來這麼多朋友？剛剛魯芒廷都講說有人出錢了，妳還跟我說妳不知道？

妳還說這不是工作？」

「你先回答我，你爲什麼要找傳播小姐？」

「我就跟妳說我不知道他們有找傳播小姐！而且妳先跟我說，妳爲什麼會在她們裡面？」

「我……」

「妳什麼？」

在走進包廂的傳播小姐們之中看到余若琳身影的同時，鮑光翟一言不發，立刻奪門而出。他發現自己受到欺騙，驚訝無比的他心中感到的是無盡的憤怒與傷心。與鮑光翟在擦肩而過的瞬間對到眼的余若琳趕忙追了出去，她的心中滿是說不出的委屈與驚怒交雜的情緒。

「您播的電話號碼目前通話中，已爲您插播。」

「鮑光翟你不是說要陪我過生日？你不是說要帶我去民宿度假？難道你認爲那些小孩子比我還重要嗎？」

「小玲，妳別這麼不講理好嗎？我帶小朋友們出去玩結果臨時發生車禍，還有小朋友受傷，我當然要在醫院等到他們的家人來跟他們道歉、還要等確定小朋友沒事之後才能離開啊。」

「你不陪我過生日、不帶我去民宿就算了，你連我的生日簡訊都可以遲到好幾個小時，你還跟我說你以前的女朋友生日你都準時十二點就傳簡訊，你根本就沒有把我放在心裡！」

「我就說了，我那個時候在忙著處理小朋友的事情，而且我才一離開醫院就馬上傳……」通話結束。

「……簡訊給妳……」鮑光翟放下手機。

小玲是柳瓔茹的室友。在某次的校際聯誼裡柳瓔茹抽到了鮑光翟的機車鑰匙，然而被謝屢逢載的小玲卻對鮑光翟情有獨鍾，他們透過 MSN 很快地就變熟，還時常單獨約出去遊玩。

小玲非常崇拜才華洋溢的鮑光翟，而鮑光翟也很喜歡活潑且帶有點傻氣的小玲。只是有時候小玲的傻氣與活潑也會變成幼稚與任性，就像她這次過生日的事情，使得鮑光翟也不得不感嘆公主與女孩的差別轉變只不過是一念之間，僅有一線之隔——只要妳保持女孩的心，那麼妳就是女孩；只要妳想當公主，那麼也必然會有許多的「王子」爭相追捧。

這時鮑光翟突然想起了余若琳。

余若琳因爲家裡有經濟壓力，所以很早就開始外出打工。未諳人世的她誤交了一個不負責任的男朋友，那時她的年紀還很小……

心地善良的余若琳選擇勇敢地把小孩生下來，使得家裡本來就已拮据的經濟狀況面臨了更大的壓力。因爲這個原因，她努力把握每一次的賺錢機會，她拼命地工作，但是與此同時她的心中依然保有一份天眞，像每一個女孩一樣，她也愛漂亮，她也喜歡玩樂、體驗人生中的種種新奇與美好，她也像每個情竇初開的女孩一樣，對感情依然保有一絲微小的憧憬與冀望。

她的遭遇是如此的不幸，因此她加倍地努力。她的處境是這樣的艱難，但她的態度卻如此積極。她的外表柔弱，可是卻表現出十足勇敢。她看起來是那麼獨立自主，這更顯得她的心中是何等的寂寞和惹人憐惜。

鮑光翟決定去找余若琳。他想告訴余若琳，只要她願意答應自己以後不再做同樣的事情，他可以當作這一切都沒有發生過；他願意跟余若琳一起努力，一起面對她的過去。同時他也下定決心，要斬斷自己所有的現在進行式、只保留余若琳；他要告訴余若琳，今後的每一分每一秒，他都會跟著她一起一路走下去。

「喂？」

「請問……黃子如在嗎？」

「喔——她不在欸，你等晚一點再打來。」

余若琳今天沒有上班。鮑光翟特地帶了奶茶與雞蛋糕來到她家，想給她一個意外的驚喜，可是按了門鈴以後卻沒有人開門。

「還沒回家嗎？」

鮑光翟拿起了手機，但又放回口袋。既然要給驚喜，怎麼可以讓人家知道呢？反正現在時間還早，還是先等等吧——等一下看到自己突然出現，而且又是原諒又是告白的，可以想像小琳一定會喜極而泣——想到這裡，鮑光翟的心裡滿滿的盡是愉悅和暖意。

「已經快十二點了欸……」

鮑光翟看著手錶喃喃自語。如果手錶沒壞的話，他已經等了超過兩個小時。

「該不會她今天又去……」這隻手錶是余若琳送給鮑光翟的生日禮物，雖然只是在夜市裡的路邊攤用很便宜的價格買的，但是卻代表著小琳的心意。天性溫和的鮑光翟不願意看著女孩們為了自己發生衝突所以特意把自己的生日日期錯開，如此用心良苦為的就是確保每個女孩都能擁有著專屬於她和他的生日夜晚——余若琳記得的日期比他真實的生日還早了兩天——每次只要戴上這隻手錶，鮑光翟就會想起在他生日的前兩天，他跟小琳一起快樂地逛著夜市。

「小琳回來了！」鮑光翟看到余若琳的身影從遠處走近。

然而，正當鮑光翟想對余若琳大喊時，他卻突然噤聲。

他看到余若琳跟一個滿身刺青、年約三十歲的男人走在一起。他們抱得很緊，一邊依偎著彼此一邊朝鮑光翟走近。

「鮑光翟！你怎麼在這裡？」已經好一陣子沒有見到鮑光翟了，余若琳顯得相當驚喜。

「小琳……他是誰？」鮑光翟說話時有些結巴、指著刺青的男子問道。

「他是我男朋友啊。」

「什麼？妳有男朋友……妳……怎麼沒跟我說？」

「你沒有問我啊？」

「妳是從什麼時候……開始跟他在一起的？」

「我們在一起很久了，記不清楚欸。雖然我們還沒有結婚，可是我們已經有小孩了……」余若琳歪著頭，似乎想不起來的樣子。

不得不說，余若琳想事情時專注的表情，看起來活生生就是一個不食人間煙火的仙女。

「小琳……妳又……懷孕了？」

「沒有啦！」余若琳被鮑光翟嚇了一跳：「我的意思是說……他就是我的小孩的爸爸。」

「妳不是說他幾年前就跑了嗎？」

「是啊，跑了。不過他每隔一陣子就會回來找我。」

「找妳？」

「對啊，拿零用錢花啊！好歹我也是她孩子的爸欸，她賺來的錢我應該也有資格拿吧？」刺青的男子終於開口講話。

「你在胡說些什麼？」鮑光翟突然大吼一聲：「小琳！他是不是有欺負妳、威脅妳？不要怕，我現在就幫妳報警！」

「欸欸……不可以啦！」刺青男子：「我現在正在跑路，整天被條子還有地下錢莊的人追……你報警是想害死林北是不是啊，小白臉？」

「你說誰才是小白臉？」

「鮑光翟你不要這樣啦！」余若琳拉住鮑光翟：「阿柴久久才回來一次，你們不要打架啦……有什麼話慢慢說好不好？」

「他這樣子對妳，妳還甘心這樣子爲他做牛做馬，繼續讓他吃軟飯？」

「你不要這樣說啦……」余若琳：「阿柴是我的初戀男友，他一直都對我很好——就像現在，他明明不方便現身，可是只要他有空，他還是會不顧危險地回來找我，我眞的很感動。」

「找妳還是找錢？」鮑光翟的火氣絲毫沒有減小的跡象。

「欸欸欸……你不要亂講喔！像剛剛我們開房間的錢就是我出的，不信你自己問她。」阿柴：「小琳我說的對不對？妳說，我是不是跟以前一樣厲害？」

「你到底在說什麼？你的錢還不是她給你的！」

「你別一直大呼小叫的好不好啊，兄弟，那麼火爆幹嘛？」阿柴：「我久久也才回來找小琳一次，我都還沒跟你討錢欸！你跟她爽過幾次了？看在你平常有幫我照顧她的份上，我錢就一次跟你收完好了——以後除了我回來的時候她歸我，平常你們要怎麼玩我都不管。」

「你……」

爲什麼接手機的人是男生？聽他的口氣，你們好像很熟？

妳不在？爲什麼妳出門不帶手機，反而要放在家裡、還是哪裡，給那個男生來接聽？妳是不在、還是不想聽？

「妳已經有他了……那妳爲什麼還要跟我在一起？」

「跟你在一起？」余若琳大叫一聲：「誰說我們在一起了？我只是很喜歡你而已，可是我們並沒有在一起啊！」

「妳只是很喜歡我而已？」

「是啊，我沒有跟你表白、你也沒有跟我表白，所以我們就只是朋友的關係而已不是嗎？」

「雖然我沒有表白，可是我以為妳應該知道我對妳的感情……」

「我一直都知道啊，而且我也很喜歡你呀！」

「……妳既然不打算跟我在一起，那又為什麼要喜歡我？」

「這很奇怪嗎？」余若琳：「我也喜歡其他人呀，像會計系、體育系、資管系，還有很多系的很多男生，我也都很喜歡他們啊。他們有的人功夫還不錯——不過你是他們之中最有音樂才華、而且也最浪漫的。」

「小琳……妳覺得……妳這樣子沒什麼……是嗎？」鮑光翟的聲音有些顫抖。

「沒有什麼啊。你不是也常常跟很多不同的女生出雙入對嗎？像上次在夜市，你朋友跟你講的那個什麼小愛……她應該就是你的曖昧對象吧？還是她是你女朋友？」

「小琳……妳……什麼都知道了？」

「我一直都知道啊。」

「所以……妳才會做跟我一樣的事情……因爲妳想報復我是嗎？」

「你誤會了啦，其實我就是喜歡你這個樣子。」余若琳：「從我第一眼看到你的時候，我就知道我們一定會很合，因爲我們的觀念相同。我們都喜歡交朋友，而且我們也都不喜歡被名份束縛。」

「……」

「您播的號碼是空號，請查明後再播。」

「我把妳當成了唯一……我爲了妳放棄了其他所有人……我感覺對不起妳、對妳一直心懷歉疚……想不到原來妳根本不在乎我……原來我只是妳眾多的附屬品裡面、毫不起眼的其中之一……」

「雖然我也喜歡其他人，但是這並不會影響我喜歡你呀！」余若琳輕輕撫著飽光翟的頭髮：「我對待每一個我喜歡的人都很認眞，而且在這麼多人裡面我其實特別喜歡你，因爲你眞的很溫柔、很細膩——雖然我們沒有在一起，但是我眞的很喜歡你——我不在乎你除了我之外還喜歡多少人……所以你並沒有對不起我，不用自責。」

我是一個謹愼的人，對於感情。每當我碰到一個喜歡的女生，我一定會先觀察她一陣子，然後才會接近。

開學的第一天我就注意到小琳了，我買她隔壁的餐點、坐在角落的位子，爲的就是可以長時間、近距離地觀察她。

一個星期之後，我知道她是一個孤僻且壓抑的女孩，這樣的女孩最容易被生活中的簡單小浪漫所融化，而我正精於此道。果然，一個禮拜以後我開始出現在她的生活圈裡，讓她慢慢注意到我，而且我知道她一直在偷偷地看著我——就在那個晚上，我一擊就中，這一切都在我的意料之中。

可是有誰知道我在她的心中是什麼地位？對她來說我占了她多少比例？是幾分之幾、十幾分之幾，還是幾十分之幾？對於我的觀察與心機她根本毫不在乎，把一切都看在眼裡的她竟然對此視若無睹？對於我在女孩們之中難以抉擇的痛苦與心路歷程她無暇理解，我讓她脫穎而出她也並不感激我——因為對她而言我根本無足輕重，所以她根本從來都不曾認真對我？

「對啦，你們幾個小白臉什麼時候誰上要先把時間給喬好欸，不然會打架喔……除非你們大家想要一起玩啦，哈哈哈！」

「欸！忙著跟你們講話我都忘記看時間了……我等一下還要出門工作，先進去洗個臉喔。」

妳還要再去做那種工作？或者說，妳一直在做這種工作？

「你要的錢我等一下會放在玄關。阿秀的奶粉錢我也加在裡面，你回去的時候順便幫我跟她打聲招呼。」

「愛妳啦小琳。阿秀跟我說她會永遠把妳當成她的姊姊。」

「三八喔！我還要感謝她幫我照顧你呢，雖然阿俐的功勞也不小啦。」余若琳：「鮑光翟不好意思喔，今天沒有時間陪你。之後只要我有空的話你還是隨時都可以來找我——可是你不要再去找傳播妹了啦，你如果眞的一定要找的話乾脆找我，我不喜歡那些不三不四的女生——你如果敢找她們我以後就不幫你伴奏了，哼！」

「很高興認識你喔，小白臉。以後你沒事就多來找小琳玩、多唱歌給她聽啦……哈哈哈！」

眼睜睜看阿柴摟著余若琳走進大門，但雙腳卻像生了根似的動彈不得。鮑光翟就像是一隻傻傻站在原地的木頭雞，他的褲管和鞋子上沾滿了奶茶漬。

不像羞澀、不敢面對自己心聲的鮑光翟和余若琳得壓抑住自然熱絡下隨時都會爆發的天雷與地火，朱偉和黃子如就像是一對隱居在森林小屋的老夫老妻，他們的關係就像是平靜的湖水，偶爾的一點漣漪代表他們的感情除了穩定與平淡之外，仍然保持著不定期、隨興而起的激情與浪漫。

直到有一天，朱偉覺得湖水實在太過平靜，他從屋裡拿出一塊他平時蒐集許多、專門用來製造美麗波紋的小石子把它投到湖裡，這才發現這面湖水不知何時已經結成了冰。

19

還來得及嗎？

我一個人站在一棟大房子的門口，拿起手機打電話給房東。

這個禮拜是期末考週。今天的考程只到早上，下一個科目的考試時間爲明天晚上。在吃完午餐以後我利用中間的空檔時間來找我下學期要租的房子。

本來那天我們幾個繳完訂金給「動物園」的房東以後，講好過幾天會一口氣繳完一年房租，誰知道我們未來的房間的四個學長就像是事先講好了一樣，突然全部都決定要延畢再讀一年。這下子我們不但不用繳房租，連訂金都可以領回來——我才剛從提款機裡領出來的匯款還沒發揮一點功能馬上又得原封不動回去——本來禹喆還很生氣地想搞清楚到底是房東沒有問房客的續租意願還是學長們臨時變卦，後來聽馮亮說這四個學長都是系上籃球隊裡神主牌型的人物以後我就明白我們絕對不可能有商量的餘地，立馬放棄了這棟學生公寓。

小雅找到了一間套房，問禹喆有沒有意願一起住，禹喆沒有意外地立刻決定搬過去。看到這樣的情形我和馮亮於是也決定各自去拚各自的命：馮亮在與吳繡綺的同樓層裡找到了一間空房，他們的中間只隔了一台電梯；我則像是突然被誰下了緩慢咒語一樣，這裡看看那裡找找，表現得沒有很積極，所以到最後終於落得現在這步田地。

「涯追食妻叨」？這是什麼詭異的名字？

就在我以爲自己已經走投無路的時候，我突然想起了雅晴學姊給我推薦過她們家那棟新蓋好的房子：路痴如我尋著地址繞了好久，最後終於找到這棟位於夜市區末段，環境清幽到有些孤僻，彷彿遠離塵囂的美麗學生公寓。

「阿姨妳好，我是這裡的學生。我現在在妳們家的房子樓下，我想看一下妳們的套房——不知道妳們現在還有沒有缺房客？」

「我們招募房客的期限已經過了喔，你是誰呀？之前有跟我們預約過看房子的時間嗎？」

「呃……我是今天才臨時來的，之前沒有預約。」

「我們招募房客有一些規定喔，不是每個人都可以租的。對了，你怎麼會有我的電話？我記得我在網路跟傳單上給的都不是這一支呀。」

「喔，阿姨妳的手機是雅晴學姊給我的，她之前有推薦我來這裡。我是她的……學弟。」

「原來你是晴晴推薦來的喔！難怪。那你在門口等我一下，我馬上就過去。」

最近系上發生了一些事情，容易被外在事物所影響的我開始有些惰性與倦意，所以蹺了不少次的午掃。也許正是因爲這個原因，所以我在找房子時也下意識地跳過了雅晴學姊，畢竟我對她感覺有些抱歉——每次我遇到她的時候她都沒有責怪我蹺掃，甚至連說都沒有對我說，彷彿她知道我是有原因、或彷彿她不知道我曾經蹺掃過似的——想不到我繞了一大圈，在我感到窘迫的時候，對我伸出援手的人依然還是雅晴學姊。

「怎麼樣，你覺得還可以嗎？」

「很棒！」

好的沒有話說！

這不是在說場面話，而是從我內心裡發出來的一聲讚嘆。這棟房子論環境隱身獨立於人群，論內在它的採光明亮、空間寬敞、擺設簡單而又不失氣派，更重要的是窗戶打開之後外面還有個房間一半大的露台，當我第一眼看到這個露台時我就想著一件事：三五好友在這裡聚會，喝點小酒、聊著天看外面的風景——如果再拉個小提琴的話一定會很有意思。

可惜沒有如果。

「本來我們是已經不對外收房客了啦，因為我們租房子時有要求房客的品質，所以寧缺勿濫；不過既然你是晴晴推薦的，我就特別讓你住進來。」

「謝謝商阿姨。」

「你很有禮貌唷，看起來也很細心的樣子，難怪我剛才出門前晴晴一直跟我誇獎你。她一直跟我說：『媽妳聽我說喔，我這個朋友他很特別，他跟其他的男生都不一樣，所以妳一定要租房子給他喔。』」

「喔……沒有啦。阿姨妳過獎了。雅晴學姊對我很好，她當初是看我找房子找得不是很有頭緒，所以才推薦我過來的。」

「是啊，晴晴很好。晴晴她讀書很認眞，每次都拿獎學金。而且她對別人也很好，像上次她的朋友跟她借筆電結果把它摔壞，她也是都笑笑的，而且還安慰她的朋友說沒關係。」

「對啊，雅晴學姊她人眞的很好，我也是一直都這樣覺得。」

「我這個女兒不常跟我誇獎別人的，所以我剛剛出門的時候就在想不知道你是怎麼樣的一個人；現在一看果然很優秀，希望你們以後可以好好相處。如果有什麼事情的話也可以隨時打電話給我。」

「好，我知道了，謝謝阿姨！」

「學姊，爲什麼妳們的房子要叫做『涯追食妻叨』呀？」

「這是我爸爸取的名字。這棟房子是我爸爸親自設計的，他說他想取一個特別的名字來表達他對媽媽的感情。」

「原來是這樣啊，那這個『涯追食妻叨』到底是什麼意思呢？」

「聽媽媽說，以前爸爸年輕的時候是一個很瀟灑的人，有一天在電影院的門口看到她一個人在等朋友就直接搭訕追她。媽媽的個性很保守內向，有著浪子氣質的爸爸在她的心裡留下了一個很深刻的印象，而且對她彷彿有一種特別難以抗拒的吸引力，所以不久之後他們就在一起了。」

「好酷喔！這聽起來就像是只有在電影跟小說裡才會發生的情節欸，想不到居然是眞的。」

說一句不好聽的話，我實在很難想像雅晴學姊的媽媽年輕時有多內向。今天下午我去看房子時，她的言行舉止給我有一種浮誇的感覺，她的一些話使我感覺不明所以、甚至有些難以招架，我都不知道她到底是什麼意思，也不知道她跟我講的話有幾句是眞、幾句是假。儘管如此，我還是選擇相信雅晴學姊。

「可能是互補的關係吧，媽媽跟爸爸在一起之後就變得很開朗，爸爸也因爲媽媽的關係慢慢收起了他那漂浮不定的心：聽媽媽說，爸爸結婚之後變得很穩重，做什麼事情之前都考慮再三、非常仔細。」

我其實不太能體會這種感覺，畢竟我從來沒有喜歡過誰，但是我想假如我冬天裡到夜市買了兩杯冰奶茶一杯無糖一杯全糖，等回家以後雅晴學姊把兩杯都倒進鍋子裡煮然後再用碗盛起來，那麼不管是我還是她，喝的一定都是半糖的熱奶茶，如果一個懷才不遇的藝術家跟一個人脈極廣、人見人愛的交際花結婚，那麼他的作品一定可以風行於世、且還大紅大紫吧。

「這棟房子是爸爸設計的，裡裡外外都是他親自一手包辦。他說這棟房子就是爲了紀念他跟媽媽——曾經立志要浪跡天涯的浪子，現在卻整天追著妻子，把她的嘮叨當作飯來吃——因爲這個原因，所以才取了『涯追食妻叨』這個聽起來有些繞口、也有些古怪的名字。」

「原來如此啊！感覺妳爸爸很酷欸，很像我的一個朋友。」

「很像你的一個朋友……這是誇獎嗎？」

「是啊，我的那個朋友他眞的很酷。」

「哈！謝謝。」

這是雅晴學姊第一次對我有微笑以外的笑。後來仔細回想起來，當我看到雅晴學姊彷彿發自內心的笑容時，感覺是一種說不出的舒服。她笑得很單純、很天眞，使我印象深刻。

「下學期再見了，禹喆，你跟小雅要一直幸福喔！」

「謝謝你，翁倩玉，我們下學期見囉！」

禹喆收好行李不久之後他的家人就來了，那時我正好在刮鬍子。鏡子裡的我被分成左右兩半，彷彿只有一邊有著雄性荷爾蒙。

「我也要走了，翁倩玉。」

「你也要走了嗎，馮亮？」

禹喆走後不久，馮亮也收好了行李。我們站在門口互相看了幾秒鐘，彷彿有什麼話想說似的，但畢竟沒有說出口。

「你以後要好好保重！如果有什麼事情需要幫忙，隨時都可以來找我跟禹喆。」馮亮拍了拍我的肩膀。

「謝謝你，我知道。」

「那我走了，再見！」

「再見！」

送走馮亮離去的背影，寢室裡只剩下我一個人。看著空蕩蕩的房間，我突然看到幾個白痴一直用MSN互相密對方，卻不肯面對他們明明坐在隔壁或者背對背坐著的事實。我不禁回想起我這一年來的回憶，就是從這個房間裡開始。

寢室的四個人裡我最晚進來：我進來時一個人提著大包小包的行李，在寢室裡一個人放著；現在大家都走了，我也是最後一個人離開：我整著大包小包的行李，獨自一個人看著這空蕩蕩的房間——這個房間以前住過很多人，以後還會住很多人，它擁有了太多人的回憶，以至於它對每個回憶的獨特產生麻痺，生不帶來死不帶去，怎麼來的就怎麼去——這個房間對於每一段回憶的保存期限只有一年，超過一年以後回憶還能保存多久，那就不是它所能負責的了。它只負責提供形式上的表面，在它被改建以前；而形式以外的內在靈魂，也許就只能四散飄逸、消失於空氣，除非，它能找到一個有情人，讓它寄宿於他的身體，直至死去。

收拾完行李以後，我倒了最後一次垃圾。其實這一年以來都是我和馮亮、禹喆三個人在輪流倒垃圾，因爲我們寢室出了一個好吃懶做的混世魔王，他實在太懶、而且太兇。

倒完垃圾以後我背上背包、提起大包小包的行李走到門口，轉身對著這個房間駐足良久：儘管我後來的記憶很模糊，但是那時我的意識卻很清楚，彷彿有什麼預感似的對著房間講了一聲：「再見了，

5128。」

在離開學校以前我特意多拐了幾個彎、多走了幾步路，把宿舍區經濟系的幾棟建築都繞了一圈，我想看看還有誰還沒回家，我想看看還有誰還流連於這美麗而多情卻狠心的是非之地。

龍兒在講電話。聽他的口氣他似乎是在連哄帶騙半央求著一個敢愛敢恨且活潑開朗的女生——他的身邊沒有謝軒、沒有李承梵，也沒有魯芒廷和胡博靖，更沒有蕭裕弘，小天橋上只有他一個人——在此曾所向無敵的他彷彿已經掃滅群寇似的，儘管他的言語溫和，但從他的眼神之中，仍然透露出一種不可一世的威風凜凜。

重新走回人群以後又從中再次脫離的朱偉很難得的不在房間：他的電腦主機熱得發燙，已經不知道多久沒關，螢幕上顯示的畫面是一個背景灰暗、字體卻五彩繽紛的網路聊天室，暱稱「找小野貓」的這個遊客位於聊天名單的首位，不知道已在此等待了幾個輾轉；他的床上和桌上的其他地方則灑滿了爲灰塵所堆積的書，想必是焚膏繼晷、廢寢忘食，眞不枉他的聰明與睿智。

大老遠還沒走進鮑光翟的房間，就已經聽到他哼著即興自創的曲子，以其獨特半唱的方式喃喃自語。

「我知道妳喜歡我，珊珊，因爲除了我以外，沒有人會爲妳想這麼多。我爲了妳痴、爲了妳狂，我要的只是妳輕輕一笑——只要妳選我、只要妳眞心，我願意把我的感情全都給妳！」

「但是妳不要以爲我只有妳。我有小愛，她永遠在唱歌，等我的愛。還有小玲，爲了我，她可以什麼都不去管。我有愷馨，我們在教會中認識，爲了她含苞待放的蓓蕾，連上帝都會爲我請假。柳瓔茹嘴上不說，其實她背著小玲默默對我暗戀、爲我獨自傷神——每每想到這裡，我多想把她擁入懷中，告訴她我們只能彼此傾訴——這樣的心情是多麼的感傷而又孤獨？還有萩芷，她在掩飾她的慾火，她知道我不喜歡主動的女生，她知道我喜歡溫柔而去關心，所以才裝作楚楚——其實有時候，我也喜歡奔放的自由，我也想肆無忌憚地馳騁，就看她什麼時候忍不住，對我傾瀉她的愛痕——所以別以爲我會懷念妳，余若琳。」

「對她們來說，我就是神，我就是她們的天——如果沒有我，她們的一切都會崩毀。我同時照顧她們，而又從中得到暖慰，這樣的沉重有多甜美？我深陷於此但不願回頭，我不入情裡誰入情中？鮑光翟已情根深種。」

「而妳卻違反遊戲規則選擇背叛。是妳走入我的生活，現在妳走了，但我卻走不出妳的心中——妳會天天想我、時時念我——但妳所想念的並不是眞正的我，眞正的我才不會被妳的決定左右，我依然才華洋溢、我依然獨一無二；而這樣的妳，這樣的小琳，妳卻永遠只能成爲陰影，再也得不到我的關心、我的和煦……請讓快樂且充滿希望的我，再給妳一絲最後的溫柔……從此以後，妳離開我，我卻永遠留在妳的心中，妳永遠也無法忘記我。」

「好了，不說了。我還有這麼多的粉紅，她們都喜歡我，但我卻不能自私占有——你們都說我左擁右抱，卻也不知那是她們主動——我怎能推開？我怎能享受？我的這種煎熬與難過，又豈是你們這群凡夫俗子所能擁有？甜蜜而溫柔的背後是無盡的荒野，我已深入其中、我已情根深種……」

「所以珊珊，這個禮拜天，社科院後面的夜市區，我在後面的豪華酒店等妳——妳想被我擁有的情緒我明白，就讓我，來守護妳所有的熱情與嬌羞……」

我沒有看到鮑光翟的臉，因爲他背對著房門，不過從他的語調裡，我知道他很快樂。我沒有敲門，隨著他逐漸遠去的聲音，我還在往機車棚的路上停著。

精心策劃許久，選在某個偶然的時間點上演了一場鬧劇；結果轉身卻發現自己也屬於另外一場鬧劇——

——我們都處在一齣齣的鬧劇之中而不自知，我們都只是鬧劇的演員中的一員。有些人的磁場強些，本身就是一場鬧劇，但是他卻也無法控制其他的演員進入他的劇中與他搶戲。

更讓人感到疑惑的是，我們始終不知道這些鬧劇的作者是誰，也不知道到底誰是演員、誰是觀眾——或者有心的演員以作者的身分寫戲，或者無心的觀眾打個噴嚏就創造出一場鬧劇——也許每個人都是鬧劇的作者，又或者是沒有作者。

一齣齣的鬧劇在我的腦中不斷上演，它們的影像彼此重複交疊，夾雜著許多的人物與故事：威風凜凜的龍兒、天縱英明的朱偉、還有情根深種的鮑光翟，當我離去時看到他們的身影構成我大一回憶裡的最後畫面，而我的記憶也停在了那裡。

20

倪詩羽收拾完，逐一檢查教室裡的每個角落是否有東西被誰遺忘，順道也把教室簡單地打掃了一遍。她關掉電風扇與電燈以後，走出教室時還輕輕闔上了門。

去年夏天，她跟高譽亨在一個地下樂團的表演會場認識：因爲她的高中同學徐婉甄是高譽亨的大學學妹，所以在表演結束了以後他們幾個人留下來小聊了一下，倪詩羽就是在徐婉甄的介紹之下認識了才剛加入這個樂團不久、對音樂充滿熱忱的高譽亨。

倪詩羽是一個認眞於學業的研究生，儘管如此其實她的心中一直有一個夢，那就是她非常崇拜一些非主流的地下樂團，她甚至希望有一天自己也可以加入他們；高譽亨的態度親切，而且因爲處境的關係也非常理解倪詩羽的這種心理，所以與她越聊越投機，最後還跟她互相換了手機和 MSN，並且大力邀請她加入——就算無法加入，也隨時都可以來看他們的練習和演出。

倪詩羽不會任何樂器，對於歌唱方面也一竅不通，在繁忙的課業壓力之下實在是空不出多餘的精力親身參與——儘管如此她只要一有空就會時常出現在高譽亨的面前，看他練習與表演——也許是因爲喜歡高譽亨，也許是因爲喜歡獨立音樂，總之不久之後他們兩人就越走越近；大約過了半年，在某一次的大型公開表演結束以後，神采飛揚的高譽亨難掩興奮之情當場親了倪詩羽一下，在喝采與尖叫聲中兩人的關係似乎也於此確立。

可能是家庭與性格的關係，在這半年多以來倪詩羽相當自愛，高譽亨也對她十分尊重，從來沒有逼她做什麼不想做的事，基本上兩人在各自忙碌的過程裡，感情的層次已經逐漸提升，保持著「心有靈犀一點通」的精神式交流。然而在倪詩羽的心裡似乎始終隱隱有些遺憾，到底是什麼樣的遺憾她一時也說不上來，直到她看到今年大一的系露營影片片段，她才明白她所缺少的就是把夢想化爲實踐的那股衝動與拚勁，於是在高譽亨的鼓勵之下，她這幾個禮拜一直勤練歌喉，希望能在下學期的才藝表演比賽中一鳴驚人。當然，在小大一面前的倪詩羽仍然保持著威嚴，因爲她知道自己在現階段中的主要身分仍然是課業至上的詩羽學姊，這也是由於她的個性使然所產生的壓抑行爲。

今天高譽亨的團體在學校附近有活動，倪詩羽結束助教課時已經快要散場，他們約好晚上要一起吃飯，高譽亨說到時候要「介紹我的女朋友給大家認識，希望妳一定要到」。倪詩羽雖然期待可是並不著急，過去之前她還特意化了點淡妝——模樣好看的人見人仍然需要化妝，就像彼此已經默許的兩人仍然需要對外的一次正式介紹——表面上看起來彷彿畫蛇添足的事情，實際上卻是不可或缺、且無比重要。

「高譽亨！」剛看到男友的身影，倪詩羽就像個單純的小女孩一樣迫不及待地大喊，這是她平時不可能會有的舉止。

然而她雀躍的心情就像煙火只維持了那短暫的一瞬。隨著高譽亨摟住他身邊的一個女孩，倪詩羽的心像停格的煙火，留在半空中。

「倪詩羽！妳終於來了！」高譽亨見著倪詩羽，顯得很是高興。

「高譽亨？」然而可不是所有人的心情都如高譽亨這麼認爲。倪詩羽不管旁邊還有許多人，一個箭步上前直接給了他和他身邊的女孩各一記耳光。

「妳幹嘛？」高譽亨和女孩感到莫名其妙，異口同聲叫道。

「你不是說你要介紹你女朋友給大家，叫我一定要來嗎？爲什麼你現在又帶別的女生過來？高譽亨你說，她是誰？」倪詩羽指著陌生的女孩大聲質問高譽亨。

「別的……女生？」高譽亨看起來更像摸不著頭緒，而非欲言又止。

慘了！難道是親戚的姊妹？這兩個巴掌打下去打得紮紮實實，可是一點也沒有轉圜的餘地——好在今天有化妝，否則就不只是喜怒形於色，而是臉紅羞愧、無地自容了！

然而他們兩人並不是她所想的那種關係，幸好倪詩羽的擔心是多餘的。

「沒有錯啊！因爲我要介紹我女朋友給大家認識，所以我才特地找妳來啊——我給妳介紹一下，這位是我的女朋友，劉莘薈。」高譽享輕輕撫著劉莘薈的臉頰：「會不會痛？來，我跟妳介紹一下，這位是我的好朋友倪詩羽，她也很喜歡音樂，有空的話大家可以一起出來多交流交流。」

「什麼？你們是……男女朋友？你……你們在一起多久？」聽到高譽享講出這樣的話，倪詩羽在那短暫的一瞬之間突然變得很理性，她甚至還反問自己：現在究竟是該表現憤怒、還是恍然大悟？當然，倪詩羽的理性思緒，也只存在於那短暫的一瞬之間而已。

「其實我們才在一起兩個月而已，因爲我前陣子才剛分手……本來我朋友是想介紹她給我暫時療傷，不過我一見到她之後就喜歡上她，所以就跟她表白了。」說到這裡，高譽享和劉莘薈兩人相視一笑，高譽享把劉莘薈摟在懷裡，摟得更緊，完全沒注意到倪詩羽的欲言又止。

「你前陣子分手……然後現在跟她在一起……我還以爲我們是……原來你竟然這麼無恥！」

「無恥？」高譽享摸了摸倪詩羽的額頭：「妳今天到底怎麼了？怎麼一下子打人一下子罵人？妳是不是身體不舒服？還是被男朋友甩了？就算被甩了也不要遷怒我們啊，妳怎麼會突然這個樣子……這不是平常的妳啊？」

「不要碰我！」倪詩羽甩開高譽享的手：「對！我就是被男朋友甩了！我今天分手！」

「啊！原來如此……眞是不好意思。那妳等一下要不要跟我們一起去嘶吼、釋放一下壓力？」

「跟你們一起去嘶吼、釋放一下壓力？你現在是在跟我開玩笑嗎高譽享？你覺得這樣很好玩嗎？你知不知道我是……」

「不好意思！她是我的女朋友。她最近在跟我吵架，打擾到你們了眞是不好意思！」倪詩羽正要說出自己才應該是高譽享的女朋友的時候，突然有個人從人群裡衝了出來，把倪詩羽從高譽享和劉莘萶面前拉開靠到自己身上。倪詩羽回頭一看，這個人居然是尹炬詳！

「誰是你女朋友？尹炬詳你不要亂說！」倪詩羽見到尹炬詳又驚又羞又怒，奮力掙開大罵。

「各位不好意思，這是我們兩個人的事情，我們會自己處理……不好意思！」不管倪詩羽怎麼罵他，尹炬詳仍然強拉著倪詩羽的手往人群外走。他一邊回頭向在場的人頻頻道歉，一邊對倪詩羽低聲耳語：「在妳發瘋之前趕快跟我離開，我為了顧全妳的面子賠了我的面子，妳如果還有半點良心的話就不要害我！」

「你也搭公車啊？」

倪詩羽很快就恢復了理智。在尹炬詳的面前，倪詩羽畢竟還是倪詩羽。

「不然呢？」尹炬詳和倪詩羽在公車站等車。尹炬詳不時地四處張望著。

「怎麼？怕被學校的人看到你跟我在一起，會毀壞你的形象是嗎？」

「是啊，妳也知道。趕快幫我注意一下。」

「要毀壞形象也是我毀壞好嗎？你算什麼東西？還在那邊『是啊』？」

「好了啦，妳那僅存的形象好不容易被我救回來，妳現在是要潑婦罵街自己把它毀掉是嗎？早知道我就不多管閒事了，呿！」

說得沒錯。如果不是尹炬詳這個「男朋友」及時出現，倪詩羽這段日子以來的一廂情願差點就要在大家面前穿幫——可是想想眞的很不甘心，倪詩羽有好多的事情搞不清楚，她不想就這麼退出，她不想就這麼認輸，她想知道高譽享憑什麼腳踏兩條船還能說得這麼輕鬆、這麼神態自若？

「我要回去跟他講清楚。」

「回去什麼啦？妳這麼想當電燈泡喔？面對現實，那裡沒有妳的事情好嗎？」

「你憑什麼說沒我的事情？你又怎麼知道……」

「妳以前有來過這裡嗎？妳看，」尹炬詳突然用手肘碰了碰倪詩羽的肩膀、打斷了她的話：「現在這裡黃昏的景色，跟我白天來的時候完全不一樣；等一下晚上它的樣子又會跟現在完全不同。再怎麼平凡無奇的地方，只要妳用心去觀察，妳一定能發現很多平常看不到的人事物——這箇中的滋味只能細細體會，如果妳沒有靈性的話，可能得多花很多很多的時間都不會有感覺。」

「……你沒事幹嘛突然跟我講這些？」

「有感而發而已，誰說講話一定要有事？」

倪詩羽對尹炬詳的隨興有些反應不及，但她並不感到意外。因為他是尹炬詳：從他們認識開始到現在，他的所作所為從來不會給出個正當理由；他對事情輕重緩急的選擇與判斷，彷彿隨時隨地，都要與她作對。

「對了，你來這裡幹嘛啊？該不會你也喜歡那個樂團？」

「只是閒晃而已！妳沒看我來還故意搭公車，為的就是想百分之百地享受過程好好散心。剛剛看到那裡很多人想說去看一下到底是誰來，哪知道誰沒看到就看到個鳥樂團——看到鳥樂團也沒關係，想不到居然還在這裡遇到妳這個神經病！」

「欸！等一下，你說你白天就來這裡……所以你今天又沒有上我的助教課？」

「對啊，有什麼好大驚小怪的，妳每次上課都點名妳會不知道我沒去？妳整天期待我去我都不去，現在在這裡被我遇到妳有沒有好高興？」

「誰跟你好高興！」倪詩羽：「你助教課不來上課是你的事，我完全不在意。可是現在是我的個人時間——我私底下的時候反而遇到你，這卻眞的是我三生不幸！」

「我眞的不知道妳在裝什麼模、作什麼樣？」倪詩羽的耳邊一直不斷地迴響著這句話。

她已經忘了自己爲什麼要跟尹炬詳講她和高譽享的事情——明明彼此看不順眼，爲何要與他吐露心聲？

但她卻忘不了最後和尹炬詳在公車上吵架引來旁人注目——更糟糕的是兩人正吵得不可開交時公車卻到站，兩人只能一邊吵著一邊走下車——彼此相互怒斥、卻又形影不離，看起來就像是一對剛過了熱戀期、開始會鬥口的小情侶。

「妳居然以爲你們的互相尊重是導火線？其實根本沒有火妳知道嗎？這從頭到尾根本是妳自己一廂情

願！」

「這只是妳自己給他找的藉口，事實是他有其他的理由。妳表面上在替他找藉口，其實只是妳自己不願意認錯——你們從頭到尾根本就沒有在一起，妳不承認妳的觀念和認知有錯！」

「他都在大庭廣眾之下親我了，難道還會有錯？」面對尹炬詳武斷且霸道的言詞，倪詩羽不得不出來捍衛。

「他親臉頰而已不是嗎？妳認爲像他那種人，他會記得他曾經親過妳嗎？你們後續所謂的精神式交流，會不會是他根本不認爲你們有什麼關係所以才如此？否則妳以爲以他的個性他會對妳那麼客氣？妳以爲他跟妳一樣吃素？」

「你憑什麼擅自揣測別人的想法，你又不是他你怎麼知道？你爲什麼要幫他講話？」

「我沒有揣測誰的講法，我也沒有幫誰講話，我只是聽完妳跟我說的事情以後，很眞實地呈現我的感想——又或者說這根本不是我的感想，而是事實擺在眼前就是如此，妳不得不承認這樣的狀況。」

「承認什麼狀況？承認我的想法是錯的？承認我的觀念是錯的？承認我的互相尊重敵不過他的放縱？

承認我的互相尊重換來分手？」

「又沒在一起，哪會分手？妳剛才不是好好的，現在幹嘛那麼激動？」

「誰叫你都不幫我講話，還那麼兇！」

「我哪有兇？」

「你有！」

「我不會說妳的想法是錯的，妳只是觀念比較保守。這其實無所謂，某方面來說我覺得這樣很好，這也沒什麼不妥。」

「儘管如此，我覺得妳還是要尊重別人，妳不能因爲別人的作風跟妳不一樣妳就說別人不對。其實你們的問題很單純，就只是沒有互相溝通、且彼此又不了解而已。」

「你又知道我們沒有互相溝通？你又知道我們彼此不了解？」

「我看妳這個樣子，我就知道妳不會了解別人。妳不會了解他、也不會了解我——看妳這個樣子，我想妳的這個『不會了解』，肯定還包含了其他所有人。」

「你憑什麼這樣說我？」

「因爲妳一直以妳的角度來看世界。妳看到與妳不同的人事物，妳並沒有試著了解，妳只是以妳自己的觀點和認知，去對它們做出解釋。」

「……」令倪詩羽無語的不只是講話方式，還有講話的內容——尹炬詳，他到底憑什麼？

「其實妳可以不用這麼壓抑的。當然，也許是因爲妳比較保守，但是我想妳必須接受一件事：不是每個人的生活都會以妳的模式爲標準，妳也不能老是以妳自己的角度去揣測別人。」

「我哪有壓抑什麼？」

「妳認為你們那樣就是在一起，但是他的想法是什麼妳有沒有確認過？妳認為妳的想法就可以代表他的想法嗎？還有，既然妳覺得你們在一起，妳為什麼不主動一點、熱情一點，以實際的行為向大家宣示——這樣既可以預防像劉莘薈這樣的人出現，可以試探他的想法是不是與妳的想法相同、你們對彼此的認知是否一樣不是嗎？」

「我不是那樣的人……我覺得兩個人在一起就在一起……不需要特別說的……」倪詩羽覺得自己有些委屈。

「是的，妳不是那樣的人，老實說我也喜歡妳這種想法的人——可是妳知道他是什麼樣的人嗎？還有他知不知道妳是這樣的人？」

「我以為我和他應該會有默契……」

「真的滿詭異的，你們這樣的關係居然也可以維持這麼久而沒有感覺到異狀……不過既然妳這麼『純潔』，為什麼上課還對我這麼兇？」

「這跟上課有什麼關係？」

「沒什麼關係，就當我沒說好了，」尹炬詳：「對了，妳難道眞的打算放棄才藝表演比賽？」

「不放棄又有什麼用？我不放棄難道他就會放棄那個女生跟我在一起？當初是因爲他的鼓勵我才想參加比賽的，現在他劈腿分手，我爲什麼還要參賽？」

「他沒有劈腿——你們沒有在一起，哪來分手？那都是妳自己說的……」

「我不管！總而言之，我以後不要再唱歌了！」

「我問妳，妳是不是喜歡唱歌？」尹炬詳問。

「喜歡唱歌又怎麼樣？反正當初是他鼓勵我勤練歌喉參加比賽，現在衝著這口氣我就不練唱歌、就不參加比賽！」

「妳喜歡唱歌，跟高譽享有什麼關係？」尹炬詳：「妳喜歡唱歌跟妳喜歡高譽享是兩件事，妳爲什麼一定要把兩件事情綁在一起？妳喜歡唱歌，因爲高譽享的鼓勵所以妳前進；現在妳說高譽享對不起妳，所以妳就不練唱歌跟他賭氣——可是高譽享跟妳喜歡唱歌有什麼關係？在妳還沒有遇到高譽享之前，妳早就已經喜歡唱歌了不是嗎？難道妳的夢想就是高譽享嗎？妳有沒有清楚想過妳到底喜歡什麼、想要什麼？妳喜歡的是高譽享還是唱歌？妳想要的是高譽享還是夢想？」

「我當然喜歡唱歌……可是……」

「先別說他有沒有對不起妳，就算他眞的對不起妳，那妳就更不應該放棄——妳怎麼能爲了傷了妳的心的人放棄夢想、妳怎麼能讓他再傷害妳一次？妳應該要更義無反顧地前進，向妳自己證明、向他證明，就算沒有他高譽享，倪詩羽還是倪詩羽——妳倪詩羽怎麼能因爲這種小事就難過得不能自己、終日縈懷於心？」

「是啊……我爲什麼要這麼衝動？我爲什麼要受他影響？」倪詩羽：「可是……你爲什麼現在又跟我好好講話？你剛才不是很不爽？你平常不是不喜歡我嗎？」

「因爲妳現在很乖，沒有像剛剛一樣哇哇大叫，也沒有像平常一樣裝模作樣。」

「我裝模作樣？」

「難道不是嗎？還是你要跟我說妳天生就喜歡潑婦罵街——那妳剛剛何必爲了高譽享在那裡哭哭啼啼、跟我大發神經？」

「尹炬詳你……」

「其實我看得出來，妳有著未諳人世的單純與善良——這很可貴，這是好事，然而有的時候這也可能會在無形之中對妳產生傷害。我並不是要妳放棄這樣的妳，我只是希望有時候妳能好好想想，很多事情並不是像妳表面上看起來的那樣，很多事情並不是只有一種通用的解釋。」

「……」

「還有，不管處於什麼情況，我希望妳能展現妳自己，我說的是展現最眞實的妳自己，展現最眞的妳——妳是什麼樣的人、妳在想什麼，妳就照實講出來做出來就好了，不要每次都在那裡裝模作樣、不要每次都在那裡壓抑，那樣的妳看了會很惹人生氣。」

「你現在是在教我嗎，尹炬詳助教？」

「助教不敢當，教妳更談不上。」尹炬詳：「我知道我這樣講也無法改變什麼事情，但是我說的都是我的眞心話。」

「眞心話？」倪詩羽問。今天的尹炬詳，與平時她所認識的尹炬詳，似乎有些歧異和反差。

「是啊，我現在眞的是站在一個朋友的立場在跟妳說話。也許妳覺得我說的並不妥當，但我確實是這樣認爲。」

「你的意思是……我們可以當朋友嗎……等等，不對！」倪詩羽：「你怎麼可以以我的朋友自居，沒把我這個助教學姊放在眼裡？」

「妳都以助教學姊自居了，我當然要把妳放在心裡，哪能放在眼裡？」尹炬詳：「把妳放在心裡，好隨時都能想想，以後上助教課的時候要拿什麼事情嗆妳——不過我看妳這樣子應該也不用想，隨時隨地都有一堆可以——而且其實重點是我何必爲了嗆妳去上助教課？妳算什麼東西？妳當我都沒有別的事情去做？」

「尹炬詳！你下個禮拜不准蹺課！」

尹炬詳沒有回答就逕自離開。他把手放在他的耳朵旁邊，做了個聆聽的手勢。

「你現在找我是想跟我偷情的意思嗎？」晚間七點半，在咖啡廳的角落，倪詩羽朝著坐在對面的尹炬詳挑了挑眉。

「什麼偷情？我是看妳最近的態度還不錯，所以才想說給妳個機會讓妳發揮助教的價值。」

「說得那麼好聽？助教的價值我每堂助教課都已經發揮得淋漓盡致了，你自己不來聽我有什麼辦法？期中考都快到了你才來找我，你現在這樣是在浪費我的私人時間欸。」

「喔，也對。好啦，打擾了，抱歉。」尹炬詳突然站了起來。

「欸！我開玩笑的啦！你要幹嘛？」倪詩羽顯得有些緊張，差點也站起來。

「先去付我的飲料錢，」尹炬詳：「我只有點飲料而已，剩下的妳自己付。」

「小氣鬼！」

看著尹炬詳的背影，倪詩羽不禁想起第一次在助教課時與他相遇，他的態度與現在一樣吊兒郎當。

但是，至少他也是有心要努力，用他自己的方式：其實他不像表面上看起來的那樣，對什麼事情都滿不在乎。

「睡覺。」

「期中考考完以後你要幹嘛？」倪詩羽突然問尹炬詳。

「可以給點非官方的答案嗎？」

「不知道。」

「……」

「幹嘛？」

「沒事。」倪詩羽清了清嗓子：「對了，你喜歡看電影嗎？」

「喜歡。」尹炬詳的回答依然很簡短。

「你喜歡看什麼類型的？」

「妳今天吃春藥嗎？怎麼話這麼多啊？」

「喂！我是看你快睡著了，才想說跟你聊一下轉移話題欸！你怎麼這麼沒禮貌？」

倪詩羽有點後悔。尹炬詳回復正常之後就變成了這樣，早知道一開始乾脆就不要和他講話。

「這時候又變成溫柔婉約的淑女了——聽翁倩玉說妳上個禮拜的助教課又在亂罵人？是不是因爲我沒有去所以妳就遷怒？我本來就沒有說我要去啊，妳又不是不知道，睡覺跟妳，我永遠都是選睡覺的好嗎？」

「什麼遷怒？你也太往你自己臉上貼金了吧？而且我只是稍微提醒他們上課要專心一點而已，誰說我亂罵人了？」

倪詩羽沒有說的是，在課前高譽享在電話裡對她說徐婉甄向他表白——他喜歡徐婉甄、但是又不想跟劉莘薈分手，覺得很兩難所以打電話來問她的意思。她生氣的原因並不是高譽享至今仍沒有任何罪惡感，也不是徐婉甄居然背著自己偷偷來，而是她明明早就已經知道高譽享對自己的看法，也清楚他與自己背道而馳、所謂開放的交友態度，但是卻還是會不由自主地爲他傷心，儘管平常在心裡不斷地罵他，但是每當看到他的來電顯示時卻又會忍不住接起電話，還會在電話中假裝沒事一樣，假裝自己很OK，還要當他的精神導師、幫他灌心靈雞湯，而自己卻始終沒有勇氣說出自己的感覺，他也從來不問。

想到這裡，她偷偷瞄了尹炬詳一眼，眼前的這個人，雖然對自己從來沒有什麼好臉色，也幾乎沒有說過什麼好聽的話，可是至少他是發自內心、以眞實的態度來面對自己，至少他有把自己當成是一個實際存在的「朋友」。

「所以你到底喜歡看什麼樣的電影啦？」倪詩羽對電影的話題還不死心。

「最喜歡的嗎？我喜歡看那種有人生意義的感情電影，比如《鐵達尼號》、《大河戀》、《大智若魚》，或者《春風化雨》……」

「停停停！」倪詩羽：「你不要再說了！你好奇怪喔——你是不是有雙重人格啊，尹炬詳？」

「在妳的眼裡我有正常過嗎？而且對我來說妳也是雙重人格，」尹炬詳：「說到這裡，我不得不提一下，我也很喜歡一部電影——雖然它比較偏純感情路線——好像是千禧年左右在香港上映的《星願》，」

「我知道你說的那部！我之前在電視上有看過！」倪詩羽突然一聲愉悅的驚呼，使得店裡的其他客人都對她投以異樣的眼光。她吐了吐舌頭，小聲地說：「我看完之後一直哭欸，那首《星語心願》眞的好揪心、可是又超好聽的！」

「我也正想跟妳講那首歌，」尹炬詳：「在電影裡那首歌是女生唱的，可是後來男生也有唱；雖然是同一首歌，可是男生版跟女生版給我的感覺卻完全不同。我不是指它們好聽的程度，而是當妳凝神靜聽的時候，妳會從一樣的詞曲裡聽出他們不同的聲音與心境，」

「對啊，很多歌不是都這樣嗎？多人翻唱。」

「沒錯。」尹炬詳：「同樣的一首歌給不同的人唱，每個人都有不同的詮釋方式，而不同的人在不同的情境下聽，所得到的感受也各自不同。人也是如此，面對同樣的事情，每個人的想法與觀點都不一樣，但是這其中並沒有一個絕對的標準，這完全是個人的喜好程度和選擇——有的時候，有些事情，真的沒有必要太過執著與壓抑、只要順著妳自己的感覺走就可以——除此之外，我知道妳還沒有想好要唱什麼，所以妳在考慮的時候不要給自己設定範圍，也可以參考一些男歌手或者不同類型的歌，例如直接唱男生的版本總比妳唱女聲結果飆高音飆不上去好多了妳說是嗎？」

「你……」倪詩羽還沒來得及考慮自己到底該不該生氣，只能順口隨便問一句：「你……考完期中考以後……要不要跟我一起去看電影？」

「爲什麼？」尹炬詳問。

「因爲婉甄跟高譽享可能不會有時間……沒有啦……我只是無聊隨便問一問。」

「眞可惜，其實我希望妳是認眞問。」

「怎麼，你該不會喜歡我吧？我之前就說過，你標新立異其實根本就是想要引起我的注意……」

「不是，」尹炬詳打斷倪詩羽的話：「我只是覺得拒絕妳的不隨便邀請比拒絕妳的隨便邀請爽而已。」

「你爲什麼！」倪詩羽大力敲了一下桌子，似乎眞的發火：「我跟你有什麼仇嗎？還是你到底有什麼毛病？」

「我想妳誤會了，」尹炬詳遞了一張衛生紙給倪詩羽。杯中的飲料因剛才的震動灑了一些在桌上：「其實我是不想去花了錢可是卻沒有看到電影。」

「怎麼會花了錢可是卻沒有看到電影？」倪詩羽不解地問。

「因爲妳的外型還行，身材也OK，所以在那種密閉幽暗的空間裡我絕對不會好好看電影，我跟妳保證我一定會一直摸妳。」

「……你知道警察局在這附近嗎？」尹炬詳太直接，倪詩羽突然之間不知該怎麼回。

「所以妳聽懂了嗎，倪詩羽？」尹炬詳突然正色：「眞正喜歡妳的人會在乎妳的內心感受，他不會凡事只考慮著自己的慾望而一意孤行——這樣的人才值得妳爲他掛懷、爲他流眼淚——但是我想他肯定會心疼妳，不會做讓妳流眼淚的事情。」

倪詩羽懂嗎？她當然懂。她知道尹炬詳在講什麼。她知道尹炬詳懂她在想什麼。

「好了，時間也差不多了，也該走了。」尹炬詳又站了起來，這次他是眞的打算離開。

「等等……可是你的考試進度還沒有講完……」倪詩羽回過神來。

「妳也知道喔，還不是妳都一直在講一些廢話？」

「什麼叫講一些廢話？」

「再不走咖啡廳都要打烊了啦，我也不要再浪費妳寶貴的私人時間了，剩下的我自己看就好了。」尹炬詳：「妳不用拿錢包了啦，錢我已經付了。雖然妳也沒教我什麼，不過就當作是妳的鐘點費吧，謝謝。」

直接走出店外。

「你不會等我一下喔？萬一我遇到壞人怎麼辦？」倪詩羽追出店外大喊。

「妳不是已經遇到我了嗎？怎麼還會怕壞人？」尹炬詳揮了揮手，但卻沒有回頭。

「學姊不好意思，可不可以耽誤妳一點時間……」下午助教課結束以後，歐鑑籲罕見地留下來。

下學期的期中考並非明天，可是也不算太遠——翁倩玉這小子平常中規中矩、還算馬馬虎虎，可是最近幾次的助教課很明顯他的心並不在這——其實這一切倪詩羽都看在眼裡，她本來今天又想發作，可是因爲自己最近也是很多事情，她不太想爲了這些不可雕的朽木再浪費自己多餘的心力。

「有什麼事嗎？」倪詩羽耐住性子。

「期中考也接近了……剛剛上課的時候我不小心有點恍神……所以有關這道題目的解釋我聽得不是很明白……我想問說能不能麻煩學姊妳……再幫我講解一次？」

「你爲什麼剛剛不問？我講解得那麼辛苦你還聽不明白？有點恍神……我看你是根本沒在聽吧？」

「……」

「算了，我就再跟你講一次。」倪詩羽：「你給我聽仔細了，我只說最後一次。」

「謝謝學姊。」

「對了，尹炬詳跟那個金隆笙到底是怎麼回事？聽他們在傳得好像事情很嚴重一樣——你既然是他的室友，應該多少知道一點內幕吧？講給我聽聽，就當作是補償我被你耽誤的寶貴時間。」解決完歐鑑顲的題目以後，倪詩羽隨口問道。

「呃……其實我也不太清楚，我所知道的大概就跟學姊聽到的那些差不多。」

「騙誰啊？你們寢室的幾個狐群狗黨，系上有誰不知道？」

「我說的是眞的啦，學姊，」歐鑑顲：「因爲阿炬他眞的什麼都沒跟我們說，所以……不好意思……」

歐鑑顲並不是一個擅長說謊的人，看著歐鑑顲匆匆離去的背影，倪詩羽知道這件事情一定沒有那麼單純——或者說，她不相信現在系上的那些傳聞——她的直覺告訴她，尹炬詳不是那樣的人，他不會做他們說是他所做的那些事。

然而她並沒有證據能證明這些事情，她甚至也沒有資格過問。儘管前幾天她請尹炬詳替她「指點」的時候，她在不經意間有問到一點端倪，用旁敲側擊的方式。

爲什麼要強調「請」這個字，因爲尹炬詳的脾氣很硬，如果不和顏悅色與他講話，他隨時都有可能會翻臉走人，倪詩羽在不知不覺裡已經慢慢習慣了尹炬詳的行徑，也逐漸對他有了一點點的「妥協」。

那天午休時間，倪詩羽和尹炬詳在一間沒有人的空教室：

「其實妳找我來根本沒用，因爲我眞的不會唱歌。」在桌上交叉著雙腳、身體微微後仰，尹炬詳一邊打哈欠一邊對倪詩羽說。

「至少你可以聽我唱啊，畢竟也是你陪我一路走過來，陪我一路進到決賽……」倪詩羽放下手邊的餐盒，抬起頭來說著。

「妳不用這樣子稱讚我。其實我過去也只是在打瞌睡，輪到妳的時候我之所以會醒來不是因爲我支持妳，而是妳在那鬼吼鬼叫的實在是太難聽——老實說妳這樣也能闖進決賽，我只能說那些評審比妳還要有天分。」

「我知道啦……我就是因爲這樣子才緊張啊……所以我才要你來陪我練習，這樣我才能安心嘛。」

「妳別那麼噁心好不好？在大家面前兇巴巴，現在又這麼柔弱——妳可以自然一點嗎？不要一直裝模作樣好不好？」

「可是我如果大聲講話，你不是又要嗆我母夜叉？」

「不是嗆妳，只是說出事實。」尹炬詳：「我叫妳保持自然又沒叫妳兇人，還是妳要跟我說妳天生就是這樣？」

「尹炬詳你……」

「我怎樣？」

「我不跟你講了啦，」倪詩羽正好在喝養樂多，不否認在那短暫的萬分之一秒的瞬間，她差點起了把它整口噴向尹炬詳的念頭：「你講話這麼難聽一定不會有女生喜歡你。」

「無所謂啊，反正我也不喜歡她們啊，她們喜不喜歡我關我什麼事？」尹炬詳打完哈欠又伸了個懶腰。

「你該不會喜歡男生吧……」

「我喜歡女生，百分之一千五百確定，」尹炬詳把臉貼到倪詩羽面前：「現在這裡沒有人，妳是不是想要我證明給妳看？」

「所以你有喜歡的女生嗎？該不會是他們傳的那個吧？我知道你講話不能聽，但是我想你應該也不至於那麼壞心……」倪詩羽側身避開尹炬詳的臉一邊問。

「不重要啊，隨他們去講。」尹炬詳走上講台，隨手拿起一支粉筆開始亂畫：「事實到底是怎樣我自己知道，還有我想要讓她知道的人也知道，這樣就好。」

「你不願意讓我知道嗎？」

「妳先準備決賽吧，我不想影響妳。」火柴人的頭上在下雨。尹炬詳朝著黑板上的塗鴉嘆了口氣。

「拜託！我只是問問而已好嗎？你以為你是誰啊……你怎麼可能會對我產生影響？也未免太自戀了吧？」本來坐在位子上的倪詩羽語氣一轉，突然大聲說道。

「喔……好吧，那就當我沒說。」尹炬詳放下粉筆：「所以妳現在是要聊天還是練習？」

「聊……練習！當然練習！」

「我眞的不知道妳在裝什麼模、作什麼樣？」倪詩羽的耳邊一直不斷地迴響著這句話。

「還有，不管處於什麼情況，我希望妳能展現妳自己，我說的是展現最眞實的妳自己，展現最眞的妳——妳是什麼樣的人、妳在想什麼，妳就照實講出來做出來就好了，不要每次都在那裡裝模作樣、不要每次都在那裡壓抑，那樣的妳看了會很惹人生氣。」

「你只會說我……你自己還不是一樣。」倪詩羽躺在床上對著天花板自言自語。

「你明明不是那種人……可是你爲什麼不說？」

「謝謝你爲我所做的事情與對我說過的話……但是，當你遇到困擾的時候，你爲什麼也不跟我說？難道你覺得我不夠資格……難道你不願意讓我進到你的心裡嗎？」

「也許我不知道眞實的情形到底是什麼，但我知道你一定不會像他們說的那樣子……雖然你沒有說……但是我知道……」

「她有什麼好的，値得你爲她這樣？我跟她的差別在哪裡？我有什麼地方比不上她？」

螳螂捕蟬，黃雀在後。

他希望她可以坦率面對所有人，但是他卻不對別人坦率。

她希望他可以對她坦率，但她同時卻也討厭她自己，因爲她對他的某些情緒，她自己也無法坦率面對。

當一個人用自以爲好的方式在守護一個人的時候，也許他的後面也還有另一個人，在爲他默默守候。

21

隨著我耳邊充斥的刺耳吵雜的聲音，在這個迷濛昏暗的空間裡我逐漸恢復意識。隱約裡我彷彿聽到有人在我的耳邊唱歌，儘管我不知道他是誰，更聽不懂他在唱什麼。

我想抬頭瞧瞧四周的環境，但我卻無法睜開雙眼，同時也感到渾身無力。更明白一點地說，我發現我的身體彷彿不屬於我，我的感官與意志似乎正在分離：我無法移動也無法張開眼睛，我甚至無法感覺到我的身體。我不知道現在的我是站著還是躺著，也不知道我的身邊是否有接觸到其他的人或物體，我的意識是如此清晰，但我的肢體、我的感官卻無比麻痺。

我只知道我現在正聽著某一首歌曲，雖然我聽不出來那是什麼音樂，但我知道那一定是一首我很喜歡的歌曲。我只知道我現在正掛著耳機，雖然我的身體沒有感覺到耳機，但我知道那是我的耳機。

除此之外，我別無所感、也別無所知：我感覺不到我的心跳，也感覺不到我在呼吸。我不知道現在幾點，也不知道我在哪裡。

我甚至忘了我是誰。對了，我叫什麼名字？

「大家好，我是從政治系轉來的許怡娟。」

新的學期，新的氣象。暑假過完以後我們的第一堂系必修就迎來一位漂亮的轉學生，許怡娟跟她的名字一樣，就算濃妝艷抹的外表也難以掩藏她的親切和好相處，對於我們這些到了二年級還單身的男生來說，簡直就是從天上掉下來的獵物，紛紛對她大獻殷勤，趨之若鶩。

上個學期我和系上的大家有些不愉快，不過一個暑假過去，很多事情都已物換星移、時過境遷，光從胡博靖宛如被雷劈到的髮型和顯眼的髮色就已說明：我們現在是二年級，不是小大一。我們彼此的感情變得更好，變得更加圓融、也更加成熟——這不，上學期還對我嗤之以鼻的沈運伍，一看到我走進教室就立刻大聲跟我揮手打招呼——看到他釋出的善意以後我放下了今天出門時的不安和忐忑，很快就加入了他們那個以許怡娟為中心所圍成的數個同心圓，在我的努力之下我還擠到了第二圈。由此可以顯示我在大家心目中的地位，再也不是處於上學期為人所排斥的系上邊緣。

「對了，妳為什麼會想要轉來我們系上？」胡博靖是我們的新任班代，所以引導新同學熟悉我們環境、認識我們大家的這件苦差事，他自然是當仁不讓——從今天一大早開始，他就緊緊一直跟在許怡娟的旁邊，為了不讓她落入那些飢渴難耐且吃相難看的男生手中，他寸步不離地隨時保護著她的安危。

「我……有一次我看到我的室友邀請她的學伴開視訊，我看到之後覺得很喜歡，想要跟他交朋友。我的室友知道之後跟我說她覺得他很難搞，可是我常常在護理課中堂下課的時候走過隔壁教室遠遠看到他，我覺得他不是那樣的人……所以後來我決定……我就轉來你們經濟系，我想自己認識一下那個男生……」許怡娟一邊講著，還一邊害羞地咬著下嘴唇。

沒想到外表漂亮的許怡娟內心居然這麼單純，而且還單純到有些荒唐與幼稚——可是我喜歡！我就喜歡她的這股單純，我就喜歡她的這般幼稚！

可以想像現在有這樣想法的人肯定不止一圈，我更懷疑她這麼漂亮也這麼單純，怎麼可能會到現在還是單身——等等，許怡娟只說她想交朋友，所以說不定她不是單身？

「哪個男生這麼幸運啊？妳是不是喜歡他？」魯芒廷問了一個所有人都想知道的問題。

現在是下課時間，所以同心圓裡也圍了很多A班的同學。當然像他這種小道消息靈通的人並不會否認，他和蕭裕弘、李承梵等，都是在選課時就退選A班課程、直接選了我們B班的課；而且在選課時做出這種行為的人雖然多，卻清一色都是男生，難怪我覺得今天的教室特別擁擠，還想說我們班怎麼過了一個暑假就一下子多這麼多人？

「我沒有喜歡他啦……」許怡娟微微臉紅，低著頭說：「我不知道他的名字，只知道他的綽號叫……

尹麥可。」

「噢……妳說尹麥可喔！很久沒見到他了欸……他好像從上學期的後來就不在這了，對不對？」胡博靖在回答許怡娟的同時也回頭四處詢問大家。

「對啊！我打他的手機可是它都一直轉接語音，他的 MSN 我看他也從來都沒有上線……」

「沒關係啦！其實不重要，這樣也好。」我的話還沒有講完就被廖仕暄從中打斷：「因爲如果他還在這裡的話，只怕……」

「只怕什麼？」廖仕暄講話支支吾吾的，好像有什麼難言之隱。許怡娟急忙追問：「你就直接講啊，幹嘛吞吞吐吐的？」

「我怕我講出來……會破壞妳對他的印象……」廖仕暄話只講了一半，還是不敢開口。

「破壞我對尹麥可的印象？」許怡娟似乎不是很明白：「怎麼了？是不是他發生了什麼事情？」

「對啊！直接講啊！到底爲什麼會破壞她對阿炬的印象？事情不是都已經講明白了嗎？」我問。其實我比較好奇的是廖仕暄，他怎麼敢直接出現在同心圓的內圈，而且還如此光明正大，還主動在新同學面前提起那件事？

「我來講好了！」在我還沒來得及想明白的時候，蕭裕弘和李承梵從圈中走了出來，擋在我和許怡娟之間：「妳知道上學期的時候我們系上出了一件大事情嗎？」蕭裕弘問。

「好像有聽別人說起過耶……你是說有人搶朋友的女朋友，而且還在他們交往的期間多次和女生出去過夜，被她的男朋友抓包之後，當天晚上還強行把女生帶走的事情嗎？」

「原來妳也知道喔。」

「當然啊，那件事情鬧得很大耶……可是這跟尹麥可有什麼關係？」

「妳有所不知，其實那個搶朋友的女朋友的人，就是……」

「……尹麥可？」

蕭裕弘沒有回答，只是點了點頭。

「你亂講！你胡說！那天你明明也在場……」我的話還沒有講完，就被陳瑋良一把從蕭裕弘和李承梵身後拉開。

「那天你們大家都在場不是？」我本來還想講些什麼，結果陳瑋良連忙摀住我的嘴巴，還對我比了個「噓」的手勢，要我不要說話。

「不會吧……你是在騙我的吧？眞想不到！」許怡娟彷彿受到了不小的刺激和衝擊，胡博靖連忙從旁邊把她扶住。

「是眞的，我們沒有騙妳。」李承梵：「不信妳問其他人。」

「是眞的……」沈運伍從人叢之中擠了出來，說了半句話之後又立刻被擠回去。

「對了……那天護理課下課之後我剛好要打工……聽說你們那天下課之後所有人都留下來對質？」

「對啊，那天可精彩了！妳知道後來怎麼了嗎？」謝屢逢這時不知從哪邊出現。

「怎麼了？」

「他們不對質還好，結果一對質竟然還扯出了局中局、案外案！」像天橋底下說書的人一樣，謝夏逢顯得神采飛揚。可惜的是他才剛講了兩句，這個「說書人」的角色，馬上就被魯芒廷搶去。

「原來其實那個女生的男朋友並不知道尹麥可在他們交往的期間曾經和他的女朋友出去過夜，他只是看尹麥可跟他的女朋友走得很近，所以設一個局栽贓給尹麥可，假裝懷疑尹麥可跟他的女朋友有一腿，用輿論的壓力來限制尹麥可，甚至不惜犧牲他女朋友的形象，」

「好可惡喔，怎麼會有這種人。」

「是啊，」魯芒廷接著說：「可是他沒想到他才一懷疑，尹麥可就以爲被抓包，所以惱羞成怒之下就在大家面前又把他的女朋友強行帶走出去過夜──女方的男朋友不設局還好，一設局結果發現原來自己眞的戴綠帽──正所謂瞎貓碰上死耗子，只能說一切實在是老天有眼啊！」

「他自己設局就算了，還威脅我，要我配合他的完美演出欸。」廖仕暄一說完，李承梵和蕭裕弘、魯芒廷立即出聲表示附和，在場的其他人如謝軒、胡博靖、沈運伍和謝夏逢等也紛紛點頭表示同意。

「可是到最後那個女生還是回到她的男朋友身邊。尹麥可費盡心思、暗中跟那個女生搞了半天結果還是什麼都沒有，可能自己也覺得沒有臉面對大家，所以後來就默默消失了。」

「原來如此。」聽魯芒廷講到這裡，許怡娟的心情反而平靜了起來，也許是因爲胡博靖一直在旁安慰她的關係。

「可是，我覺得那個女生這樣子搖擺不定也很不可取，」許怡娟：「對了，你怎麼一直都沒有跟我說那個男生跟女生是誰啊？他們現在有沒有在這裡？」

「好像不在欸……」廖仕暄站在椅子上環顧整間教室，連角落也沒放過。

「可能他們也不好意思來上課吧，尤其那個男生，畢竟也不是什麼好東西……」廖仕暄：「不過算了啦，好歹他們現在也還留在我們系上——我們就留一點空間給他們吧，畢竟這些都已經是以前的事情了。」

「不好意思呀，不但破壞了妳對尹麥可的印象，還講我們系上這麼黑暗的歷史給妳聽。」胡博靖說。

「沒關係啦，也算是讓我認清自己的天眞吧。」許怡娟有點失望地嘆了口氣：「不過既然都已經轉系了，那也沒有辦法……幸好你們人都很好，希望我們大家以後可以好好相處喔，請多多指教！」

許怡娟原地轉了一圈，吐了吐舌頭，露出甜美的笑容。

這時上課的鐘聲響起，數個同心圓立刻散去，所有的同學都坐回了自己的位子，隔壁班的同學也魚貫走出了教室，因爲上這堂課的，是系上赫赫有名，強調尊師重道、喜歡擺威儀的「大刀」老師。

龍兒一個人坐在靠近教室後門的角落，不發一語地只顧低頭玩著手機——當A班的同學們走出教室時，沒有人抬頭或者是打招呼，彷彿彼此不存在似的，就這樣擦身而過。

專業的演員可以隨拍攝的進度隨時出戲與入戲，面對各種類型的角色要求在表演時都能對其做出獨有的詮釋。但那些人僅能稱其爲專業，還不能算是眞正的演員。

眞正的演員講究天分，那是與生俱來爲戲而生的人——沒有出戲與入戲的問題，因爲他們隨時都在演戲。也許有人會問他們扮了那麼多的角色難道都沒有本尊？其實他們在戲裡所扮演的角色都是他們的本尊：每天在不同本尊之間不斷切換的他們也覺得這一切都理所當然，不會有一絲違和感。

輿論是一種很可怕的東西，它來自大部分人們心中的恐懼，也來自大戰爆發以後，碩果僅存的勝利者的野心。輿論代表的是主流，但它並不代表眞理，有時候輿論產生的原因是爲了隱藏眞理消失的醜陋眞相，只是那些盲目的跟風者發現自己跟錯了風害怕被清算，所以想保護自己的求生動機。

暑假才剛過而已，我想這一定是我的錯覺，可是剛才那短短的三言兩語的一瞬間，我突然有種十三月來的感覺。

一股股的寒流來襲，使我覺得四周的空氣彷彿凝結。使我本來看不見的水蒸氣，到我眼中全都變成淚滴。

對剛上大一的小新鮮人來說期中考是個分界點，自從期中考以後大家對學校的環境慢慢熟悉，彼此也差不多認識，經過了開學時那股懵懵懂懂的渾沌時期，漸漸地大家會開始成群結伴，大家都期許自己能走出個人的風格，甚至以自身爲本體引領時代潮流；很多人厭倦了自己在開學初期所表現的八面玲瓏，開始會對看不順眼的人以直接忽略取代假以辭色；或者乾脆放棄了原本企圖僞裝成的優質男女形象、行爲逐漸外放毫無顧忌。

然而仔細回想起來：不管任何時空場合，人們似乎只有在自己還是菜鳥、還很青澀的時候才會「乖」，才會有所謂的團結與配合，因爲那時他們對身旁的一切都很陌生，還不會有太重的心機，也比較不會有各自爲政的情形發生。

升上二年級以後很多人都變了：變得更加成熟、更爲穩重，也變得更爲獨立、更加自我，畢竟我們現在都已經是有學弟妹要照顧的二年級，不再是只負責玩、有事情找學長姊的小大一。

胡博靖和許怡娟不久之後就在一起，從他接手轉系的正妹這個行爲，其實就已暗示了我們班上甚至系上的焦點與權力交接：自從他的頭髮在暑假時跟他請假自己去了一趟韓國回來以後，表面上他不僅當選了班代，也利用職務之便填滿了他整整一年的寂寞與空虛，實際上他更取代了金銀珠寶、翡翠瑪瑙——左手捧起珍珠鑽石、右手數著銅板鈔票，成爲眞正的大富豪。

至於那些以前曾經出現、如今依然存在且活躍的那些人，我覺得我從他們身上學到了很重要的一課：那就是不管任何人，不論什麼時候在哪裡，發生了什麼事情，到最後他所能倚靠的，也還是唯有他自己——什麼有情有義的堅貞友情？什麼生死相許與兄弟力挺？從頭到尾，這些人只會出現在小說裡。

我知道我並不是參與故事裡的人……好吧，其實我是，儘管我不是受到最直接也最嚴重衝擊的那個；然而饒是如此，有一種眞相大白的感覺在我的腦中盤旋縈繞——就算外界的火花再怎麼激盪，就算官方認可的結局再怎麼美好——但這個眞相的殘酷確實是使我的心裡蒙上了一層陰影且久久揮之不去：我覺得我不能與他們同流合汙，也不該再和他們一起，就算只是簡單的幾句互動，我都會覺得噁心。我知道，這一切也許不關我的事……也許不是那麼關於我本人的事，但是我必須堅持，我必須捍衛我的自尊——因爲也許自尊，是我的生命裡，唯一還沒有被否定的東西，是我的唯一僅存——我不能再讓它受到任何委屈，哪怕再小，都不可以。

「雅晴學姊，不管是房子的事情、還是午掃的事情，眞的都很謝謝妳！」在「涯追食妻叨」的樓下，我碰到好久不見的雅晴學姊。

上學期的午掃我蹺掃很多次，而且原因都是來自於我的任性與惰性，原本以爲這學期要補掃，結果雅晴學姊居然給了我八十分，想起來我都不好意思。

「不會啦，因爲我知道你如果沒有來的話一定是有你自己的原因，所以沒有關係。」雅晴學姊露出了她的招牌微笑：「好久不見了喔。」

「對啊，我們整整一個暑假都沒有見到面欸……學姊最近過得好嗎？妳好像變漂亮了喔，是交了男朋友還是去韓國？」我半開玩笑地回答。最近這幾天難得有個人能讓我願意好好跟她講話，心情放鬆之下我的語言也變得比較奔放，可能是有種想藉此一吐鬱悶的感覺。

「呵呵……過了一個暑假你變幽默了喔鑑顲。你以前都不會跟我開玩笑的呢。」

「啊……學姊對不起！我不是故意的，我只是開玩笑，我沒有其他意思……」我意識到我的玩笑話可能有冒犯到學姊，所以我立刻道歉。

「沒關係啦，我又沒有生氣。」看到我緊張的樣子，雅晴學姊嘴角微微上揚：「其實這樣子也很好啊，可以拉近我們的距離不是嗎？以後就請你多多指教囉。」雅晴學姊講完之後從包包裡拿出了大門感應的磁扣。

「學姊！原來妳也住這裡？」

「當然囉……不然要住你家嗎？都大學了，總不想老是住在家裡嘛，」雅晴學姊：「我剛剛不是跟你說『多多指教』了嗎？你住206對不對？我住501唷。」

「說的也是欸，而且看到房子的名字我差點忘記，這棟房子的初衷可是要紀念一段感情的……學姊妳是建築師的女兒，如果住在這裡的話當然也格外有意義……」我一抬頭就看到了「涯追食妻叨」斗大的幾個字，與這棟美麗的學生公寓。

「你不要一直叫我學姊啦，都快被你叫老了。」雅晴學姊：「而且你現在也不歸我的午掃管轄了……

反正我們住在一起算朋友也算鄰居，你就直接叫我雅晴就可以了。」

我覺得雅晴學姊好像心情很好的樣子，這是我的錯覺嗎？

雅晴學姊打開大門然後回頭說：「我要先上去囉……你要一起進來嗎？」

「回防！快！那邊那個新來的學弟，你不要只會傻笑，給我盯緊一點！你是不敢守學長還是不會打球？都被過幾次了，要不要我算給你聽？」

胡博靖之所以會接下系籃隊長的位置其實並不是他特別有興趣，應該說他和其他人比起來相對有閒餘。爲了測試學弟們的程度，現在場上正在舉行一場又一場的鬥牛，二年級的學長們在面對學弟們的挑戰時完全沒有放水，態度相當認眞。胡博靖站在場邊不斷地大聲吆喝。

「欸，你覺得怎麼樣？」在場外等待上場的兩個一年級新生一邊注意場上的戰況一邊聊起來，其中一個個頭較高的新生轉頭問旁邊另一個新生。

「學長們還滿厲害的欸，配合得很好，果然有默契就是不一樣。」

「我們一年級的拿到球就只會單打，而且還過不掉人，眞的是有夠丟臉的。」

「說到這個……我記得我表哥有跟我說過，去年新生盃他們跟經濟系比賽時，有遇到一個跟他們一樣是一年級的新生：按照我表哥的講法，他們全隊五個人一起上都守不住他，他只靠自己一個人就把我表哥他們全部打爆——我本來是打算要跟我表哥一起並肩作戰，可是就是因爲這件事情所以我後來才改變心意，我塡寫志願的時候決定選經濟系，因爲我想看那個學長到底長什麼樣子——你看現在場上的那些人，你覺得會是哪一個？」

「會不會是蕭裕弘學長？」

「我覺得不像欸。你看他的打法其實還滿簡單的，只不過他跟李承梵學長的配合眞的沒話講……聽說他們不管是打球還是打電動永遠都同隊，連做分組報告跟把妹都形影不離，看來默契的培養眞的是要從平常生活中最簡單的小事情開始……」

「話是這樣講沒錯，可是我覺得在場的學長裡面，其實也沒幾個比他們厲害……我們系眞的有人可以一個打五個，把人家全隊打爆嗎？你表哥他是不是不想跟你同隊所以故意騙你？」

「應該不會吧，我表哥他自己本身就是系隊，應該沒有理由會這樣隨便捧別系的人……而且去年打新生盃的時候他也有下場，應該是不可能會記錯才對……」

「難道會是胡博靖學長嗎？」

「有可能喔。在場的學長裡面就他一個人還沒下場打過，而且他又是我們系的隊長……難道眞的是他？」

「欸算了啦！管那麼多幹嘛？你當初找我跟你一起進系隊的時候不是跟我說你想要找一個固定的人跟你一起練擋拆嗎？結果你現在幹嘛對單打什麼的事情那麼有興趣？你如果眞的那麼好奇，不然等一下測驗完，你去找胡博靖學長單挑一場不就知道？」

「不是啦！我是想說找個人一起進來比較有伴，不然就我自己一個人感覺很奇怪——而且一想到我們系上有這種傳說等級的人物，你難道都不會想親眼目睹他的風采、好好見識一下他的球技嗎？」

兩個滿腔熱血的學弟與高采烈地討論。可惜他們並不知道，就算等到他們兩個從學校畢業，他們也不會有機會在球場上見到學長一面，因爲那個學長，只是經濟系裡的傳說之一。

傳說活躍的人物，只活在傳說裡面。而世俗的一般人，又豈能說見就見。

又到了一年一度的系露營，與去年不同的是我們當時是負責享受玩樂的小大一，現在則是負責籌畫運作的二年級；去年我們沒有意外全都興致勃勃地期待參與，現在則是除了系學會與少數熱心的人之外其他全都忙著打拼自己事業、顯得意興闌珊。

以沈郁薇爲例吧——九百二十八秒以前，我突然想起這個衣著光鮮亮麗、濃妝豔抹的臉上表情卻總是冷若冰霜的翡翠公主——不知道從什麼時候開始，翡翠項鍊已經從沈郁薇的胸前不翼而飛，沒有人知道它現在是否被哪個近乎全裸的女人掛在頸上，或者已經被誰當作定情信物送往新天鵝堡；與那條名貴的翡翠項鍊一樣，自從沈郁薇在大一下學期被某個進修部的不具名王子追走以後就很少出現在系上，而這件事情我居然到現在才知道。由此可以得知純情的冰山美人早隨著年輕的畫家沉入海底，現在當然更不可能會管什麼系上的事。

想起這個冰山美人，不免想起那個去年在系露營時只靠著兩根手指就跟她好上了的木頭 dancer——去年那個冷血無情的木頭 dancer，現在又在哪兒呢？

「我聽我一年級的學妹講，倪詩羽在上禮拜的畢業典禮哭欸。」今天傍晚，我在學生餐廳賣焗烤飯的攤位前遇到陳瑋良——這學期的系必修課我幾乎很少出現，如果不算期中考的話，自從開學以後我已經很久都沒有遇到班上同學——剛好我們現在在同一個地方買晚餐，所以不免也有了幾句的客套與寒暄。

一年以前，我們幾乎不會想買這個攤位，因爲在這裡排隊的人潮，比餐廳裡其他所有攤位的人加起來的總數還多；短短過了一年而已，我現在變得超喜歡來這個攤位，因爲沒幾個人——我來買這裡的東西幾乎不用排隊也不用等，可以在很快的時間裡達成我的目的然後閃人。

六十五元的奶油藍帶豬排起司焗烤飯不算便宜，可是非常好吃。我想不透爲什麼這個攤位會突然變得如此門可羅雀，難道是因爲沒有讀音樂系就沒有市場吸引力？難道是因爲不喜歡吃雞蛋糕就無法做出吸引人的焗烤料理？還是因爲以前那個每天晚上打烊以前都會來外帶的男生現在沒有來，所以其他的人也被影響變得不喜歡？

如果是因爲沒有男生來外帶的話那我現在來了，雖然我並不會作詞作曲而且也不浪漫，但是我至少還會肚子餓。如果他們堅持一定要找那個溫柔多情的音樂才子的話其實也很容易，因爲他現在常常一個人站在社科院的樓頂，望著夜市區的方向發呆，好像在等著某個永遠也不會出現的人——但我想也許他所等待的，其實只是那個曾經每天晚上都在這裡等他的人，他只是在那裡，在社科院的樓頂，等著她親自去他那裡，等他回來買這裡的焗烤飯也說不定。

「我聽我一年級的學妹講，倪詩羽在上禮拜的畢業典禮哭欸。」

「眞的假的，你沒有在開玩笑？」

「眞的啦！上禮拜是研究生的畢業典禮，倪詩羽當代表致詞。我那個一年級的學妹因爲功課很好而且很認眞，所以私底下跟她的感情不錯，畢業典禮那天也有去現場找她拍照。」

那個總是高高在上的倪詩羽助教學姊，居然會跟大學一年級的學妹在私底下感情不錯？我眞的覺得這一年以來什麼都改變了，我所處的這個環境裡的人事物，已經不是我一年級時所認識的樣子，我已經什麼都不知道、也什麼都不會感覺意外了。

「然後呢？講著講著她就哭了？其實也難怪，畢竟她都已經待在這裡這麼久一段時間、都已經幾年了。」我說。

「沒有欸，我學妹說在致詞的時候倪詩羽都沒有哭，而且還一直不斷跟坐在旁邊的淑芬阿姨眼神互動；可是等到講完的時候，在一片掌聲中她本來準備下台，結果突然不知道從哪裡出現一個男生拿著一束花，毫無預警地走到台上給她——倪詩羽不但沒有接受而且還用力推了那個男生一把，嘴裡大聲喊著『你幹嘛來啦？討厭！』、『你走了就走啊！幹嘛還要出現？』——可是她卻又緊緊抱著那個男生，把頭埋在他的懷裡一直大哭。」

「應該是男朋友吧！可能之前他們吵架或者男生說不來，結果後來又突然出現。你有沒有問你學妹，倪詩羽的男朋友是誰？」

「有啊，可是我學妹說她不認識那個男生，說不定不在我們系上甚至不是我們學校——她說那個男生戴著毛帽和墨鏡，所以也不知道他長得是什麼樣子。」

最近外面的太陽很大，所以戴墨鏡的人並不會很稀奇。可是現在已經是夏天，有哪個腦袋燒壞的人會戴著毛帽？還是眞的就如同我所講的，倪詩羽的男朋友，他的腦袋眞的已經被夏日給燒壞了？

「你知道後來怎麼樣嗎？後來那個男生輕輕把倪詩羽的手鬆開，低頭對她講了幾句悄悄話，接著跟旁邊的淑芬阿姨點了點頭，然後就自顧自地轉身離開，把哭到一半的倪詩羽一個人留了下來。」陳瑋良接著說。

「哇靠！太扯了吧！呃……我到底應該說他扯還是說他帥？」

「不重要啦！總之倪詩羽立刻追出去——可是那個男生卻像是人間蒸發了一樣憑空消失——她一臉失魂落魄地呆在原地，後來好像也沒有再回去畢業典禮。」

「倪詩羽的畢業典禮，原來還有這麼一段插曲。」我這個不在事發現場的人光是用聽的就感覺到，當時在場的人一定都很錯愕。

「你覺得那個人會是倪詩羽的男朋友嗎，歐鑑籲？」陳瑋良問。

我已經很久沒有被別人叫我的本名了，因爲之前他們都喜歡把我叫成一個旅日的資深藝人；而最近我幾乎很少在大家的面前出現，所以也更不會與其他人有什麼互動。

被別人以綽號稱呼，其實是一件很幸福的事。雖然有時候他們會忘了你的眞實姓名，可是如果人們可以彼此以綽號稱呼代替名字，就代表他們的感情很好、互動很多，而且關係親密。有時候明明是認識的兩個人，可能由於已經很長一段時間沒有聯絡，所以當他們再次見面時，相處起來不免有些生疏，在短時間裡或許無法回到以前的習慣互動，更不好意思以彼此熟悉的綽號相互稱呼——在不知不覺的時間裡，我已經漸漸開始習慣了一個人。

「不是男朋友的話……難道會是彼此心儀的追求者嗎？」

「突襲式的閃電告白其實還滿有梗的啦。可是如果彼此心儀的話，爲什麼男生後來要跑掉呢？」

「我不知道。」

「你覺得會不會是基於什麼原因，所以他不想在這個地方停留？」

「基於什麼原因，不想在這個地方停留？你說的是什麼意思，我怎麼有聽沒有懂？」

「這樣講好了，先不管他跟倪詩羽是什麼關係，你有沒有想過……也許那個男生，是你我都認識的人？」陳瑋良問。

「你我都認識的人……可是學妹卻不認識，說不定不在我們系上甚至不是我們學校……」我默默低下了頭喃喃自語。

「你覺得有沒有這個機率，歐鑑顲？」

「我覺得不太可能，這樣太扯。而且如果是他的話，他爲什麼會事先沒有跟我聯絡？」抬頭。

「看來我們都想到同一個人呢，歐鑑顲。」陳瑋良：「這個人現在沒有人認識，可是一年以前，也許會有人不知道他的長相，然而卻沒有人會不知道他的事跡與名聲。」

「也許那只是你的猜測。」我說。

「沒錯，只是我的猜測──可是那個男生似乎沒有事前對誰通知，興起而來、盡興就走，這種神出鬼沒且瀟灑到近乎荒唐的行徑──如果以他的作風來解釋的話不是很合邏輯、不就一切都說得通了嗎？」

「我還是覺得，這只是巧合。」

「好吧，就當作是巧合好了，我只是說出我的感覺與你分享。」陳瑋良：「我要先去找我女朋友囉！好久不見了歐鑑顲，其實你也變了。」

陳瑋良拿著兩個餐盒走出學生餐廳。

也許陳瑋良說得沒錯，我的確是變了：變得孤僻且沉默，變得不再單純沒有心機、不再天眞，變得就算說謊時也能氣定神閒、不會心虛形於色。

不形於色，可是形於背——陳瑋良光聽轉述而來宛如驚鴻一瞥的語詞尚且有所臆測，我這個曾經朝夕相處的人又怎麼能不想承認——剛剛和陳瑋良講話講到後來，我的背後一直不斷在冒著冷汗。

轉身之後我抬頭看到掛在牆上的時鐘，才發現我已在此逗留太久。

「對了，妳知道 Michael Jackson 跟 Michael Jordan 是親兄弟嗎？當初他們兩個生下來的時候就有算命師預言：這兩個黑人將來一定會成爲大人物，而且會引領世界的文化潮流——現在回過頭來看，當年那個算命師講的果然一點不錯……」

「好厲害喔！你怎麼知道那麼多的？」

「因為我在美國的親戚跟那個算命師很好，所以上次寒假我去美國玩的時候他有跟我提到。可惜那個時候我趕著開學，所以還來不及見到那個算命師就只好先回來了。」

「眞的假的……好酷喔！可是你找那個算命師要做什麼？你也想成為大人物嗎？」

「不是啦！我是想請他幫我算算……我到底什麼時候才可以交到女朋友……」

「哈哈哈！看不出來欸，你難道以前都沒有交過嗎？是有沒有這麼寂寞？」女孩笑著避開男孩的眼神。

「有喔好嗎……妳都不懂！」從女孩微微臉紅的樣子看來，男孩規劃的第一步似已成功踏出。

已經好久沒有在假日時出遠門。我一個人坐在便利商店外的椅子喝飲料，聽著後面傳來的聲音本來很生氣，可是當我回頭看到是兩個跟我差不多年紀的一男一女，從他們走得很近卻又保持距離、言語看似隨興卻又欲迎還拒，我就明白他們現在一定會需要一個共同的話題，不管這件事情是否具有眞實性。

最近發生了一件震驚全球的大事：流行音樂之王Michael Jackson在演唱會前猝死。這件事情頓時成為各大媒體追逐的焦點，幾乎占據了所有的新聞版面，除了那場在洛杉磯舉行且全球轉播的追思會，還有一系列的相關主題報導，包括他的成長歷程與生平事蹟，以及他的一些醜聞和爭議。

我自己必須承認，我是個孤陋寡聞的人。在Michael Jackson逝世以前，我只知道他是一個很有名的外國歌手，在某一段很長的時間裡我的心中其實一直有一個疑問：那個長得奇怪的傢伙，不知道是白人還是黑人──他到底有什麼好的？有什麼厲害的地方？爲什麼他會這麼有名呢？然而所謂不知也是知，在面對很多的問題時人們總是拖泥帶水、不一定會每一項都去解決；而那些名爲解決的事情，其實有很多也是不求甚解──基於這樣的原因，對於這個疑問，我把它一放放在我的心中就是好幾年──我沒有主動跟別人說起、也沒有跟別人討論，我放到最後連我自己都忘了，原來我的心中還有這麼一個疑問。

當我起身準備離開的時候，我看到前面不遠的廣場突然來了一群人，跟在他們後面、被他們吸引而來的人潮逐漸增多，短短不到幾秒就層層包圍、把廣場擠得水洩不通。

「發生什麼事情？」我不自覺也朝著廣場的地方走去。

我還沒走到廣場，就聽到現場在大聲放著《Beat It》，等我擠入人群，我發現所有人都在跳著相同的一致舞步──這個舞我好像在哪裡見過，雖然我不會跳，可是我還是不自覺地跟著現場的人群和音樂不斷擺動四肢，好像著了什麼魔似的──我還沒明白這是怎麼回事，可是我的內心卻感覺到很澎湃，我好像也突然被現場的情境和我自己的舉動影響，彷彿受到了什麼震撼。

音樂停止以後我才明白——我覺得很榮幸，我居然有機會可以在現場參與這場致敬的快閃活動：我身處其中，我覺得很 high；我在想如果被致敬的人能有感覺的話一定會很感動，因爲現場這麼多不認識的人聚在一起、做同一件事就只是爲了一個原因，那就是向他致敬！

我突然明白了一件事情：原來一個人如果眞的了不起，那麼就算他死了，人們也絕對不會忘記他。我在想，也許 Michael Jackson 眞的是一個很了不起的人——自此，我開始打從心底地尊敬 Michael Jackson。

如果眞能完成什麼事情、取得什麼成就，讓你走了以後人們仍然記得你，就好像你從來不曾離開一樣——使人懷念，使人深深受到你的影響——那麼就算你現在已經不在了又有何妨呢？

我在一家最近很常會去的咖啡廳。

這裡離「涯追食妻叨」有段距離，而且價格並不便宜——正因爲如此，所以這裡的客人並不多，而且會來的也幾乎都不是學生。

正因爲如此，所以我才會常來這裡。

自從二年級開學以後禹喆就常在 MSN 說要找我和馮亮吃飯，可是說了一個學年我只知道他和小雅很甜蜜。這不怪他，因爲他和小雅的感情如膠似漆，而這也正是我們幾個室友，當初於一年級時所樂見的事情。

馮亮的感情路可就沒有禹喆那樣順利：他花了一整個上學期的時間狂追吳繡綺，可是過分高調與公開的下場就是驚動了吳繡綺遠方的男友，還害他們以此爲由間接分手。雖然後來吳繡綺發現這只是他爲了掩飾自己的劈腿行爲所強編出來的藉口——因爲對於馮亮的追求，她其實根本無動於衷——雖然這樣講有些不道德，可是從此以後我們系上的男生們可就樂了，紛紛把開學時對許怡娟的期盼又轉移回到吳繡綺身上；不過令人意外的是，最後吳繡綺所選擇的人居然不是馮亮，而是自從她被分手以後，就一直默默陪在她旁邊、逗她開心的李承梵，講起來還眞的是緣分。

明明不常與系上的人相處，可是我爲什麼會知道這整件事情的始末？因爲其實我無聊的時候，都會以沒有登入帳號的方式去偷偷瀏覽別人的無名：本來我看到吳繡綺寫到她被分手的那篇網誌時，文情並茂使我難過到差點流下眼淚，所以也不得不以匿名的方式留言鼓勵她——畢竟我不想讓人家知道那個人是我，可是又想表達我對她的關心——她還很夠意思地回覆我「雖然不知道你是誰，可是還是很謝謝你」這句話甚至還讓我開心了一陣子。

與此同時我想要提起一個人，那就是我的好朋友林葳婷。

在一年級升二年級的那個暑假，我常常收到葳婷鼓勵我的簡訊，比如「翁倩玉你不要難過，還有我在這裡陪你」或者「你最近一定很煩吧？不管隨時都可以找我說喔，我挺你」等等諸如此類：我當時看了感覺很感動、很窩心，雖然我沒有找她，可是卻常常與她互聊簡訊。後來到了暑假快過完的時候，她突然跟我說她交了一個男朋友，從那之後她就不再跟我傳簡訊。開學不久之後有一次她主動密我，跟我聊了幾句，跟我說她現在也很少去學校上課，還說有空的時候要約出來吃個飯；有一次她又敲我，問我最近有沒有比較常去學校，結果我回了以後她卻沒有回應，後來我就沒有什麼再看到她上線，或者出現在學校裡面。

咖啡廳裡有兩個店員：一個長得比較像大姊姊，雖然身材不高，可是膚色卻很健康，明朗的笑容裡還帶著幾分幹練；另一個長得很像余若琳，濃濃的煙燻眼妝，雖然表情有些生疏，可是看起來卻使人不自主地想要親近。

「不好意思，可以請妳幫我一個忙嗎——我是這裡的大學生，我們最近要做一篇有關咖啡廳的報告——請問妳可以幫我嗎？」

下午四點十分，咖啡廳裡只剩下我一個客人，當那個神似余若琳的煙燻妹來收拾我吃完的餐點時，我突然這樣問她。

「呃……應該可以吧……等我先問一下店長。」煙燻妹遲疑了一下，然後轉身進入她們製作餐點的廚房。

我先聲明一件事情：我不是鮑光翟，她也不是余若琳，可是我的確很喜歡這個長得很像余若琳的女生。

之前剛來的時候店裡只有膚色很健康的大姊姊，那時我的感覺其實就有些觸電；後來過一陣子，我發現這裡除了大姊姊以外還有一個煙燻妹。其實我對余若琳沒什麼感覺——也許是朋友妻的關係也說不定——但是我必須承認的是，當我第一次見到這個神似余若琳的女生，在我的心裡立刻就響起了一個聲音，那個聲音告訴我，叫我一定要去與她認識。

有一次我要回去時我發現外面在下大雨，可是我卻一向沒有帶傘的習慣，所以那時我就找她，問她可不可以借我雨傘——我跟她說我就住在這裡附近，等我回去拿了雨傘以後馬上回來還她。結果她爽快地借給了我一把大傘，還跟我說等我下次來的時候再還——從那之後我就在心中暗想：我一定要跟她交朋友。

可是我不是魯芒廷，我沒有他那種對不認識的女生馬上自來熟的本領，所以後來我就想了一個方法：也許我可以假裝要做報告，其實趁機與她聊天。我想我可以先等我們把話題聊開以後再說，這樣子說不定會有機會。

「你想要做哪方面的報告？你想了解什麼呢？」從廚房裡走出來的是有著明朗笑容的健康大姊姊。

我不會否認我有些失望，可是我一點也不會覺得難過。因爲這個大姊姊也是個很有吸引力的女生，如果可以與她認識的話我才不會覺得難過。

「呃……是這樣子的，首先呢，我想先知道妳們的工作內容……」

反正她也不知道我是什麼系的，我就先找幾個關鍵的點切入，接下來就任我天南地北隨便亂問——我平常對自己不是很有什麼信心，可是當下我卻不得不佩服我自己。我從頭到尾都沒有怯場、而且也沒有被發現什麼破綻，至少我自己是這樣認爲。

後來大姊姊對我指著一個剛進來店裡的人，跟我說那個研究生也曾經訪問過她們，而且做得很有系統，不像我們好像是在彼此聊天——我笑著說我只是大學二年級，而且我雖然以聊天的形式，可是我還是有在作筆記。她後來又問我是什麼系的，我想了想以後回答她說我是企管系的……我想企管系的學生做一篇有關咖啡廳的報告，聽起來應該是很符合邏輯？

我知道了大姊姊的名字叫珈珈，雖然我沒有得到她的聯絡方式——她說我如果有什麼問題，隨時都可以來店裡找她——不管怎麼樣，我想這都是一個好的開始。果然從此之後我只要一進到咖啡廳，珈珈姊姊看到都會跟我打招呼；而且雖然煙燻妹不會跟我有其他私底下的互動，可是我看到她看我的眼神似乎也變得比較親切、不再那麼陌生，我就知道我所做的這一切果然都是值得的。

只可惜好景不常，偶然有一次我抬頭看到一個其貌不揚的中年男子，在走進店裡之後就馬上跑去跟正在休息的煙燻妹坐在一起，煙燻妹一開口就說「我覺得先結婚」——然後我聽不下去就低頭掛起耳機，從此再也沒有見過那個余若琳。等暑假過完以後我又去了那家咖啡廳，這才發現原來那個我很常來躲避的地方，不知何時早已變成了一間美式餐廳。

現在是傍晚的下班時間，路上的人潮與車潮眾多，交通阻塞。兩台休旅車的隙縫中間，我和它們保持一樣的均速在行進著。

有一對年輕的情侶，從我的面前一閃而過。

來不及考慮有人是否違規，只是在受到驚嚇的同時本能性地想避開他們，可惜把手沒有抓穩，我晃了那短短的一瞬。

我如乘風般緩緩飛起，又如秋葉般緩緩落下，在那短短的一瞬。

當時的速度沒有很快，又有熱心的路邊商家幫忙，所以我並沒有受到太大的重傷，事後還騎著我的破車到警察局去進行酒測和筆錄，還順便和休旅車的車主吵了一架。

我反覆看著手機通訊錄裡的聯絡人一堆，除了葳婷以外我不知道要打給誰。

我出了車禍。我把它打在了我的狀態。

看著 MSN 上滿滿的好友名單，可是卻不知道要找誰。打了一些莫名其妙的狀態，但卻沒有人回。有時候沒有理由就想做一些什麼無聊的事，只是想提醒誰自己存在著。

通常這種時候，就會不自主地對邂逅與陌生人充滿期待，充滿濃濃的、接近幻想式的那種期待：比如走在路上遇到一個不認識的女生與自己搭訕，比如好久不見的女生突然出現跟自己告白，又比如消失的咖啡廳又立刻重開……

好不容易撥了電話，卻發現電話的那頭是空號，這代表對方已不把自己當朋友、換了電話也不必要告知，從此雙方就成了平行線，再也不會產生交會。我突然了解了他的意思：我想起以前曾經有人跟我說過，我眞的不知道我錯過了什麼。也許我錯過，就是眞的錯過，她永遠也不會回頭。

我把我自己關在了房間裡，不知道過了幾天。也許只是一天，也許沒有幾天，可是對我來說，我覺得這段時間就像永遠。

像是與世隔絕了一樣，被層層的孤獨感包圍。可我的心裡卻是深深的孤單——我甚至覺得，我就算現在死了，也不會有誰知道，也不會有誰爲我流淚。

「誰？」

下午五點鐘，我睜開眼睛，用力地按了一下手機。

206 的窗簾已經好幾天沒有開，整個房間充滿了陰暗與寂寞的色彩。我掀起棉被坐起身來，我的腦中一片暈眩，膝蓋與手肘的地方還隱隱作痛，可是我聽到了我房門口未曾響起的鈴聲——我勉強自己下床、隨手披了一件外套，走到貓眼的地方，然後把門打開。

「聽說你出車禍了，你還好嗎鑑籲？」站在門口的是手裡提著蛋糕的雅晴。

「我……還好……」從我出車禍已經過了好幾天，到現在終於有人來看我。可惜我現在沒有精神想事情，也沒有聲音與力氣好好跟她說話。

「你有沒有好好休息啊？你看起來好像很沒有精神……你有好好吃東西嗎？」

妳說呢雅晴？我不會煮飯，也沒有出門，妳說我有吃東西嗎？

「我……睡了很多……」

「嗯……你看起來真的需要好好休息……」雅晴：「我剛剛路上經過，不知道要買什麼東西……這個蛋糕給你，希望你休息完以後出去吃點東西，祝你早日康復！」

我該感到高興嗎？這麼久的時間終於有人理我，儘管她隔了很長的時間？

雪中送炭的雅晴，我對她應該心存感激，可是為什麼我覺得她這樣不夠？為什麼我覺得她這樣沒有誠意？我現在是什麼身分？我到底在期待什麼？

我原以為在不知不覺的時間裡，我已經漸漸開始習慣了一個人，可是誰知道那只是一個開始——其實在我的心裡、我的生活當中，我還是希望必須要有人——可是當我想要去找人的時候我才發現：原本和我在一起的那些人他們已經不屬於我。而且在不知不覺的時間裡，我發現我已經忘了該怎麼去面對人。

22

「妳還記得我們是怎麼認識的嗎？」朱偉問。

「不記得了耶……感覺我們好像已經認識很久的樣子！」陳夢婷回答。

陳夢婷是個活力十足的女孩，個性直爽，而且相當健談。每當朱偉陷入沉默與尷尬，她總會適時地拋出話題，像是「你喜歡什麼樣的女生」，或者「你交過幾個女朋友」等等，老掉牙的話題雖然了無新意，但卻深深抓緊了朱偉封閉的內心，儘管她說話的語氣與方式不是很有水準，講的也沒什麼了不起的內容，但朱偉卻屏氣凝神地聽得津津有味。除此之外，朱偉講話的時候也顯得神采飛揚，他的雙眼炯炯有神，手舞足蹈地講得口沫橫飛——雖然才剛認識沒有多久，但是朱偉對陳夢婷卻已經產生了深深的依賴：那是害怕失去的焦慮，以及許多無法直接與她言明的隱諱字串。

人們每學期都有兩次機會可以見到朱偉：儘管再也沒有上課但是至少還會參加期中、期末考並且在此存活下來，儘管他的成績已經從躺著拿第一掉到了中後段班，可是朱偉並沒有轉學。

以這樣的情形來看朱偉不可能沒有考上轉學考，也許是他錄取以後沒有報到、又或者是他根本沒有去考，儘管朱偉本人沒有向誰證實，但是人們私底下揣摩選擇相信後者，儘管他們想不到具體的原因，也沒有誰向他詢問。

朱偉仍然很常上聊天室，但是他已不再常駐，他的暱稱也每次都不盡相同。他開始會找其他網友聊天，儘管還會有想深交的衝動以及被拒絕的失落，但是他已不再執著於某隻貓，他也會看網路上其他的花花草草——看似已經釋懷的他已經把對單一人格的想像轉化為對一個遠方群體的嚮往，或者只是一個無理由的、偏執的習慣動作——從某些程度上來講，現在的他，已經好了很多。

很久很久的某一天，他突然在即時通上看到一個暱稱叫「小野貓」的好友上線，在上面放大頭貼的位置還出現了一張很漂亮的女生照片。

「大頭貼裡的人是誰呀？」朱偉敲打著鍵盤問「小野貓」。

「是我啊。」暱稱「小野貓」的好友如此回答著。

「還好啊。」

「最近過得好嗎？」

「嗯。」

「對你真的很抱歉。」

如果是其他剛認識的網友，朱偉一定會馬上跟對方要求交換電話號碼然後打過去，不過這次他並沒有這麼做——儘管他知道這麼做會與跟其他網友交換一樣沒有意義而且多半也不會有結果，但是他平常不管怎麼樣都忍不住會做的事情他這次卻沒有做——就在他想著這些的同時即時通也顯示「小野貓」已經離線，留下了一個沒有結尾也沒有前後可言、毫無頭緒的對話視窗。也忘了是在距此很久的不久之前還是之後，朱偉也在他毫無人氣可言的無名小站上看到一則回應：幾個月才更新一次給自己看的網誌〈AIR BALL〉，其內容就和網誌的篇名一樣空洞——他看到一個沒有登入但署名爲「何曉奈」的帳號在該篇網誌的結尾處留言，留言的內容也是與他內心的空洞相當且毫無關聯的老套與不知所云——朱偉看到的當下心中似乎有一些悸動但他很快就恢復了平靜，也很快地就忘了那件事情。

然而朱偉今夜遇到了人如其名、有如夢幻般的陳夢婷，她使長久以來占據在朱偉心裡的那道堅實的高牆微微產生了裂痕，緊接著宛如地震來臨似的不斷搖晃著：

「你是個怎樣的人呢，朱偉？」沉默時，陳夢婷問。

「嗯……我應該算是一個……比較內斂的人吧。」朱偉閉眼想了一下之後回答。

「什麼內斂……你應該要說你比較自閉才對吧？」陳夢婷突然吐槽。

「呃，如果妳要這麼說的話……從某方面來講我是不否認啦……」朱偉回答得有些心虛，似乎像是默認著。

「唉唷！好啦……我只是在跟你開玩笑的……我沒有取笑你的意思啦。」陳夢婷發覺了朱偉的不對勁之後連忙賠笑：「其實我感覺得出來……你平常應該是一個很細心的男生。」

「還好啦，其實我只是習慣會很認眞地聽別人講話……可能現在的男生都比較少像我這樣的吧。」朱偉在說這句話的同時並沒有意識到可是並沒有人會跟他講話，而且也沒有人會跟他一樣這麼有時間聽一個人、或者是一個女生講話。

「好體貼的感覺喔。對了，你現在還是學生嗎？」

「應該還算吧……」朱偉說。

「什麼叫應該還算啊？」

「因爲現在我的名字還掛在學校，可是我其實幾乎都沒有什麼去上課……」朱偉忍不住苦笑。

「現在的學生不都是這樣嗎？都忙著玩社團、打工、談戀愛，考試只求六十分——可是我說真的，你不覺得與其這樣子浪費時間，不如趕快出社會找個穩定的工作不是比較好嗎？」名字很夢幻，可是陳夢婷對於現實的生活卻有自己的看法。按往常的慣例，這類的話題通常都會引起朱偉強烈的主觀意識，不過如今已經快要沒有立場在乎的他對於陳夢婷，似乎也有著異於常人的包容。

「其實我對於讀書這件事情一向都是用很認真的態度在面對，我也有我的理想……只是最近遇到一些事情……我的情緒一時有點調不過來，所以可能才因此停滯……」朱偉語重心長地說出心裡話。

「你怎麼了？是失戀嗎？」陳夢婷關心地問。

「呃，我想這也許是一部分的原因吧。」

「失戀有什麼了不起啊！我都交過十一個男朋友了好嗎？你也不同情我一下。」陳夢婷突如其來的自己爆料把朱偉的思緒成功地拉回她的身上，與此同時也讓朱偉嚇了一跳。

「哇！怎麼這麼多啊？我們的年紀不是差不多嗎……妳也太搶手了吧？」

「拜託！老娘都快二十五歲了耶，交十一個會很搶手嗎？」彷彿這一切都是理所當然，陳夢婷回答得很自然：「欸……還是你該不會要跟我說……你其實是個乖乖牌？」

「是啊，有關於談戀愛這個部分，我其實還滿被動的……」朱偉回答。

「騙人！你剛剛感覺明明就很會搭訕女生然後又油嘴滑舌，少跟我裝清純！」

「沒有啦！我是說眞的……」朱偉連忙解釋。

「少來！你們這些男生一開始都喜歡表面忠厚，等到手之後就會恢復本性變成衣冠禽獸……」

「天亮了欸。」朱偉抬起頭來，看了看窗外。

「眞的耶。」陳夢婷回答。

「想不到我們就這樣默默地過了一夜。」一開始時眞的沒有這個意思，朱偉他本來並沒有這樣打算。

「對啊，開心嗎？」

「開心。」

「那你以後會不會來找我？」

「當然，我甚至連現在都不想跟妳分開。」

陳夢婷輕輕笑了一聲：「你真的很會哄女生。」

「哪有啊，我是說真的。」朱偉低著頭，表情很認真，雖然她並沒有看到。

「好啦，不跟你鬧了。」

「下次再找妳的時候……妳還會記得我嗎？」

「當然會啊。」

「說謊。妳閱人無數，一定也騙人無數。」

「你覺得我在騙你嗎？」

「不覺得。」

「那就對啦！」陳夢婷開心地笑了：「都已經共度一個晚上了，我有這麼讓你不放心嗎？」

「我會記得妳的，妳叫陳夢婷。」

「我也會記得你的，你是朱偉。」

太陽出來以後才閉起了雙眼，朱偉一路就睡到了下午三點——是的，沒錯，就是那個他曾經以爲某人是因爲睡過頭所以才錯過了必修課的那個下午三點——經過了簡單的盥洗時間來到了晚上七點，朱偉已經下車，看到了一家便利商店。

「應該是這裡沒錯。」朱偉喃喃自語。

朱偉記得沒有錯，陳夢婷曾經跟朱偉說，她平常沒有工作時就住在這裡附近：她像隻慵懶的小貓一樣，會成天待在自己的小房間。在今天凌晨的時候她與朱偉約好了要在這裡碰面，朱偉也準時地出現在便利商店前。

雖然只是一間小小的便利商店，但是這裡地處商業區與交通的集散中心，恰好今天又是禮拜五，所以朱偉自己一個人在熙熙攘攘的人潮裡站著發呆使他感覺格外不自在，儘管其實並沒有人注意到他。

距離講好的時間已經超過了半個小時，在外面吹著風的朱偉感覺有些涼意，同時也有些擔心。

是不是夢婷臨時遇到什麼事情，所以使她耽擱了不能前來？還是夢婷上次沒有穿衣服，這次突然穿了一件紅色外套還背了黑色側背包，上次在夜裡的小房間這次在都市的晚間，人來人往地所以沒有辦法看清楚，其實剛剛已經有了幾次擦身？朱偉想著想著一邊注意著路上的行人，想著想著時間已經超過八點五十九分、快來到九點整。

朱偉實在忍不住自己的擔心與焦慮，於是便從手機裡的通訊錄找到了夢婷，然後播打電話過去。

「喂？」接電話的女聲聽起來與上次不太一樣，也許是還沒有睡醒——對了，天氣這麼冷，夢婷一定是不小心睡著了——聽到電話還有接通，朱偉終於稍稍放心。

「妳現在人在哪裡？」朱偉關心地問。

「我在你的心裡。」聽起來有些異樣，但是語氣與夢婷一樣的俏皮。

「別鬧了啦，我們今天不是約好要見面嗎？妳現在有沒有在家裡？」

「有啊，我在家裡啊。你叫什麼名字？我該怎麼稱呼你呢？」

「我是朱偉呀！妳怎麼會這麼快就把我給忘了啊，夢婷？」

「我不是夢婷喔，我叫嫈嫈。」

「什麼？嫈嫈？難道我記錯號碼了嗎？應該不會才對呀……」緊張的朱偉又開始喃喃自語。

「你沒有記錯號碼啊，這就是我的電話啊。」嫈嫈似乎一點也不覺得疑惑，使朱偉更加摸不著頭緒。

「呃……不好意思，妳可能會覺得有點突兀……可是我想問妳……妳認不認識一個叫陳夢婷的人？」

朱偉硬著頭皮問。

「陳夢婷嗎……我不認識耶。怎麼了嗎？」

「喔……沒有啦，我想我可能打錯電話了，不好意思……」朱偉覺得很遺憾，他不想再跟這個不認識的陌生人多說什麼。

「沒關係啦。」婺婺：「對了……你剛剛說你叫什麼名字？」

「呃，我叫朱偉。」聽到婺婺悅耳的聲音，本來想掛電話的朱偉不自覺地便順著她的話回答。

「你要找的那個陳夢婷是誰呀？你跟她是怎麼認識的呢？」婺婺問。

「這個……說來話長……」朱偉的聲音裡充滿了無奈與失落的情感。

「沒關係啦，你說，我慢慢聽。」

「咦？」

婺婺這句話拉近了本來不認識的兩個人的距離。在朱偉冰冷的血管裡，突然感覺到有一股暖意：那股暖意是如此的熟悉，又如此的靠近。

「你不是說我不會騙你嗎？怎麼現在你又懷疑我了呢？」陳夢婷充滿元氣的笑聲突然從耳邊響起，彷彿透進朱偉的身體。

「就算以後有一天我們分開——可是至少我們曾經在一起，至少我們愛過，至少我們可以把握現在呀！」黃子如獨特的嗲音，一直以來，一直都在朱偉的腦海裡，揮之不去。

夜晚的城市吹起了高樓風，冷得讓人直打哆嗦；讓人直打哆嗦的高樓風吹到了朱偉身上，卻像是春暖花開時的陣陣微風。冬去春來的熟悉感，又再次籠罩了朱偉心中。

23

腦中盤旋的還是同樣那首音樂，不知已消耗了多少時間；兩旁的山樹依然端坐著觸手可及，不知已撕裂了多少空間。抬頭見那不曾閃爍的滿天星斗，在這無盡的夜裡彷彿世界已然停止——從感官上來講什麼都沒有改變，唯一的改變是生命不斷在流逝。

有一道亮光閃起劃破奔馳，破壞了黑暗裡平衡的消失——在不遠的前方那透明的光圈裡，有個穿著制服的學生坐在通往天台的樓梯打開餐盒：烈日底下的午間時分，在校園裡的幽暗角落，他的心還停留在剛才的那間教室，與教室裡的同學們一起站上桌子……

「尹麥可！會不會太帥？你每次都搞這樣子出現我們是還要混什麼？」

「我之前第一次看到尹麥可的時候還以爲他是黑道，結果那天下午他一進我們房間居然主動跟我打招呼，其實他人超好的！」

「好久不見了！親愛的麥可麻吉——你這幾天是跑到哪裡去了？你知不知道我好想你！」

「……我剛剛不是有回妳 MSN 跟妳說我正要出門？」

星期三晚上，一進到這個階梯式的大講堂教室，這些人就彷彿看到多年不見的老友被關出來似的，也才睽違兩個禮拜，這樣的反應實在有點扯——不過我早就習慣了。

「他的名字叫尹炬詳。」進修部這兩位不認識的「姊姊」如果是在講悄悄話的話未免有些大聲，她們完全不顧自己形象，也不管我就站在離她們的位子不到三公尺的前方，簡直把我的存在當成空氣一樣……

我叫尹炬詳，今年十八歲，今年夏天剛來到這。

對我而言，這代表的並不只是一個漫長的暑假過去，而是將與從前短暫的數載作別離，我告訴我自己，在這裡一定要有新的開始：與以往不同，不能再總是一個人沉思憂愁事後卻徒恨蹉跎；要廣結善緣，莫要對喜歡的人與事物欲迎還拒，等失去了才知傷心難過——我現在已不再讀菜市場高中，而是宛如剛離開溫室裡的花朵——韜光養晦如今初出茅廬、野心勃勃早就躍躍欲試。至於我積極展現所得到的結果如何，我想光瞧現在這群人的反應大概就可以略知一二——我不能說這是我本來的心願，儘管這有些矯枉過正，可是不管怎麼說從某方面來講我已經麻痺、或者說習慣了——現在的我其實已經有點搞不清楚，我的所作所爲從一開始的積極配合到後來的直率任性，彷彿在大家的眼中一直都是我的眞性情，且也剛好符合我在他們心裡所建立起來的形象並滿足著他們期待，這一切都是如此完美契合地恰到好處。

看似已經全盤改變且忘記原本的自己，不過有時候我也會突然清醒。但那個偶爾使我保持清醒的人，有時卻也讓我陷入更深層的夢幻迷離之境——經原下課以後我正一邊跟翁倩玉譙著剛才課堂上那個跟他有得拚的白癡代課老師一邊與他並行走回宿舍，她在我背後那輕聲而帶有魔力的「尹麥麥」使我立刻情緒轉換，拋下與翁倩玉的話題回頭與她 give me five——在差不多的頻率底下我與她的時間彷彿又回到了我剛認識她的那天，那天的她與現在一樣開朗活潑，那天的她與現在一樣，正對我眨著她那一雙水汪汪的大眼睛。

「請學弟妹們排好隊伍，等一下輪到我們健康檢查。」

「學長，我已經自己在外面的醫院檢查過了。」

「喔好，那你先跟我來。」克拉克：「愛麗絲！這裡交給妳，我先帶他們不用檢查的過去。」

克拉克學長的綽號由來是諧音，因爲他的行事風格就和鐘擺一樣有條不紊，尤其是相當守時。跟著他來到了中正堂外面，夏日的陽光干擾著人們的視線，但卻使她在人群中顯得更加耀眼。

「你們先在這裡等我一下，等一下我們跟他們一起進去新生說明會。」一個紮著馬尾、打扮運動風的女孩站在我的面前，她有著白皙的肌膚、身材苗條略帶有些骨感，她看著我但沒有說話，那豐滿而性感的嘴唇與水汪汪的大眼睛透露出無比的親切與自信——克拉克學長當時說了什麼、我當時是否與那個女孩有何互動我後來完全想不起來，因爲我的印象，全都存在於我第一次看見她的那一刻——那是種很特別的經驗，無法形容、也說不上自己是什麼感覺，但就在我與她無語注視彼此的那一剎那，她就在當時的我心中留下了一個無比深刻的印象，我的眼神、我的思想，全都停留在她的身上。她的嘴唇、她的眼睛，從她美麗的臉龐之上，我看到了當時的她。

要從社科院開始走到教堂。如果我沒有猜錯的話，這條柏油路應該是今天校園巡禮的最後一段，等一下好像要舉辦什麼迎新晚會。

講是講最後一段，但其實是好長的一大段——沒辦法，此處就是如此的幅員廣闊且地形變化豐富，假如接下來的四年我都得這麼走的話我之後一定會變瘦——爲什麼我知道是柏油路？因爲那是克拉克學長講的，否則僅憑現在的夜色我甚至都無法分清楚在我旁邊的是人是鬼，更不用說看清楚他們的樣子。

我一個人走在隊伍的中段——也許是吧，畢竟我也看不清楚——聽聲音可以知道我附近有一群女生，她們大概就是今天陪了我一天、我未來四年要相處的同學裡的其中一小部分吧。講一小部分其實也不小，在我周遭的黑影不斷晃動且充滿了各式各樣的鶯聲燕語，老實說我一個人走得有點不自在，我甚至還忘了在這微弱的燈光之下她們應該也看不見我一樣。

「我要來跟尹炬詳聊天。」有一條「人影」脫離了先前與她相互交纏的影群閃來我的旁邊，就在我還沒來得及明白她是怎麼看見我的當下我們就突然聊了起來，這樣的感覺很不錯，很像實境版的網路交友與電話交友，講浪漫一點也可以說是免來回的瓶中信——你無法得知對方的身分，即使她近在你身邊。

「尹先生，你該提起你的火炬囉——就算你現在不想詳細地引經據典，至少也可以在黑夜裡照亮我們大家嘛——不然我們現在連路都快看不到了！」

「看什麼路啊？我連我旁邊的這位正妹是誰我都看不清楚——妳是怎麼看到我的，而且還把我早上自我介紹的時候講的話記得那麼清楚？」

「因爲你很特別啊。」

「有嗎？」

「檼檼說你有在玩樂團而且很會唱歌耶，什麼時候要表演給我們看呀？」

「櫺櫺是誰？我沒有玩樂團啊，而且我唱歌超難聽的。」

「眞的嗎？」

「眞的啊，騙妳幹嘛？不瞞妳說我從小到大連笛子都吹不好，我唯一會的樂器是小提琴，可是只能拉給自己聽，因爲水準也不怎麼樣。」

「好酷喔！改天拉給我聽好不好？」露巧不如藏拙，妳還是在憧憬裡欣賞我的演奏就好，魔音傳腦我自己一個人享受即可——這句話我沒有說；不知道她有沒有聽到：「看不出來耶，你當初怎麼會想要學小提琴？」

「因爲我小時候太皮了，所以我爸媽就逼我去學樂器。可是我沒有什麼音樂基礎，所以學得很辛苦；」每個人都有過去，英雄莫問出身。「而且我還把小提琴的弓拿來當西洋劍玩，結果被我媽罵。」

「哈哈！好想看喔……你小時候一定很可愛！」等妳看清楚我現在的樣子，說不定妳就會改觀了？

「你眞的不會唱歌嗎？可是我覺得你講話的聲音很好聽耶，很有磁性的感覺。」

「我國小的時候是有被抓去參加合唱團啦，可是後來就被踢掉了。而且後來也沒有練，所以就這樣囉。」

「爲什麼會這樣？是因爲變聲了嗎？」

「不是啦，是因爲我跟合唱團的老師吵架，誰叫她罵我媽——」一把陳年往事說出來的當下我就後悔了，因爲這裡面實在是太多曲折。

「你一定很愛你的家人對吧？」

「我不知道欸……」該怎麼說？「可是其實我高中的行爲還滿脫序的……我那時候不知道怎樣就有點瘋瘋癲癲，而且還爲了學跳舞蹺一堆課。」

「你都跳什麼啊？我也很喜歡跳舞喔……扭來扭去超好玩的！」

「我不知道我在跳什麼欸……都在亂學……不過我會 Michael Jackson 的月球漫步喔！」我突然覺得自己很愛現，而且似乎有些幼稚。

「好酷喔！月球漫步！」原來眞的很酷？「我也要學！你以後一定要教我喔！」

「好啊！」終於換我了。「感覺妳好 open 喔！」

「當然囉！以前我在我們學校可是同學們眼中的小天使耶！每天都笑容滿滿的，把歡樂帶給大家！」

「我們學校以前也有玩過小天使跟小主人的活動欸……不過那是一對一的，要在生活中默默關心自己的小主人然後幫助他，看最後小主人會不會發現自己的身分──雖然很吃運氣，不過多多少少都還是會有一些小期待。」

「好像很好玩的樣子耶──我們也來玩好了──我們輪流當小天使！」

「呃……沒有人一開始就講的啦，這樣要怎麼玩啊……」

「不用猜才好玩啊──這樣才能看你有沒有誠意──我講的很有道理你說是不是呢尹先生？」聽起來好像很有道理……可是怎麼感覺有點怪怪的……這是？

多虧了學長姊的用心，迎新晚會的時候大家都玩得很 high，連一向低調的我也被影響，差點就融入了現場的環境氣氛：尤其是那個染金髮的謝軒，一邊公然把妹一邊抽中大獎，我嚴重懷疑他們之前根本就串通好。最後快結束的時候學長姊突然起鬨，我莫名其妙的就被指定成為什麼金銀珠寶，當愛麗絲學姊 cue 我的時候我還嚇了一跳，想說她在之前的分區迎新茶會除了最後的「掰掰」之外連理都沒有理我——可能是我跟她期待了一個暑假的「帥哥直屬學弟」的形象落差太大，所以她很失望——結果現在莫名其妙又把我抓到前面，好像她跟我很熟一樣，也不想想當初失望的人又不是只有她。

拍照的時候難免要擠在一起，我不好意思轉頭，因為這樣會有點尷尬：我偷偷用眼角的餘光瞄了一下我旁邊的這幾個人，可能是不認識的關係吧，長得都不是很好相處的樣子。

除了那女孩以外。在校園巡禮完、迎新晚會還沒開始中間的那段空檔，當我們在教堂前面的大草皮稍作休息的時候，透著相對亮了許多的月光，我發現剛才那個一直跟我講話的女生居然長得跟我早上在中正堂外面碰到的那個女孩一模一樣，也長得跟現在這個正在跟我 give me five 的她一模一樣。

長得一樣就算了，連眨眼睛的動作也一樣。

我眞的懷疑我來到的這裡眞的是學校？不是專門生產多胞胎或複製人的醫院或神祕地方？

「這裡是哪裡？」

「我要感謝老天，然後跟妳說聲『對不起』。」

「沒關係……其實不關你的事，因爲是我自己要跟你來的。」

「我不是說這件事，」尹炬詳：「不管妳想不想來，我都會把妳拖來。」

那是我第一次主動。可惜也只能是唯一一次。

「那你爲什麼要跟我道歉？」

「這裡沒有別人，妳不用給我面子。」尹炬詳：「是我太衝動了。就算沒有公車，我也應該叫計程車。我不應該騎車來這麼遠的地方，更何況車上不是只有我一個人，」

妳總是那麼體貼，總是那麼善解人意。

「你之前是不是很常來這裡？」

「妳怎麼知道？」話語被打斷，尹炬詳詫異地問。

「因爲你騎得很好。」

妳笑起來眞的很美。我呢？看起來會不會很像白癡？

不過就算再怎麼像妳都不會跟我說的，對嗎？

「以前小時候我阿嬤很常帶我來這裡。」

「原來你對這裡有特別的回憶……難怪你會這麼熟悉。」

「不過這裡其實是姑姑發現的。聽阿嬤說，在更久以前，她跟姑姑常常會一起來這裡散心。」

「視野眞的很好，可以看到整個市區，而且環境很清幽，給人的感覺很寧靜……」邵雨燕：「可是你之前好像都沒有跟我提起過你有姑姑耶。」

「我姑姑的身體不好，在我很小的時候就去世了。」

「……對不起。」

「沒關係，妳不用在意。」尹炬詳：「阿嬷跟姑姑的感情很好，她會帶我來這裡其實是因爲這裡有她跟姑姑的美好回憶──雖然她沒有說，可是我知道──每次只要來到這裡，她的心中一定會湧現出一種奇妙的感覺，就好像姑姑從來不曾離開，一直都在她的身邊。」

「所以你常常來這裡，因爲你對她也是一樣的感覺。」

我對妳也是一樣的感覺。

妳呢？

「我跟櫺櫺今天早上一直在指著你耶……你的頭髮跟旗子一起隨風飛舞的樣子超帥呢！」過了晚餐時間，學生餐廳的外面有幾排長條的木製桌椅。聽翁倩玉說，我有一次喝醉酒還跑到桌上跳來跳去。

「妳別取笑我了啦！今天早上風超大的，頭髮亂到我都不想管了！」我說。

「不會啦，很有型啊。跟你系露營的時候一樣帥！」洛伊小姐：「我忽然想到你到現在都還沒加我的無名好友耶，快點去留言啦！」

我是個後知後覺的人，有些事情其實早就發生，可是我卻一直等到了系露營時才透過別人的嘴裡得知。就好像翻閱過期的報章雜誌，看到喜歡的女明星與誰傳出緋聞，正想生氣的時候才發現：原來他們早就分手而且已經各自結婚——不過儘管如此，在系露營晚會即將結束前的某一刻，我的確動過念頭希望時間永遠停駐——如果沒有那些活動與各種臨時突發狀況，我和他們可能不會那麼快就從同學變成朋友，甚至有些人可能連認識都不會有機會認識。

「你在想什麼呢？」洛伊小姐突然冷不防地摘下我的眼鏡，靠到我的面前與我臉貼著臉：「好可愛喔，好像小孩一樣……」

「妳幹嘛啦……又不是沒看過，差點嚇……到我。」觸覺與嗅覺，頭髮、流動空氣的溫度還有香味。

「尹麥可！在約會喔？」差不多要打烊了，攤位的大叔出來抽菸，看到我跟洛伊小姐親切地打招呼。

「她是我的同學啦！」

「只是同學而已喔……我好難過。」洛伊小姐嘆了一口氣之後退回原位：「喜新厭舊的尹麥可……你有了翡翠以後就不要瑪瑙了對不對？」

「……看妳講得跟眞的一樣，難怪可以得到奧斯卡終身成就獎。」洛伊小姐的偶像是Myrna Loy，投其所好，所以我故意這樣叫她。

「你最近眞的很紅耶，連學生餐廳的老闆都這樣叫你……哈哈！」

「還不是你們拱的……」有點無奈表示：「我當初眞的沒想到欸，我的個性本來就是這個樣子，可能有些人會誤會我覺得我故意標新立異，可是我其實沒有很喜歡高調或者出風頭……」

剛來的時候我的適應力還不錯，可是過不到幾天我的適應力就逐漸消失——我的個性比較直，我只是覺得有些莫名其妙的人我眞心懶得理，有些稀奇古怪的事情我連碰都不想碰——比如助教課時的倪詩羽，或者倪詩羽上的助教課。

「我知道你沒有想很多，你只是很單純地表現眞實的你。可是除此之外，感覺你有的時候好像眞的都不太理人……」洛伊小姐：「你不會主動交朋友……是嗎？」

話不能亂說啊！洛伊小姐！儘管如此，我的身體卻開始不由自主地微微發抖——或者說，我突然很清楚地感覺到我的心在顫動——很急促，很快速，而且每一下都極其清楚。

當然囉……天氣漸漸轉涼的晚上你的衣服卻還沒換季，如果我的心不會動的話我怎麼可能活著。

「如果只是爲了給當初那個女生看的話怎麼可能到現在還這麼熟悉？說不定你其實是眞的喜歡跳舞，只是你自己不知道而已。」

本來沒有想到的事情最後卻變成喜歡？不管怎麼想總覺得有些BookII。

BookII 等於不可思議，那是她很愛用的口頭禪諧音。

「你還有很多東西沒告訴我耶，尹麥麥，你要給我注意唷！」

「……我會注意的。」不開玩笑，沒有敷衍，我絕對會很注意。

「嗯嗯，很好。」瑪娜．洛伊：「我們還有四年……等我們越來越熟我要把你拔光光。」

既興奮又期待，可是有點害怕，因爲我不知道我到底有沒有準備好——就算妳是電影界的第一夫人，可是我還是有點忍不住想叫警察！

「還說什麼引經據典，你其實根本就是大火底下還不逃跑還在那愛講話的羊。」

「妳呢？往返於沖繩與花東縱谷的燕子，在我需要的時候，妳會不會從雨中飛過來救我？」

「我以爲你會知道。」邵雨燕說。

「是啊，我知道。」尹炬詳：「一直以來，妳是最懂我的。」

妳理解我，沒有關係。

我還有你們嗎，真正懂我的朋友？你們是否會願意相信我？

拉著外套一角與背後輕輕環抱，兩者看似天壤但結尾卻並無變化，呼吸與心跳就像危險駕駛的喇叭被呼嘯而過的風刻意淹沒。

「到這裡就好了。」

無法淹沒的是在乎，是堅持與退出彼此無法相容、但卻選擇成全所帶來的心痛。

我跟筱楓一起環著河堤跑步，突然看到前方有一座天橋通往一棟公寓；於是我們就一起進到那棟公寓，並且爬著樓梯走到了某樓的某戶門前。

我不知道我爲什麼能開門，總之開門以後我見到的是一道與室內隔著玻璃門的陽台。

我跟從裡面出來的人起了衝突，他們是一群流裡流氣的小混混。儘管私闖民宅的我沒有理由與立場，不過我與他們發生衝突的原因似乎與其無關；就在劍拔弩張的時刻，突然有人嗆了我一句「你有債在台階上喔」，伴著現場眾人的哈哈大笑，我在陽台看到一座隆起的水泥平台，正當我站上去且懷疑到底什麼是債時所有的一切卻突然消失。

過一陣子之後我遇到她，她對我說人家都說我喜歡她所以才強出頭；還有人說我是因爲喜歡她所以才在這一陣子躲著她，因爲我不想在她面前出醜……

我在夢中的回憶被筱楓的抗議打斷中止，她對我不知從什麼時候開始把她在夢裡所扮演的角色與別的女生搞混這件事情表達了嚴重不滿，面對這樣的指控我也只能無奈，畢竟夢境不是現實，我無法任意掌控——其實豈止是夢境，在現實裡有很多的事情也不是我說了算，也許在夢中所反映的反而比現實生活更加眞實——總之顯然多說無益，我只能轉換情緒與她聊一些她喜歡的話題，比如某人似乎對她示好但卻被她拒絕，因爲她覺得某人不符合她的標準什麼。

儘管有些言不及義，但我想我明白筱楓所想表達的意思。我原本與她並不很熟，在 MSN 上也談得普普通通，不過自從某次出去吃飯之後不知爲何聊得挺開心，脫離網路的她雖然偶爾會感嘆名花無主，不過基本上更多的時間是站在一個傾聽與開導的立場——我最近的心情不好，她是少數只要看到我在狀態上打句髒話就會問我「怎麼了？」的人，也是唯一回不到幾句就會找我出來吃飯說要當面講的學伴——就因爲這樣子有時候當我走在路上都會被她的朋友打招呼，儘管我與她們原本並不認識。

以往我們很隨興都就近隨便吃，這次她說要由她來挑地點，結果也只是一家無甚特色的平價小餐廳，看在與她聊天時確實會暫時抽離情緒，我實在不好意思說什麼打壞她的興致。儘管我以前好像有請過倪詩羽，不過在那之前與之後我從來沒有請過別人，這次毫無意外我也只打算支付我自己的部分。

「我來付錢就好了。」就在我們差不多準備起身時筱楓如此對我說，不等我的答覆便很快地走到櫃台。

「不用啦！這樣不好意思……」反應有點慢半拍，但我還是跟過去拿出錢包。雖然在場的客人不多，不過當場看到這種隨處可見的萬年戲碼就在自己眼前上演還是忍不住讓人覺得尷尬。

「眞的沒關係啦，我出就好了。」平日裡客氣的筱楓此時卻十分堅持，她用手提包擋在我和她的中間，彷彿如果讓我付錢的話她就會失去什麼似的。

「好啦！沒關係呀，下次再換你請她啊。」老闆娘也幫著筱楓——在她們的相視而笑下我只能收起「我什麼時候說還要跟妳來這裡吃飯？」的疑惑以及「妳好像覺得我以後會很常跟她來這裡吃飯」的問號與她們乾笑——筱楓都很大方說要請我，我如果不接受的話好像我很見外，瞧她們彼此的互動熱絡好像很熟？可是問題是我可是第一次來到這。

算了。

「尹麥可！」

因爲口渴，結果很意外地發現吳繡綺原來在附近的手搖飲料店裡面打工。吳繡綺眞的是一個好女孩，或者應該說是一個冥頑不靈的女孩，當幾乎所有人都不屑與我爲伍的時候，只有她還會對我展開那可愛的笑容──馮亮似乎認爲是我阻擋了他，其實吳繡綺只是單純對他無感；反正他的動作也沒有很明顯，我想我還是先不要告訴他好了，否則他如果被我點破喜歡有主名花的話一定會覺得很尷尬──唉！喜歡有主名花……

「妳也認識她喔？」

「不認識啊！只是想說你們好像認識，所以我就過去跟她隨便聊聊囉。」

當我轉過頭去準備離開卻發現兩個女孩聊得十分忘我，還以爲她們互相認識。隨便聊聊？如果妳想向誰宣示我們只是朋友的身分，眞的不用這個樣子。

基於禮貌，我把送筱楓到門口，反正很近，因爲天色較暗。回程時我碰到剛下班的吳繡綺，她神祕地對我笑了笑；擦身而過不到幾步之後她突然回頭把我叫住，然後滿臉期待地問我「飲料好不好喝？」儘管我知道這曇花一現的相處只不過是迴光返照，但對於這樣一個固執的好女孩，我除了對她豎起大拇指以外也無法再做些什麼。

「尹炬詳！我剛剛大顯神威的時候你怎麼不在？我們不是講好了金銀珠寶、翡翠瑪瑙要團結在一起壯大經濟？」

「你都大顯神威了，難道還需要我出場嗎？你一個人就夠殺啦！」

「就是因爲我大顯神威，所以才更希望你在場看啊！」

其實我和金隆笙之間的氣氛並不像人們所想的那樣，新生盃結束的時候，所有人都圍著他大聲歡呼，但他卻在人群中特別找到低調的我——當時我才剛從醫務室裡出來、還搞不清楚狀況，所以笑而不答，也沒有太多想法——現在想來，我想他的潛台詞應該是「就算你在場也搶不了我的光彩」。

無所謂，反正我這個人從來都不在乎什麼光彩，我所在乎的是被那個幼稚的傢伙視若敝屣、而我卻想得而不可得。

原因顯而易見，我想那應該是一種預告式的挑戰，只是我當時的心裡還不清楚罷了。

我叫尹炬詳，今年十八歲，今年夏天剛來到這。

以往的每年暑假，我總是在不曾打開的書海裡溺水，躺在布滿灰塵的封面渾渾噩噩，船裡的船員就像幻影一樣來來去去，多年來也只有少數幾個偶爾會對我伸出援手，然而他們並不打算下錨，只是作勢放下微裂的浮板與漏氣的游泳圈，當然也不會有繩索。他們無知的假動作怎能逃過目光如炬的我？我寧肯懶死、墮死、被無情的海浪現實所吞噬，也不願意向智商開過根號的他們求救。然而天可憐見，儘管如此我還是沒有被淹死，這個暑假就這樣一路取巧、強運來到了「酒家久」海港。喝過了這家獨特釀造、會使人回憶良久的美酒以後，我決定要從此做出改變，告別我以往獨來獨往天涯淪落且自怨自艾的枷鎖與包袱，從此脫胎換骨。

誓言還沒有實現就已經變成謊言而且一再重演，我只是不想面對。

我以為我最大的改變就是認識許多好朋友，其實我完全沒有改變，我充其量還是一個無知的失敗者。我失敗了，我還是那麼樣的無知。

我並不了解倪詩羽，但是我從她的身上看到了自己的很多問題：雖然我把她唬得一愣一愣，但其實我跟她所說的那些事我自己一件也做不到——與其說我在幫助她，不如說我很自私而且幼稚——我把自己的意志加諸於她的意志，我以為改變她就可以把我自己的缺點盡數掩飾。

很可惜，因為出現的時間點不同，所以無法勉強。對我而言很多未知的人事物都只能有一次嘗鮮，所以這並不是一個機會。

筱楓也是。

這是十八年以來最美、最難忘，也最由盛轉衰的歲月。

他們是我的室友，也是朋友，但如果沒有成為室友的話我們一定不會變成朋友，因為我們幾個是如此的不同。

如果沒有發生李欣瑩的事情，我想我可能會對禹喆一直有著錯誤認知，表面上看起來人盡可欺的他其實深不可測，有很多我無法想通的問題，對他而言彷彿從來都不曾存在過；馮亮向來都是如此，對於生活他總是有他自己的邏輯，儘管他日後也許會在感情的路上吃點苦頭，但是我想以他的個性他絕對不會遭受太大的衝擊，我相信他能明白過來，我相信他會沒事。

至於翁倩玉那個白癡，有時候我會想也許他並不只是一個白癡，而是一個對周遭毫無知覺警訊，有花不摘、敵我不分的白癡中的白痴——如果可以的話請幫我注意一下翁倩玉，我擔心再這樣下去總有一天他會變得和我一樣，可是我並不希望他會淪落到那個下場。

再見了，5128。

陳瑋良說那天晚上看到妳站在門口，手裡還拿著蘋果。

妳看到他以後轉頭就走是單純的門禁、還是聽到我口中喊的不是妳而是筱楓？人們都說水果可以解酒，但妳是否知道妳是一顆含有劇毒的蘋果，使人還沒咬下去就已對妳上癮、使人聞到妳的香味立即心神錯亂，陷入與妳的甜蜜夢境？那天我跟愛麗絲單挑，平常妳會特別找到我的位子只是爲了回頭叫我「上課專心！」，那時的妳坐在我對面卻什麼話也沒有說，只是睜大了妳水汪汪地看我——我爲什麼知道？是啊，因爲我那時也在看妳，妳瞧瞧我、我瞧瞧妳，可是整場下來卻沒有說過一句話——也許那天是因爲有什麼人在場所以怕尷尬，可是誰知道我們現在卻不如那情況？

妳知道廖仕暄就是此時在門外看到妳所以才跑去和金隆笙說、所以才有後來的那件事嗎？那件事傷害了我們所有人，不過也因爲那件事，才使我眞正聽見了我的心聲。

妳說我看起來一副酷樣其實卻是小孩心，我承認我有很多事情是裝的，可是也有很多事情發自內心：我心裡總是想著很多事情有時卻不容易表達出來、只能以這樣的一種形式展開——我的矛盾只有妳看得懂、只有妳能分清楚，也只有妳會在一些不經意的小動作裡讓我明白。

妳說我像個小孩，我承認，也許在妳的面前，我的確像個小孩。

爲什麼呢？因爲在妳的面前我會緊張——當我在人群中感到徬徨時，是妳帶著我進入狀況，使我找到信心；在我飄飄然忘了自己時，也是妳默默提醒著我，讓我保持清醒——想不到現在面對妳的時候，我反而是說不出的害羞。

妳曾經說過妳想把我拔光，其實妳早已把我看透，我在妳的面前沒有衣服可穿，簡直像一個剛洗完澡沒穿、還自以爲是的孩童。

但妳不會說。妳會給我面子、給我台階，讓我感覺受到尊重。妳會在一些不經意的小動作裡讓我明白，其實妳都明白。

妳讓我眞正有了第一次的心動——從來沒有人能讓我感到緊張、害羞，可又隱隱期待——如此明白，除了妳之外。

感情的事情，總讓人無法自己，難道這一切已是命中註定？

爲什麼妳無法清楚妳自己，妳的內心？妳的感情，爲什麼，要讓人如此揪心？

我是誰？我又有何立場，我又憑什麼關係，我又能用什麼身分這樣說妳？

I'm a nobody.

I'm nothing.

「要回去了嗎？」

「不要。」

「爲什麼？」

「因爲我知道，等我們回去了以後，我們就再也沒辦法像以前一樣……也沒辦法像現在這樣了……我希望時間可以停在這裡……所以我不回去。」

妳不想要有改變，只希望時間可以停止？

如果可以的話，我希望時間可以迴轉……我多麼希望我可以回到一開始，回到我們剛認識時……

我叫尹炬詳，今年十八歲，今年夏天剛來到這。

我來到「酒家久」海港，我沒有被淹死。

我告訴自己不能總是一個人沉思憂愁，對喜歡的人與事物欲迎還拒——喝過了這家獨特釀造、使人回憶良久的美酒以後，我確信我一定會在這裡脫胎換骨，從此告別我的枷鎖與包袱……

只可惜，我該走了。

我叫尹炬詳，今年十八歲。

存在徒有一瞬，友誼僅是虛空。

24

「今年的聖誕節你打算怎麼過啊？」

「可能會像現在一樣過吧。」

「這麼無聊。」

「這就要怪妳啦，誰叫妳這麼無聊呢。」

「我有節目的好嗎？你眞的以爲我行情那麼差，會陪你宅在家？」

「是喔？那眞是恭喜妳啦。」

現在是十二月第二個禮拜三的晚間十一點五十八分，我和李佩穎躺在客廳的沙發床上。從外面回來以後李佩穎就一直坐在客廳看電視，我卻進到房間裡掛機且將房門緊緊鎖上。雖然隊友們很快就跳光，但我依然十分有毅力地對著筆電螢幕發呆，直到李佩穎過來敲門提醒我已經快十二點，我才心不甘情不願地走出房間。

李佩穎的造型很不錯，有化妝時看起來像女人，然而私底下的個性卻是男生——我們一起在附近租了一間老舊的家庭式套房，她是我的室友——幾個月以前我剛來到這裡人生地不熟，現在想來還真多虧了她當初的好心收留。

當時她和她的姊妹們正好在附近的公園舉辦義賣活動。我記得那時候我的手中正好拿著一個布偶：

「很可愛對吧？你要不要買一個回去送給女朋友？」我那時自然還不認識李佩穎——她看到我一個男生拿著布偶獨自愣愣出神，所以馬上湊過來問。

從小到大我一直都很討厭看東西的時候有人過來糾纏，那些人最喜歡糾纏落單的男生——我長得很好騙而且總是一個人——很可惜我就是他們最喜歡糾纏的那一類人。

「不用煩麻了，我只是看一看。而且我沒有女朋友，妳不需要用話術拐我。」我說。

我記得小時候有一次出國，那裡的漂亮姊姊就是用這句話騙情竇初開的我買了一條珍珠項鍊。我那時的想法是「先買起來」；然而這麼多年過去，那條珍珠項鍊卻遲遲無法送出，一直躺在抽屜——雖然沒有花什麼大錢，可是現在只要一聽到有人跟我講這句話我就會莫名火大。

「這樣啊……沒關係，我們這裡的東西都是義賣品，賺來的錢會全部捐出，而且價格也很實惠……希望你可以多看看，跟我們一起響應公益。」

當年被三個愛心筆美眉一路夾擊糾纏，直到我耳根發熱、飄飄欲仙且掏出所有現金的往事還歷歷在目——妳如今居然敢在我面前提什麼義賣與公益？所幸李佩穎講完這句話以後就微笑著自己走開：如果被她看到我這麼容易惱羞，說不定她今天晚上就不會收留我。

「你不是本地人對嗎？」漫無目的地走著，傍晚時分我又回到了那座公園，那時她們的活動已經接近結束，看到正要再度離開的我李佩穎連忙打招呼。

「妳好像很閒的樣子？」好像有人想浪費生命陪我講話？這樣子正好，雖然我並沒有很喜歡妳，不過沒差。

「我應該沒說錯吧？」

「是啊，妳怎麼知道？」

「因爲我搬來這裡很久了，所以住在這裡的人我差不多都認識……可是我之前卻從來都沒有看過你。」

「所以這裡妳罩的是嗎，小妞？」

「是啊，是眞的滿罩的喔。你住哪裡啊？」

妳不也外地來的？是能罩到哪去？看妳也差不多就我這個年紀，居然還好意思吹噓？

「我今天剛來到這裡，還在找。」

「連住的地方都沒有還有時間來這裡逛，是被我的美貌吸引了嗎？」

「妳省省吧，」眞是個自戀的女人。「我只是覺得無所謂，如果沒地方住的話了不起我離開，反正我也不是非要待在這。」

「原來你是流浪漢啊，難怪頭髮這麼長。」李佩穎：「以流浪漢來講的話你還算滿乾淨的……最近剛開始流浪嗎？逃家？」

「這不重要吧。」我說。

「太好了！終於被我找到了！就決定是你了！」

「妳想看卡通的話就趕快回家看。」

「你不用找住的地方了啦，到我家裡來吧——我的家裡還缺一個客人，你剛好符合資格。」不理我的回答，好像沒聽到一樣，自說自話。

「符合什麼資格？」嚴格講起來說，也不算自說自話。

「你別問那麼多了，快過來幫我一起收，」李佩穎：「等一下我帶你回我家，你如果OK的話今天就可以入住。」

「妳知不知道妳現在在說什麼？」

「怎麼樣？雖然有點老舊，不過還是很不錯的對吧？」

「勉強可以。」

「三房兩衛浴，還有廚房、陽台跟客廳。只要你遵守規定的話今天晚上就可以讓你住在這裡。」

「妳到底是房東還是房客？」

「我是房客。房東現在不在這裡，所以我代房東行使權力。」

「有這種事？」

「你要租嗎？」

曹姊姊不顧家人的反對與男朋友私奔來到這裡。他們兩人彼此相互扶持，一切重頭開始，過不到幾年的時間就買下了這間家庭式套房，在他們入住的第一天晚上，曹姊姊意外地發現自己懷孕，她的男朋友也終於向她求婚：當曹姊姊以爲自己多年來所追求的美好與幸福即將圓滿的時候，她的男朋友卻突然像著魔一樣無預警地人間蒸發，而她也因爲思念成疾不知怎麼地就流產，與此同時醫生也發現原來她的體質本不容易受孕，在奇蹟似的懷孕又意外流產以後基本上已經失去了生育的能力。然而這一連串突如其來的打擊與厄運並沒有使曹姊姊喪失信心，她依然每天守在家裡等待著男朋友的歸來；同時她也開放了剩下兩個空的房間給附近的旅客居住：她沒有向旅客們收取租金，只要求他們每個禮拜三的晚上都必須和她一起坐在客廳等她的男朋友回來，或者直到天明——曹姊姊記得他們第一天住進來的時候是禮拜三、她發現自己懷孕的時候是禮拜三、她的男朋友人間蒸發的時候是禮拜三、她流產並被醫生告知不孕的時候也是禮拜三——她對禮拜三有著一種難以言喻的執著，她相信所有的好事與壞事都會在禮拜三發生，因此每到禮拜三的時候她都會變得坐立不安，她希望禮拜三晚上的時候有人可以陪她，同時在她的內心深處她也暗暗向神明祈禱，希望她的男朋友能在某個禮拜三的晚上回家。

就這樣過了很多年，這裡的旅客們來來去去，曹姊姊的男朋友還是沒有回家。儘管如此，曹姊姊卻仍然沒有放棄希望，因爲在這段時間裡她看到了許多形形色色的人，他們都各自有各自的過往，也各自有各自的傷悲，但是他們卻鮮少有人會因此放棄對未來的希望。同時曹姊姊也發現，在這間房子裡的旅客們漸漸產生一種默契：也許他們平常彼此並無交集，但是在每個禮拜三的晚上他們卻能拋下所有一切在彼此的心靈上產生共鳴，本來只是因爲住房規定的強迫相處，到最後卻變成了他們最期待的互動與交流時間，有太多太多的旅客因此從陌生人變成朋友，有的甚至還論及婚嫁。時至今日，曹姊姊——因爲時間的流逝已經變成了曹奶奶——無心插柳柳成蔭的故事已成了這裡著名的一段佳話。

「所以房東就是曹奶奶？」我問。

「是陳爺爺。他本來只是房客，後來變成曹奶奶的好朋友。」

「那曹奶奶呢？」

「聽陳爺爺說，曹奶奶她在幾年前就已經去世了。」李佩穎：「曹奶奶去世的時候把這間房子交給了陳爺爺；然後現在陳爺爺又把這間房子交給我……」

「等一下！」才剛從往事回到現實中不久，我忍不住插話：「爲什麼陳爺爺要把房子交給妳？妳說他現在不在這裡，那他現在在哪裡？」

「陳爺爺他現在也到天上去啦。」

「……」

「之前的三個房間住的分別是曹奶奶和陳爺爺，還有另一個房客；後來曹奶奶去世之後陳爺爺保留了曹奶奶的房間——你看，就是布滿灰塵、最大的那間主臥室——陳爺爺說這間房子是曹奶奶的，所以必須把她的房間原封不動地保留。」李佩穎：「幾年前那個房客搬走以後換我住進來，所以就變成我跟陳爺爺。陳爺爺走了以後，這裡又多出了一個房間……」

「……就是我以後的房間？」

「是啊，沒錯。有什麼不妥嗎？」

「……不用繳房租……這麼好康的事情應該很多人搶吧？妳爲什麼偏偏要選我當室友？」

「因爲你是流浪漢啊。」

「妳說什麼？」

「你忘了這裡的傳統嗎？每個禮拜三的晚上都要一起在客廳直到天明，在這段時間裡能相處的只有彼此……」

「妳喜歡跟流浪漢相處嗎?妳要不要量體溫?」

「才沒有哩!」李佩穎:「我說流浪漢的意思是心。看你的樣子就知道你一定有很多心事,而且你又是從外地來的……我想我們每個禮拜三的晚上一定會有好多的事情可以分享——你別看我這樣子,我可是從小蹺家,我也有很多故事……」

「我不想知道妳的故事,而且我也不想跟妳分享我的心事。」

「沒有關係啊,我早就看出來了,」李佩穎:「不分享有什麼關係?反正在相處的時候本來就是要拋下所有一切放空、拋下所有束縛……我們都不要分享也好,這樣才能完全放空,就當什麼都沒有……這樣對旅人的心靈慰藉反而能更明顯——我想曹奶奶如果還在的話肯定也會選你當房客,因爲這也是當年她之所以會在這間房子裡訂下這條規定的初衷……」

「初衷不是等她的男朋友嗎?」

「那只是一開始,不久之後這裡就變成不論一切過往、撫慰所有傷悲並且……唉唷不管啦!反正就這麼決定了,以後每個禮拜三晚上你都要待在客廳——至少十二點以前要出現!」

「妳怎麼這麼早回來？」

今天是平安夜，趁著李佩穎和她的姊妹們——可能還有曖昧的男性友人？反正也不重要無所謂啦，誰管她——出去聚餐的時候，我一個人躺在客廳吃著前幾天特地買來的超大包洋芋片：本來想看點新聞，可是那些佳節裡的畫面太美使我自卑無法直視，所以索性就把電視關上。等我醒來才發現不知何時已默默睡著，我本來叼在嘴上的洋芋片，現在正在李佩穎的口中被她咀嚼。

「早回來礙到你了？你忘了今天是什麼日子嗎？」

「今天是平安夜。妳不是說妳們吃完還要去唱歌？」眼皮微張的我側躺著看李佩穎，儘管已經醒來但我仍不願起身。

「孤單的平安夜只能找幾個同是單身的姊妹們聚在一起唱歌排遣寂寞啊。」有化妝就是不一樣，此時的李佩穎看起來活生生就像是個女的。

「那妳爲何回來？既然非單身怎麼不去找妳男朋友？」

「難怪你記性差——整個晚上只吃洋芋片怎麼夠營養？」李佩穎把我懷裡的洋芋片拿走，丟了一大袋的食物在茶几上：「你忘了今天是禮拜三嗎？早就知道你一定會在家直接睡死——這些是我吃不完請餐廳的人打包的……就當作禮物給你好了，祝你聖誕快樂！」

「你平常不是都喜歡把自己關在房間裡？今天我不在家，難得你自己出來……看來你的記性還沒有被洋芋片給消磨殆盡。」看我伸出了手身體卻遲遲沒有移動，李佩穎索性拿起那包被我吃到一半的洋芋片，坐在我身邊自己吃了起來。

「那是我的洋芋片。」我說。

「現在是我的了。」李佩穎：「看你一定也沒準備我的聖誕禮物——拿那麼多好吃的料理跟你換洋芋片眞是有夠虧……明年一定要換你請客。」

對李佩穎來說這裡就是她的家，這裡的房客對她來說就像家人。所以她在這裡時就像在家裡一樣，雖然不至於一絲不掛，但總是以男人最不想搭理的狀態出現在房子裡的每個角落，顯得極盡放鬆。

確實，在此之前我除了每個禮拜三的晚上之外不會隨便離開我的房間，不過在那以後我們除了每個禮拜約好的時間之外，也經常會一起待在客廳聊天、吃東西、看電視或者一起去外面租的 DVD；當她們有義賣活動的時候，我也總會過去幫忙——我還記得當她的姊妹們第一次看到我的時候問我是誰？我還沒等她替我開口就主動回答說：「我是她的室友。」

我一直到現在都還不知道我當初爲什麼會答應住下來。我和李佩穎之間絕口不提過去，但是生活圈卻重疊得無比接近。

沒有過去且心裡的感覺也極爲寧靜，對我來說我好像在這裡找到暫停，而現實生活中的意思也相當接近。

「聽說今天是你的生日？」曾幾何時，冬天就這麼過了。

「妳怎麼知道？」彷彿聊著聊著又睡著了。

「你告訴我的啊。」李佩穎躺在我旁邊。我沒有睜開眼睛，但是我聽到。

「我怎麼不記得我跟妳說過？」

「可能你那時候睡著了吧。」

「呃……那我睡著的時候，還有沒有跟妳說過什麼？」

「當然有啊，」耳際傳來「呼」的一聲，伴隨著是溫熱的空氣：「你說你喜歡跟我玩互相在耳朵旁邊吹氣的遊戲。」

「有這種事情？」睜開眼睛。

「有。」李佩穎：「那天你喝多了。」

「我怎麼可能喝多……」我說。

「今天是你生日……想不想要來點 special 的慶祝？」李佩穎講完之後又在我的耳邊吹一口氣。

「我想上廁所。」

在獨自一個人的小空間裡，我回想著最近發生的一些奇怪的事情。我記得大概三個月以前的那天，那是個很特別的日子——每天都有很多人生日，可是那天就算誰沒有過生日，人們彼此仍然會深情地慶祝——這一直都不關我的事，畢竟我的手機早已設定對所有來電一律轉接語音、我的 MSN 總是隱藏掛機：也許是這樣的關係，這麼久以來我的手機不曾響過，也不曾收過任何簡訊、我的 MSN 也從來不曾跳出視窗或者是有離線訊息。

可是那天，我的手機系統卻通知我有一通語音：打開之後卻只是一陣沉默，聽不見任何聲音；在那之後，我的手機裡就時常出現這種無聲語音——然後現在，我的手機又顯示我有一通語音，我根本連理都不想理。

儘管不想理，我仍然打開語音——這一陣子以來我總喜歡在一個人時很認眞地收聽那些無聲的語音——也許是因爲想揪出那個留言的人，很期待想知道這段時間到底是誰連惡作劇都這麼有心；也或許是因爲我閒得可以，畢竟對一個心理時間暫停的人來說最不缺少的就是無聊的時間——我的時間多到超越心理進入生理，我的指甲已經好久沒剪但我卻一點也不會嫌長，彷彿停止生長。

「好了沒有？你再不出來我就要進去囉！」沒理會門外的李佩穎，我專心地拿著手機仔細聆聽，但我其實卻一點也不想從沉默裡找出任何聲音。

「你今天跑得很快唷！」

「……」

「我們有好久好久都沒講到話了。」

「沒辦法……因爲我都不會寫，所以只好提早交卷……」

「要讀呀——那你明天的經原會嗎？」

「不會。」

「……你現在馬上過來找我……我有手寫的重點整理。」

「這樣不好意思吧……那是妳平常辛苦整理的東西欸……」

「那不然怎麼辦？誰叫你平常都不來上課，有來上課的時候又不專心！」

「……」

「快點過來啦！」

「好，那我們十分鐘後女宿門口見。」

「對了，這件事情你要保密唷。」

「爲什麼？」

「因爲這份筆記我一直沒給別人看過，之前金隆笙有跟我要，可是我叫他自己努力……哈！」

「呃……那……我還是不要拿好了。」

「你不一樣啦，沒關係啊。」

「我有什麼不一樣？」

「你是全世界只有一個的尹麥麥，所以不一樣啊……哈哈！」

「……」

「十分鐘後見喔！回去記得要認眞……不可以辜負我的好意知不知道？」

「……好，十分鐘後見。」

鄰家的姊姊總會照顧弟弟，以姊姊獨有的熱情照顧弟弟的懵懂與無知。

「妳看，那群女學生很可愛對吧？可能是國中或者剛升高一。雖然我才比她們大一點點——妳可能大不只一點點——可是感覺起來，我們跟她們所身處的，卻好像兩個世界……」

「你以爲我不知道你在想什麼喔？才剛在大家面前吃我豆腐說我是你女朋友，現在又偷看這些純潔的小女生，你這個不知羞恥的色情狂。」

「什麼色情狂，妳在講什麼。」

「講你啊，還講什麼——整天蹺課在那亂看，眞的是沒救了。」

「喔，那妳爲什麼跟我站在一起可是眼睛卻一直瞄剛才下車的那個帥哥？好一個不守婦道、水性楊花的女人。」

「什麼不守婦道？跟你站在一起不代表我承認——你以爲你眞的是我男朋友喔？」

「小聲一點啦！妳以後想出家當尼姑是妳的事，我可不想單身一輩子——可以給我一點最基本的禮貌跟尊重好嗎？拜託。」

「……」

「我的意思是妳看她們——尤其是那個妹妹頭的——不覺得她們看起來好清純好乾淨，都不知道什麼是煩惱，也都沒有受過汙染嗎？」

「那你就別過去汙染她們了，這樣會帶給她們煩惱的。」

「我以前也曾經經歷過她們那個階段，所以從她們身上我可以看到我以前的一些影子……我現在回頭一看，我發現我好像有點懷念以前的日子，懷念我以前的單純；同時我也覺得有些可惜，我應該在以前她們的那個階段多做一些嘗試——然而現在我已不再單純，而且也無法再像以前一樣那般地過日子……」

「講得好像你很複雜、歷盡滄桑，說不定過幾年你又會懷念現在的你然後又在那邊懊惱。」

「有可能喔。人眞的是一種很奇怪的生物……」

大熱天裡戴著毛帽看起來很像白癡，可是人們卻不知道這樣子其實很舒服，會讓人產生幻覺、胡思亂想的那種舒服。我一個人坐在車上，看著路邊兩旁的行人，我的腦海裡突然出現一些感覺似曾相識、彷彿實際發生過的場景和對話。做什麼事情心裡就會想什麼，我想這就是日有所思夜有所夢的所謂出處，反正只要我先自己停修，國文老師就算再怎麼神通廣大也當不了我，管他會說什麼。

對人來說，突然要做一件平常沒做、或者從沒想過的事情總需要一點感性與衝動。

「不知道你現在在做什麼、也不知道你在哪裡……但我想對你說我一直沒有忘記……我以後也不會忘記。」

道地的日語清唱，還有一句翻譯，那是我的語音。

'Cause everybodody knows that we are all alone.

「你醒了嗎？」

一聲大喊爲喃喃自語畫上休止符，我知道我一定又打擾到凌晨的李佩穎。

「又做惡夢了？」表情僵硬且猙獰，眼神失落而空洞。從李佩穎的臉色看得出來，儘管已經被自己驚醒，但我的思緒依然留在夢中，留在那個沉悶令人感到窒息、而又不斷緊逼壓迫的環境。

「對不起，又吵到妳了。」

「沒關係啦。這麼近還不醒來的話……那我豈不是睡得跟死豬一樣？」李佩穎說完之後又靠上了我的胸膛。

不知道從什麼時候開始，我跟李佩穎每天都睡在客廳：客廳裡就那麼一張沙發床，我說什麼也不願意躺在地板上吃虧，所以就拿了條小棉被捲起來隔在我倆中間，當作是楚河漢界。也許有人會想問我爲什麼不回房間？老實說我也不知道爲什麼我不回房間，總之一開始時相安無事的兩人後來不小心有了肢體接觸，令我不解的是平時早已被我看盡醜態、絲毫引不起任何興趣的李佩穎，在我半夢半醒的時候居然勾起我某些衝動；儘管如此我們卻一直沒有超線——像事前講好了似的——只是遊走邊緣。

忘了是哪一天，也許是我沒有告知她就獨自遠行回來的之後幾天，那天晚上不是禮拜三，但我們依然在客廳玩到半夜；當時可能是我還是她說了什麼話，我突然一個有意識的閃身之後才發現：我躲過的居然是她的親吻。

「我幫你剪指甲好不好？」

「我習慣自己來的，不要。」

「我在你旁邊你還自己來……別人知道一定笑你傻瓜。」

「妳別煩我，走開。不要一直舔我的指甲。」

「人家都說手濕濕的剪指甲比較不會痛——我這是在幫你好嗎？你看你怎麼這麼懶，也不先去洗個手就直接開始在那邊剪指甲。」

「我故意不洗手的。」

「還故意不洗手哩……你好髒喔！話說你的指甲留得還眞長，都不知道已經有多久沒剪了……欸你不要一次剪那麼多啦！你這樣子剪你的手都不會痛嗎？」

「我喜歡剪指甲剪到手痛，因爲這樣剪才有感覺，才會有檢視的意味。」

「只不過剪個手指甲而已，是有什麼好檢視的？我認識你這麼久都不知道你居然喜歡自虐，怎麼會有這種怪癖……」

「不是自虐，那是我的回憶。」

「什麼回憶？講給我聽？」

「那是只有我自己一個人的回憶，妳不可以。」

「你最近怎麼講話都有點怪怪的，是不是上次自己出去的路上被人家騙色然後心裡留下陰影？」

「妳看我這樣子有人會想騙我色嗎？」

「可能你剛好遇到重口味的啊。」

「喔，好吧，隨便妳講。」

「欸……幹嘛這樣，人家跟你開玩笑啦……你不讓我舔指甲可以啊，那我要舔什麼呢？」

「舔我的腳趾甲好了。反正我今天也沒有要剪腳趾甲……看妳一副不舔東西會死掉的模樣。」

「你不要以爲我不敢喔……」李佩穎：「可是在舔腳趾甲之前……我要先舔一下你的舌頭！」

「你從來都不愛別人？只愛你自己？你這個樣子甚至連你自己都不愛，只是在白白糟蹋你自己而已！」

那天夜裡，李佩穎對我飆完這句話以後就回房間去了，隔著門板彷彿隱約有聽到什麼人在啜泣。當時我的腦海裡還繞著她剛才的餘音，我的身體像一根掉落在廢棄鐵道裡的樹枝，什麼話也不說只是靜靜地躺在那裡，等著早已停駛的火車過去。

很難得我今天沒有做惡夢，但我依然在凌晨的某個時刻清醒。

李佩穎靠著我的胸膛睡得很甜——我沒有推開她、也沒有移動身體，只是睜著雙眼。

我和李佩穎之間的互動相處和往常一樣沒有絲毫改變，每天晚上，她還會靠我的胸膛睡，我們中間早就已經沒有楚河漢界，取而代之的是僅此爲止的蜻蜓點水。

可是我的心從此卻無法休止——那天夜裡的誤會與衝突迫使我將自己劃過盒子邊緣——在微弱的亮光裡，我想起原來我是一枝流浪的火柴，早在我遠行以前有人就已對我告知；這個事實有好長的一段時間我彷彿忘記，我現在才明白我不是忘記，我只是不願提起。

倪詩羽，我總覺得我似乎一直有些話想對她說，但好像又少了一點什麼：也許是感激她願意選擇對我無條件相信的勇氣，可是我卻不知道我能做什麼事情來對她表示我的心意——我不能說我感動，因爲我不能感動，我只是想出現給我想互動的人知道，我只想保留空間給她們——因爲我不喜歡別人看到我不好的模樣，我怎麼能讓你們看到我難過的創傷？突然消失只是與突然出現彼此相呼應，就像無言的結局總出人意料地橫空出世——如果以後我們能再次遇見，那又會是種什麼樣的情結？

我以爲我這麼做是彌補遺憾然後就可飄然抽身，可我沒想到此舉只是在哄騙、敷衍我那消極的主觀意識，因爲被彌補的遺憾終究還是遺憾；而嘗試去彌補遺憾的這個行爲對我來說就像一個開關，從此以後我記憶裡的思潮起伏，那些被我遺忘的人事就像被解放的犯人一樣紛至沓來。

了解我的人瞧不起我，不了解我的人以爲我酷。一言不發的我曾經強顏歡笑，眞心放手了之後也曾經露出本性，我曾經發現自己可以不再孤獨壓抑；我現在已經完全無所謂，我不想表達意見、也默默地不在意。有人曾問我是否可以改個性？但我怎麼能如此？如此一來我就再也不是我自己，我就失去了我的個性。取捨與抉擇之間我只能武裝自己，可是我一點也不酷，我只是不想被人看穿——他們看穿我的心思以後肯定會瞧不起我，可是我討厭被別人瞧不起——獨來獨往的我並不特立獨行，我只是不想與人交代、更不願向人解釋。

天底下沒有永遠的白痴，只看你能不能幫他找到位置；天底下也沒有永遠的戰士，只要你願意給出理由，任何武裝的心也能變溫柔——這樣的情形我以前遇過一次，我曾經以爲李佩穎也是；但後來我發現她對我而言，只是一個學藝不精，想使我忘記曾經擁有、卻更加提醒我已經失去的有心無力。曾經很接近，但不是每個人都可以。

講別人簡單，做自己困難。我能解析別人的想法，卻不能抑制自己的慾望。明知道這樣做不好，卻仍要往此處去想。我曾要別人剪去舊的指甲，但自己卻變得不願意剪指甲——如果可以的話，我甚至希望能把新長出的指甲剪掉——我討厭這樣的我自己，我是矛，也是盾。

我曾經要人不管處於什麼情況都展現出眞實的自己，不要裝模作樣與壓抑，因爲那樣會很惹人生氣——

——可是我呢？我自己又做過幾成？

君子之交淡若水，小人之交甘若醴。淡以親，甘以絕——可是我偏偏想甘而親，難道眞的不可爲嗎？一直以來，我都不想做什麼僞君子，我是多麼地想做一回眞小人，可是爲什麼我卻無法掌握我的內心，我卻無法掌握我的感情？表面積極、內在無情；內心寂寥、外表孤傲，從某方面來講我是個平衡主義者，我相信不管是什麼樣的人與事物，只要存在於這個世界上，那麼有一天所有終歸必須平衡——妳知道我爲什麼無法剪頭髮？因爲我一直留連過去的妳，至今仍無法走向未來——靠著我胸膛熟睡的李佩穎，除了她以外還有誰？筱楓、倪詩羽，或者是連妳也與我開玩笑的沈郁薇？沈郁薇一直都很單純，可是她後來變得務實許多，懂得自己想要什麼、不要什麼——所以當她消極地表明立場並改變與我的態度時，老實說我可以理解，所以我不會記恨。

歐鑑籲在我心中是我最好的朋友，他是我在那裡最眞實、最純粹的朋友。也許妳比我更早知道——我當時並不這麼認爲，也沒有說，可是我後來才慢慢懂了：有的時候，人們之所以寂寞，是因爲他們找不到人可以傾吐；而我那時一直沒有發現，我其實一直有一個好的聽眾。我常常罵他傻子、白癡，其實我也是傻子，我也是一個隱性的傻子——我們一個隱性一個顯性，但是本質上一樣都是傻子——因爲只有傻子才能了解傻子，只有傻子才會看見傻子，我們看似完全不同，其實骨子裡都是傻子。

有時候我眞的很孤單、很寂寞，可是我眞的不知道要找誰，或者說，我不知道我還能找誰、我還願意找誰——儘管寂寞，我卻懶得聯絡，因爲我不想與誰交代我的近況，我不想讓誰知道我現在在做什麼。

離開他們以後，我覺得我也離開了我的人生——雖然我現在一個人隔絕在這，但其實我離開的時候，卻忘了把心給帶走：我的心還留在當時的那。

也許正因爲如此，所以我更加地珍惜我現在僅有的人——我承認，在剛與她住下的時候在我漠然的表情下我曾經對某些事情有過期待與幻想，不過在很短的時間裡我就放棄這樣的狀況；然而當我開始把她當作家人的時候，她又不把我當家人，排除日久生情與一開始就包含此目的的她就像是倒轉一樣，當我已經出去多時她才逐漸進入。當她進入狀況以後，我才發現我根本沒有離開，我一直還在妳的狀況，妳的語音使我進入了時空穿梭。

我感動？我開心？是的，一點也沒錯——我欣慰，我高興，但我更多的是遺憾被喚醒，當我離開之後我才知道我到底受了什麼傷，我又是否曾經給人留下傷痕與傷疤——如果再次選擇我是否還會離開？我是否會有勇氣坦然接受我即將受到的傷害？如果還有機會的話我是否可以把握？至少我可以嘗試減少我和她們之間的遺憾？如果放到現在——難道我不知道我現在正在製造著以後的遺憾？如果沒有如果的話——現在的我是否還會存在？

當初她找我來這的時候是存著什麼心理？以我所想，也許是健康的心，那就是從曹奶奶時留下的溫馨，一直到後來的日久生情——我眞的得承認，很溫馨，眞的差點療癒了我的內心——這不怪她，只怪我自己，是我對不起她、對不起曹奶奶，是我自己。

我承認，我其實一點都不了解李佩穎，就像她不了解我——她是個什麼樣的人？她以前有著什麼樣的故事？我完全一無所知。我唯一知道的是她爲人很熱情，而且心地非常善良。

我想到妳，在她對我的行爲之中。我時常在想如果我們在一起的話，我們的互動會不會就像我和她？我想答案是不會的，因爲我對妳和她，是完全抱持著不同的想法與做法：我和妳相處的時候表面也許有些羞澀，但其實是我一直抑制著我內心的衝動——我想吻妳、想牽妳的手，我想把妳擁入懷中——可是我不能這麼做。

李佩穎則不同，我和她相處的時候表面不在乎，內心更不在乎，甚至當我後來意識到我其實很珍惜她的時候，我的表面還是不在乎。但我沒想到的是她後來之所以會對我產生在乎，居然恰好是因爲我對她一直不在乎——有時候彼此不了解的兩人也能在一起，因爲並不是彼此了解才是不寂寞——這我懂，因爲這句話筱楓以前曾經對我說過，但是我知道我如果這麼做的話對她不公平：我已經有太多的遺憾，我現在不能再製造出以後的遺憾——至少現在的我還可以控制我自己，至少我現在還保有一絲理性。

有個獨生女孩因爲與父母吵架所以蹺家打了幾天的網咖，幾天之後女孩想要回家，然而在過馬路的時候她卻看到自己的父母牽著一個與她年齡相仿的女孩，口中還對那個女孩喊自己的名字，逢人便說她是他們的獨生女兒——女孩站在馬路中央對著地上的積水懷疑起自己的身分，當她的父母與陌生女孩與她擦身而過的瞬間她突然明白：如果負氣蹺家只是種一時興起的浪漫，那麼無縫取代就是個醞釀已久的意外。女孩無名也無家，與他們沒有任何關係，所以不會出現在他們生活。

我是一個流浪的火柴人，我的身上淋滿了油，但卻發不出火。我想像著天在下雨，想像著用雨洗淨我的身體；此時的艷陽高照，天卻沒有下雨。在艷陽高照的夏天裡，我感覺不到絲毫生氣，我站在中午時的太陽底下，卻怎麼也不能起火燃燒。我突然明白我的職責不是燃燒而是流浪：因為我不想燃燒，我一心只想流浪。

我已在此耽擱太久，這裡不要我的逗留。被時間所耽誤的我耽誤了她的時間，也許一開始時想法不止於此，只能到此為止。

我又來到了當初與她邂逅的這座公園，她和她的姊妹們在舉辦義賣活動一如往常，我知道我以後卻再也無法過去幫她。

「要走了？」

「該走了。」

很奇妙的緣分，當初相遇的時候我用冷漠來回應溫馨，現在離開了卻又用溫馨來掩飾冷漠。

把同床異夢的兩人關在一起也許會生孩子，但他們所生的孩子，卻註定不是他們的孩子。我不是妳一直在找的人，這裡也不是我的答案。

妳很好，是我不好。我不應該在自己還沒準備好的情況下闖入別人生活，這樣只會造成誤會，只會把兩人都引入更深的寂寞。

心柔似羊，何狐作狼？

你們對我的好，是一道沉而重的枷鎖，是一種無止盡的折磨，它會把我困起來，讓我無法逃脫。

我想可能有一天我會明白，可能有一天我會釋懷——可能有那麼一天，但我知道不是現在。現在的我甚至無法保證我的時間還會向前。

現在的我，只想找一個地方躲起來。我現在只想找一個沒有人的空間躲在裡面，讓我的心去盡情地流浪、跳躍。

是時候離開了。

離開了。

25

有記憶以來，那是我第一次與家人一起出去玩，曾經出現在記憶裡的家人，全部，那時我還只是孩子。

那裡光照很充足，空氣很清新，顯有著是一幅怡人的背景，儘管我不知道那是哪裡——可能是曠野的深山與大自然，也許是鄰近的市區，或者只是在路邊的某個不具名的戶外停車場而已——反正不是重點，重點是我一打開車門跳下車以後就跟著堂哥開始一路瘋狂地往前、往上面奔，初生之犢不怕遠、不懼高，人小鬼大的我不理會父母與祖父母的呼喚，也不聽伯父、伯母與其他親戚們的叫喊，只是不斷地往前、往上面跑，直到我們把從後面傳來的那些惱人的聲音們全都甩掉。

我對當時的我們是否已位於制高點這件事不是很有印象，我只記得我跑得很快，到最後我甚至超越了堂哥——超越了堂哥以後我不曉得該怎麼做，我不知道我是否該繼續往前或者往上，因爲我只是一股腦兒、拚盡全力地跟著堂哥衝——當我的潛意識想到這一點時我的腳步緩緩歇下，堂哥一派輕鬆地慢跑到我身邊。

我以爲我氣喘吁吁地奔跑是爲了早些抵達終點，堂哥卻氣定神閒地悠悠享受著過程。

「喂——」

堂哥將手掌圍著嘴巴，透過他天然的傳聲筒傳遞他對家人遠遠的呼喊聲。

「喂——」

我則是有樣學樣。

儘管我當下不明白我們爲什麼要做這個動作，難道這樣子眞的就可以讓在我們下面、離我們好遠的家人聽到我們在說什麼？

「喂——」

「喂——」

「我在這裡——」

「我在這裡——」

「你們快上來唷——」

「你們快上來唷——」

「他們聽得到嗎？」看著在下面離我們好遠、已經變得好小的家人們，我問堂哥。

「當然可以囉。」

「可是他們離我們好遠……」

「不要擔心啦！不然你看我喔——」堂哥拉著我的手轉到另一邊，對著遠方大聲喊道：

「你是誰——」

「你是誰——」遠遠地好像有聽到什麼聲音，從那個我和堂哥還沒有過去冒險、還沒有過去一探究竟的地方傳來——好像有什麼人也在那裡，正對著我們大聲叫喊。

「你叫什麼名字——」

「你叫什麼名字——」

「你看吧？」堂哥得意地微笑著。

「他眞的聽得到欸！」不得不相信，這下子我對堂哥是眞的服了。

「你要不要也來試試？」

「我也可以嗎？」

「當然囉，你想不想跟他講講話？」

「想！」我說：「我也要跟他講話。」

我學著堂哥的樣子，透過天然傳聲筒朝著相同的方向大聲呼喊。

「你是誰——」

「我是誰——」

「你叫什麼名字——」

「我叫什麼名字——」

遠方的人好像得了失憶症。我問他是誰，他卻反問我他是誰；我問他叫什麼名字，他居然還反問我他叫什麼名字——他自己都不知道自己是誰、叫什麼名字，我連他的人都沒有見過、我跟他根本不認識——我又怎麼會知道他是誰、他叫什麼名字？

「他好奇怪喔……」

回頭映入眼簾的是我沒看到人。本來還跟我在一起的堂哥突然不見，就在這一瞬間我撲了個空。

我是誰？我叫什麼名字？

我中學的時候很喜歡念書。其實也不是喜歡念書，應該說當我每天晚上回到家裡，就會有一股衝動驅使著我，去打開那些教科書。從生活裡很多的事情看來，我並不是一個人擁有十足的快樂與自信，然而每當我讀書告一段落，把書本闔上時我都會接著閉眼，回想著剛才我所念的那些科目的名稱：國文、英文、數學、理化，地球科學與健康教育，還有生物、歷史、地理、公民——每當我一一點著這些與我人生一點也無關的這些名詞，我就感覺好像這個宇宙中的所有演進與轉變過程，還有這個世界所有的事物與道理全都包含其中，在那短短的默數和想像裡，我的心會變得異常寧靜——那時的我不可說不是愚蠢，完全無厘頭地自得其樂而又單純。

我每天最期待的時刻就是睡前。躺到床上之後卻還沒睡著的我，那時的我的心靈是最絕對的自由——我最喜歡在睡前的時候幻想，幻想那些我平時無法做到但卻想做的事，幻想著我平時不敢招惹而又想親近的人——那時的我既清醒又自由，帶著綺麗的思緒進入迷濛的夢境，虛實之間毫無分際、也毫無壓力。

後來有一段時間我很喜歡去家裡附近的河堤，特別是白天，當學生們應該都在學校裡上課的那些時候：或許隨處觀望信步，或許偶爾回首停駐，我喜歡自己一個人在那邊吹著微風，俯瞰遠方和整個社區的一舉一動。

有好幾個留神的瞬間，我會不經意瞥見固定的那幾個人：有個看起來十分特殊的哥哥、或者是小時候一起長大的夥伴們家裡的長者，他們總會在我快要忘記他們時恰好地出現，使他們的身影再次映入我的眼簾。從他們的身影中我看到了歲月，它讓那些長者變緩、變鈍，直到他們與我四目相接卻隱約不記得我是哪位，我沒有說話的原因是我從他們的身上看到永恆，不管他們的頭髮變得怎麼花白、不管他們的步履變得如何蹣跚，在我眼裡所看到的，卻仍然是小時候把我當成自己小孩般疼的慈祥和親熱；那個看起來十分特殊的哥哥，小時候我每次看到他都覺得他很奇怪，雖然他從來不曾與我說話也不曾攻擊過我，但只要與他在放眼可及的範圍裡同處，就算只是擦身，就算只是走同一條路，我的心總像是被一道可怕而深深的陰影所籠罩著——如今的我已經長得比他還高，而他看起來卻像是一點也沒有長大——看著他的表情與動作，我不再感到害怕，甚至還有些隱隱的睥睨和鄙視：我不知道我在神氣什麼，也不知道我在驕傲什麼，我想也許是我的潛意識告訴我要把握機會，因爲我只有在面對他的時候才能有信心，才能感覺到些許的驕傲與神氣。

河堤上有一個我，時不時，每當我一個人總會見到他。我們彼此互吐心中的委屈和難過，以及許多無從與旁人提及的灰暗想法：有時候我們的對話會只存在於心裡而非言語，我總是不斷呼喚著那個聽起來熟悉喊起來陌生的名字，而他總在河堤那。

這樣的行爲持續了好一陣子，也許單位爲年，後來有一陣子我從河堤上完全消失。後來又過了一陣子，也許那一陣子是好長的一段陣子，我的心又想去河堤找我：我的人卻已經模糊，我再也找不到河堤，也再也找不到河堤的我——可是我的心已在那裡，我的心回到那裡；而我的人卻已然迷途，我知道我在那裡，但我卻忘了該怎麼去找到河堤的路。

那年夏天，從很久以前就一直被我支持、也被我拖累到忘了從什麼時候開始的小牛隊終於在屢戰屢敗的德國人不屈不饒的帶領下有如史詩般傳奇奪冠：我永遠忘不了那一天，因爲就在那天的夜裡我失去了摯愛我、我摯愛的親人，從我有印象時就一直在我身邊照顧我、陪伴著我的奶奶，那天半夜。

夢裡出現的小胖子，半夜裡不睡的他跑到別人房間，剛好趕上了幫他們拍照：相片裡有四個人——黝黑瘦削的陽光男孩、白皙高個的斯文男孩、高調閃亮的酷炫型男，還有一個明明近在眼前卻又看不清楚、平凡無奇到難以名狀的神祕的人。

「親愛的會員您好！謝謝您長期以來對我們的支持，本店將於下個月正式搬遷，新的店址爲XXOO……本店將繼續提供更優質的服務，並期待您的再度光臨……」

看到手機傳來的訊息，我才想起自己原來是「動物園」旁邊那家 DVD 影音出租店的會員：我很久以前曾經在那裡租過兩部鬼片；然而後來被可怕的恐懼所害怕，爲了想保護自己，可惜就再也沒有去過那了——我記得那裡有個可愛的店員，不知道她現在是否還在，是不是她以後也會隨店搬遷？

好可愛的伊人果然已經不見，就如同我經過門口時的匆匆一瞥。不過既然來了我就乾脆挑幾個片，畢竟這裡不在我的行走範圍，趁店搬走以前的僅剩時間我也想好好回味，也許這裡還殘留著她當初借我時所留下的氣味。

片海找尋伊人，雅晴邀請我參加社區裡的聚會。這不是雅晴對我的第一次邀請，孤僻的公寓就是整個社區——雅晴是在地人沒有錯，可是我呢？我感覺到我不在地，我一直都只是一個房客。

不想搭電梯，因爲我曾經在電梯裡碰上熱戀的情侶。自己走樓梯，也能享受狹小空間產生所帶來的甜蜜。

走在傍晚通往頂樓天台的樓梯，本該與陰沉微光一起受到壓縮，怎知走著走著身旁的牆壁悄然消失——我處在一個未知空間裡的戶外——走在通往未知延伸的樓梯，周圍未知的景致逐漸成形，化爲我所熟知的那個社區：微風頂著亂髮、亂髮吹著微風，僅僅轉瞬須臾之際，彷彿我已來到我所嚮往、但卻無以追尋的那道河堤。

遠遠走過來的是跟我同一個英文班的女生余宸莉，還有她男朋友郝立。我們三個人同年也念同一所學校而且同系，不過我們彼此卻從來都沒有跟對方互說一句。並不是我們關係不好，而是我們完全沒有關係，不過即使如此我仍然認得余宸莉還有郝立，因爲他們是俊男美女。

有點尷尬，路就這麼窄而已。好在還有行人，好在還有呼嘯而過的摩托車，我們不用有人扮演明月和影，我們三個不用對飲。

「他好像都自己一個人……」我不小心聽到余宸莉的話，我知道她只想講給郝立一個人聽。

我記得之前在別的地方，她也曾在人群之中朝我的方向小聲喊著「哈囉！」：音量只是剛好讓我不小心聽到的小聲，而不是她想喊給誰聽到的大聲，加上我當時很邋遢，我不想讓她和郝立看到——而且誰知道她是在喊我，我這麼一個不起眼的人從來不曾與他們互動，他們怎麼可能會認識我？所以我當時只能假裝我沒有聽到，

就像現在一樣。

好像有人叫住了我。我一個人如今在哪裡等車？

「買餅乾嗎……哥哥。」

他在我的旁邊。我沒有轉身也沒有抬頭，我的眼角餘光告訴我他一定是一個言行奇怪的街頭兜售——我不想理他，所以像一座石雕，而他也跟著我就這麼定格。

「謝謝哥哥。」

他的臉很面熟、身形有些單薄，頸上還掛著一個義賣的牌子，在我轉身抬頭以後。我遞給他五十元並且拿了一包餅乾，他對我鞠躬然後緩緩離開——望著他的背影我突然想起了他：他就是那個讓小時候的我感到害怕、被我鄙視，那個看起來十分特殊的哥哥。

我認識他已經很久了，一直以來我們都沒有互動。

他不曾攻擊過我，但我卻覺得他很可怕；他不曾與我說話，但他開口的第一句話卻叫了我一聲「哥哥」——如果是我的話，我怎麼可能對一個年紀比我還小的人鞠躬還叫「哥哥」？他的努力樂觀和單純，我的被害妄想和冷漠——我憑什麼瞧不起他？我憑什麼以爲見著他時就能假裝自信？我的驕傲與神氣，它們究竟來自哪裡？

我想起我也曾十八歲，雖然已經好遠。可能每個人都會懷念起自己的十八歲，因爲那時的青春美滿、並衣食無缺。

但我似乎只記得埋怨和耍廢，我突然覺得我自己很閒：如果此時沒有努力完成自己想完成，那麼夢想就只能是一場空和藉口，只能等著幾十年後即將闔眼的時候，在那裡懊悔我曾經有一個夢。

我一直久久不能自己，我其實是爲了什麼？我當時沒能好好把握，我現在是否又能做什麼？

其實我一直以來都很羨慕他們，我說的是那些很會做某些事情的人。

我很羨慕那些精通樂曲的人，他們擁有魔力，藉聲音感染人心；我很羨慕那些繪畫專長的人，他們引導人們想像，經由線條與色彩變化；我很羨慕那些喜好運動的人，持續揮灑著汗水，他們在身體與心靈間不斷取得平衡，使之完美如初、分配得恰如其分；我很羨慕那些擅於雕刻的人，如何將自己心裡的想法加以具象，是他們在塑造形體的過程中所面臨的苦楚與良藥；我很羨慕那些思考清晰的人，掌握脈絡的人能掌握成功，對他們來說沒有任何事物足夠造成困惑；我很羨慕那些專注寫作的人，僅僅透過文字，他們與無數人產生共鳴與交流；我很羨慕那些舞藝超群的人，他們總緊緊揪住人的目光，透過肢體搖擺扭動……

那些人都有一個共同點，那就是他們都可以透過自己的所長、所愛，顯示自己的思想、感情，以及許多細微心理變化——用他們獨特的方式表達、施展、抒發，使人難以忘懷、讓人印象深刻。

我動搖，可是我動不了。我什麼都不會，我此刻的心情卻像風中的泥淖，陷入了無謂的飄搖。

從頭至尾沒提過的人才沉默的多數才更可恨。

烤肉和飲料，愉悅與歡笑，這裡有好多人，有好多我彷彿認識可又不認識的人。照明燈下，每個人的面孔都顯得是如此模糊而又光亮，頂樓的天台上的社區，這裡的人我都曾經在哪裡見過，也許是樓梯間，也許是電梯裡、或者大門前，如果我沒有見過他們的話，他們或許也曾經見過我，只是像我有見等於沒見、不知曾於何處相瞥——總而言之在這個社區裡他們既已習慣如斯，我一個外來者又怎能好意思再去打擾他們、破壞那和諧與歡樂的氣氛？我本不該來的，因爲我不屬於這。迎面而來一陣微風，還有那遠處的車聲，引導本欲靠牆而行無聲離去的我低頭，側視這孤僻的社區以外所傳來的近處的人聲，它到底是從哪來的？

那是一所國小，是我家裡所處的社區舉辦各種活動的地方，外面的天色已黑，可是也一樣光亮，那空曠的操場和草皮上擠滿了人，擺滿了無數的板凳，那裡是中秋節的前夕，藉由抽獎活動使人聚集於此一起同歡的場景啊！

我還記得當時我不是很想參加，但是因爲無聊回了好久沒回的家，結果莫名其妙就被家人帶到這裡，說既然沒事的話那閒閒就來參加。

我在這裡從小玩到大，我總在假日時騎著腳踏車切西瓜，以蛇行的姿態橫越操場，這裡的景物我無法再更熟，我甚至可以在任何一個起點閉著眼睛往前跑，以等速的狀態默數秒數，我都可以知道幾秒左右我會來到路口或者撞到牆，如果沒有別人干擾，我甚至可以盲眼四處跑跳。所以前面的表演是啥？我不知道，因爲我沒興趣也不想觀賞。前面的抽獎目前抽到幾獎？反正怎麼抽都是活動人員的親戚朋友們的內定，誰想理他？我的焦點是我身邊的這群人啊，還有現場的氣氛，在這種不明就裡不知所云的小集會中，是什麼力量使得這一群群各有不同想法的老中青三代在相同時間，在此短暫而又靜止的瞬間，彼此共事共處而後團聚？也許這種情形以後會變，也許隨時都有可能說變就變，但此時此刻，在這個時間點，這是如此的美麗而寧靜而又讓人心曠神怡。

隨著我身旁的小男孩大喊一聲「我中獎了！」，看著他拉著自己奶奶的手又叫又跳，那股歡笑，我突然想起了我以前曾經納悶的一個奇怪的問題解答。

怎麼平常已經看膩的建築與風景，現在突然變得新奇起來？因爲有人。因爲沒有人的建築與風景有一天會被看膩，而有人的建築與風景卻怎麼看都永遠不會膩——如果這個人只是個來去自如的旅客，那麼他的出現與離開就像風景與建築一樣，也許走馬看花，也許永恆化作刹那——如果這個人對你來說是個重要的人，那麼不管與他在一起多久都不會感覺疲憊與匱乏，就算一直在一樣的時間週期一樣的地點做著一樣的事情——即便是隨風飄揚的髮絲，即便是語焉不詳與言不及義的對話，亦能吐露出與眾不同的情調，亦能散發出永誌不忘的芬芳。

其實一個人也不一定不好，重點是能否明白自己眞實的狀況，重點是能否瀟灑？

堅持自己的信念、理解自己的想法，做自己想做的事情、追尋自己的夢想——在名曰人生的這條路上沒有誰能永遠與誰相隨，所以很多的問題都可以釋然，所以很多的情結都可以放下——所以自己一個人又怎麼樣？一個人，不代表你不好，只代表與你適合的人還沒有到，只是彼此的時間點現在還沒有交會——如果爲了遷就什麼而改變，那麼屆時眞正屬於你的你又怎能發現？

雅晴舉著酒杯站在人群的中央，與男女孩們親切地談笑；她的眼神環繞著人群外的牆角，她朝我所位於的這個方向，露出了她那迷人的微笑。

我並沒有感覺到絲毫的異樣和緊張——因爲我有自知之明，因爲我知道，她的眼神與微笑朝的是我的方向，並不是往我身上——我甚至在她走過來時撇開她的目光，也不想刻意迎上。

冬天的水位開始降低，夏天則會明顯增高，雖然並不起眼，可是時間久了以後自然也能有些感受：我記得那是一個冬天的早晨，天上的臉很暗，顯示出沒什麼光彩，整個河堤上下充滿了一片白灰色的迷茫。

回應著臉上的光彩，河堤的我說水似塵緣，乾枯時難免總會有停滯堵塞，可是只要它一旦開始流動，於此之前一切所有的煩惱憂傷都會被吸收、沖淡，所有問題的解答都會出現，就像水到渠成一樣；而我們所能做的只有等待，等待著充滿希望的雨季到來——強求的雨季無法塡滿水的空虛——當我們在河堤靜靜等待時絕不能忘了自己是誰，因爲如果連自己都忘了爲何，又有誰能聽見你的心聲？

微風頂著亂髮、亂髮吹著微風。是我一個人走到久違的河堤？我明明就已經忘了河堤的路，我是怎麼走到的？僅僅轉瞬須臾之際，我在河堤上又遇見了我自己——他是我久違的，那個我所嚮往、但卻無以追尋的那個自己。

可是我們都沒有開口。河堤的我用臉上的表情對我暗示，清楚明白地告訴我說：因爲已經有人可以陪你互吐心聲，因爲已經有人可以和你說話了。

「等你等好久喔！怎麼來了也不跟我說呢？」

我和河堤的我低頭俯視這個社區：雅晴拉著我的手往人群的中央走去，走向她剛剛從哪走來、走向她原本該處的地方。

僅僅幾步路的距離，我回想從我第一次來到這個孤僻的社區到如今：在這個社區裡，我的確也只認識雅晴。

或者說，從我以房客的身分開始入住到現在的這段日子裡，我所認識的人也只剩下雅晴而已。

「你怎麼了？怎麼看起來那麼緊張？」堂哥蹲著——他看起來跟我一樣高——他凝視眼角泛淚的我然後問著。

「你也太誇張了吧！只是一眼而已——才短短不到幾秒鐘，你只要回頭沒有看到我就不行啦？」堂哥的臉上露出不可置信的表情，講話的語氣也略帶有點半開玩笑式的嘲諷，他不懂他只是走到旁邊稍微伸個懶腰，爲什麼我就要又叫又跳？他不了解的是我從一下車以後就什麼都不知道了，我唯一認得的就只剩下他，我之所以敢離開我的世界來到未知是因爲我一直跟著他，因爲我知道不管發生什麼事情我都還有他可以依靠——可是當我回頭撲了個空，在那一瞬間我在這個未知的世界裡的所有一切全都迷失混淆——這叫我怎麼能不緊張？這叫我怎麼能不眼角泛淚地又叫又跳？

「好啦，沒事了啦，我跟你道歉還不行嗎？」堂哥站了起來，無奈地聳聳肩膀：「不然等一下他們看到又要罵我了……尤其是阿嬤，不管你跟誰吵架都無條件支持你，根本就跟你同一國啊！」

「他們會過來嗎？」我一邊揉著眼睛一邊問堂哥。

「當然會啊，我們剛剛不是已經對他們呼喊了嗎？」

「那他們聽得到嗎？」

「你忘記了喔，剛剛不是有給你示範，而且你自己也試過了不是嗎？」

「可是那個人他好奇怪……」

說起來這一切都怪他，如果不是遠方的那個怪人得了失憶症，我也不會一回頭就看不到堂哥。

「不會啦，怎麼會好奇怪？不然你再喊喊看？」堂哥剛剛跑去旁邊伸懶腰，所以不知道那個怪人他剛剛得了失憶症。

「可是他有失憶症……」

「沒關係啦，你再喊喊看嘛。」堂哥拉著我的手再次回頭面對那邊的遠方：「如果那個人眞的有失憶症的話，那我們就把他叫醒——只要我們大聲把心裡的話喊出來，不管隔多久、多遠，對方都一定可以聽到。」

「想吃什麼還是喝什麼都自己拿喔！把這裡當作你家不要客氣，雖然這裡本來就是你家。」一向溫婉淡定的雅晴說完以後忍不住噗哧一笑，這樣的畫面以前不是沒有，只是我每一次看到時都會覺得很舒服，而且還隱約有什麼感覺在我的心中滋長、波動。

雅晴拉著我的手把我帶到天台中央，那裡圍著好多人，擺了好多的飲料與食物，每個人都充滿了愉悅與歡笑。這樣的景象我曾經想像過，只是那時的地點是在我到現在都還沒有使用的露台；而這時它卻顯得那麼眞實，在這棟美麗的學生公寓裡，在這個超塵而獨立的清幽社區樓頂。

「晴晴，妳剛剛怎麼忽然跑掉了？」女孩跑過來問雅晴，看到我和雅晴：「他是妳朋友嗎？咦……怎麼有點面熟……好像在哪裡看過？」

「在電梯門口啊——那時候妳全身大包小包的，我還按住電梯在那裡等妳。」雖然我本來並不想說，其實我對這個女孩一直有印象，我已經在此見過這個女孩有無數次。她當然不會記得曾在哪看過我，因爲我從來沒跟她打過招呼，而且每次遇到她時也總是邋遢不修邊幅。

「喔——我想起來了！難怪，原來你也住在這裡，」出乎意料地，女孩似乎記起了我，我是一個不管在現實還是回憶都毫無存在感的過客；然而並不否認也許這一切只是場面話：「對了，我叫窈窈，一青窈的窈……我該怎麼稱呼你才好呢，請問你的名字？」

「我是……」我張開口卻沒有發出聲。我忘了從什麼時候開始，我每天都吃著白色的虞美人罌粟花。

「窈窈，他是從日本來的鑑䨮。」雅晴遞給我一杯調酒，在旁邊替我回答說。

「原來你就是那個從日本來的鑑䨮！」窈窈突然發出了一聲互動感十足的驚呼。

「……什麼？」

「晴晴一天到晚跟我們提起你耶……」

「提起我？」

「欸……晴晴，他真的很特別，真的跟其他的男生都不一樣耶……」窈窈對雅晴眨了眨眼。

涯追食妻叨，兩個女孩相視而無語，一個靦腆，一個曖昧；而在夢裡出現的小胖子所拍的相片，那個神祕的人的臉龐卻逐漸浮現：他一點也不平凡，而且越來越明顯。

「你看吧？」堂哥得意地微笑著：「只要我們大聲把心裡的話喊出來，不管隔多久、多遠，對方都一定可以聽到——你看我說得沒有錯吧？」

河堤的我沒有說話。他的幻影逐漸消失。

我並沒有去阻止。在他逐漸消失的同時，我的心裡越來越覺得踏實——因爲我知道他已經歸位了，只要我還存在，他就永遠不會消失——我是怎麼走到河堤已不再重要，重要的是我來了：我在忘了路的同時又找了一條嶄新的路，而走在這條路上的人並不是只有我自己一個。

我低頭俯視，看到家人們遠遠走了過來，他們變得越來越大，他們的臉上掛著笑容，朝著指著我和堂哥——我們透過天然的傳聲筒對他們傳遞的遠遠的呼喊聲，他們聽到了。

「你看！他們聽到了！」堂哥開心地向家人們揮手，一邊回頭對我說。

「我也聽到了。」我說。

「你自己喊的你當然聽得到啊，你在說什麼啊？」堂哥隨口回了我一句。

「那可不一定喔，」我對堂哥說：「可以聽到自己喊的心聲，其實也不是一件容易的事呢——尤其是如果那個人有失憶症的話，想把他叫醒還眞不簡單呢。」

堂哥沒有回我，因爲此時他的焦點是與我們逐漸接近的家人；而此時我所專注的，則是另一邊那個我還沒有去過的遠方，那個得了失憶症的怪人，還有他所傳來過的回聲。

你是誰？我是誰？

你叫什麼名字？我叫什麼名字？

我是我自己，我叫歐鑑顪。

只剩下一件事情：如果說有什麼是現在還沒有確定的話我想一定是它，我想知道我心裡最眞實的想法。

「爲什麼我是從日本來的……雅晴，爲什麼妳跟窈窈剛剛都這樣講呢？」

聚會即將結束，「涯追食妻叨」的人群逐漸散去，我和雅晴在頂樓陰暗的牆角默默注視著這裡的變化：模糊而光亮的照明燈在微風的吹拂下顯得格外柔和，夜晚的寧靜提醒我們存在；人與人之間的相處與互動毫無虛假，感覺是如此的眞實與自然。

「因爲你是鑑籲，所以你是從日本來的。」

「我不太懂妳的意思欸……」我問：「爲什麼妳會覺得我是日本人呢？」

「我沒有說你是日本人喔，鑑籲。」雅晴微微一笑。

「可是妳說我從日本……」

「我的意思是……你是劍玉……從日本來的劍玉。」

「呃……原來妳不是說我的名字……」看著雅晴對我比著動作，我想了很久才明白雅晴在說什麼。

我已經幾乎就快忘了「鑑籲」與「劍玉」，所代表的完全不同的意義；此時此刻的我終於了解，原來它們之間的差別竟是如此巨大而又這般明顯。

「妳的臨場反應眞好欸，雅晴，」我：「在短短幾秒鐘不到的時間裡就幫我取了一個新的綽號，妳是怎麼想到的？」

「咦？短短幾秒鐘不到的時間？」雅晴的表情看起來似乎有些感到意外，讓我意外：「我從以前開始就一直這樣叫你啊，你難道都沒有發現嗎？」

「從以前開始？」

「對呀，從我們第一次見面的時候——我還記得你第一天午掃就遲到，你那時候滿頭大汗，氣喘吁吁地跟我說你不小心迷路——每次只要一想起你那個樣子，就覺得你那時候眞的好可愛……」

雅晴笑了。不是微笑，是發自內心的笑。

在很久很久以前，我也曾經看過這樣的笑容，只是那時我還不懂，我不知道那是什麼；可是現在我明白了，這就是單純與天眞，這就是人與人之間的自然與信任——從我升上二年級以來，這段日子，是如此的漫長而又短暫。然而不論是遺忘或者停止，不論是逃避或者消逝，有一種溫暖一直陪在我的身邊：雖然它很婉轉，但它從來不曾離開，甚至當我還是一個什麼都不懂的大一新生的時候，它就已經在我的身邊默默地存在——有一種深刻的感覺在我的心裡甦醒：我清楚地感覺到我是個眞實的存在，我是眞正的活著；而我之所以能與這個世界一直保持連結，其實正是因爲這種溫暖，正是因爲這個笑容。它讓我明白：我其實從來都不是自己一個人，我其實從來都不曾孤單；當我以爲自己寂寞的時候，它不會發出任何一點聲，只是默默地待在我身邊，默默地陪我。

這是雅晴學姊第一次對我有微笑以外的笑。後來仔細回想起來，當我看到雅晴學姊彷彿發自內心的笑容時，感覺是一種說不出的舒服。她笑得很單純、很天眞，使我印象深刻。

「你在想什麼呢？」雅晴問。

「呃……沒有，我……那個……」看著雅晴痴痴望著我的臉，從她的眼裡所散發出的獨特的光芒中，我看到黑框眼鏡裡的我：舉手投足，看起來是如此的無措。

「你眞的很特別呢，劍玉，其實有一件事情我一直都很想跟你說……」雅晴：「你總是那麼單純，可是你的心思卻又是那麼細密……」

「雅晴？」

「我不知道你是不是曾經發生過什麼不開心的事情……可是你如果一直想它的話，這樣的執著所帶給你的只是更多的不愉快……你可以放下你自己所設下的心防嗎？我們都還很年輕，我們有許多人生中不同的階段都還沒有走過，雖然我們不知道它會是悲傷或者難過，煩惱或者憂愁——可是如果我們不能放下的話，又怎麼能好好地去體驗那些未來的喜悅和快樂……」

一如往常，一樣溫婉。雅晴小聲且低頭默默地說著，彷彿是說給我聽，又彷彿像說給她自己；有一股衝動充斥著我的腦海、我的心中和我的血液——我突然上前直接把雅晴擁入我的懷裡——話還沒有說完，在頂樓的天台以下，在燈光與夜色之上。

26

後方突然傳來了陣陣的咳嗽聲，原來我一直都不是只有我自己一個人，在這一路上。

我聽到了除了我以外的聲音，但是我不想理。我不想回頭查看是誰，也不想追究爲何，雖然在幽閉空間裡聽到咳嗽聲很煩，但好在我的感官正慢慢甦醒——我的手指左右不斷地滑動，我感覺到我能觸碰手機；關閉螢幕以後低頭看著自己，我發現我已睜開眼睛。

我想回家，我要回家，現在的我在回家的途中，搭著夜裡的車——我想起了我是誰，我要回家了。

看到臉書大頭貼裡的照片才明白原來黑暗中微光反映的人是自己，曾幾何時我的外表已不再是我印象中的那個樣子：這幾年來的變化實在有點大，讓人於一時裡無法一一道來，那些從虛擬社群裡所營造出的近況，還有道聽塗說、輾轉以訛的即時獨家，我只能靠著自己的理解逐漸想像著。

這些年來的日子，不管是公家與私家的銀行，不管是金山或者銀山已全部倒光，在我的記憶裡曾出現過的那些人，在逐漸離我遠去的同時也不斷地重新排列組合，早不是我記憶中所認識的人的樣子。

畢業代表失業，我們經濟系在畢業前也爆發了分手潮——此風為經濟系團結的象徵所帶起，乃大家共同努力以後所得來的結晶——除了格外有意義以外，更順應著時代的趨勢。

身為兩大班對之二的謝軒與蕭淑茗，還有胡博靖和許怡娟，他們一起在畢業前的最後一次期中考週分手，彼此互相指責劈腿——像同時講好了一樣，兩個禮拜以後他們彼此互相換了對象，不過撐不到幾個月之後又各自勞燕分飛——後來許怡娟和魯芒廷發生一夜情以後象徵性地交往幾天，最後成為了我們這屆的第一個人妻：結婚典禮當天魯芒廷還到場祝福，並露出了大大的笑臉與那對新人合照；謝軒與蕭淑茗分手後各自找到新的對象，他們都在「遭到背叛」以後找到平淡的幸福，並堅持這樣的幸福就是自己想要的。沈郁薇與王子揮手再見了以後本欲回歸民間老實當個空姐，但她卻在有意間發現她如今的新好男人其實也具有高貴的血統，因此在她的鼓勵和鼓吹之下她又重新成為貴族：由此可見她的公主之名實乃先天而非後天——鳳凰就算從枝頭落下也不會維持太久——更無法掩蓋沈郁薇的貴氣與天生麗質。

相較之下禹喆和小雅的下場只能說是奇葩：他們當時並沒有受到外在因素的干擾，而是彼此有共識走到了盡頭，所以以和平理性的方式分開。儘管時至今日已不再有聯絡，但他們仍然是好朋友。

詩羽學姊最近要訂婚了，聽說她的準未婚夫是個兢兢業業、聰明但務實的高材生。他們彼此很有默契，早在訂婚以前就討論著結婚以後什麼時候要去哪裡蜜月旅行、結婚以後什麼時候要生幾個孩子……窈窕淑女，君子好逑。也許這麼說並不適合，但我其實早就知道一個人只要願意打開心門——如果他也像詩羽學姊一樣這麼優秀——那麼他肯定不會寂寞太久。詩羽學姊果然是詩羽學姊，不管做什麼事情——不管是大如所有人平時上課考試，或者是小如兩個人自己結婚訂婚——詩羽學姊的作風總是一絲不苟，而且充滿了各種的事先規劃與預設。

馮亮追求吳繡綺的行動隨著吳繡綺和李承梵的公開戀情而宣告失敗，傷心欲絕的他失意了半個學期好不容易走出心裡的坎，然後又花了半堂課的時間才好不容易追到了從來都沒有交過男朋友的章芯汝——他秉持著自己高調與公開的一貫作風，把他的缺點成功地轉化為致勝優勢——他很慶幸自己當初沒有一氣之下搬家，在畢業以前他每天最期待的時候就是晚上：每天晚上，馮亮三不五時就喜歡隔著電梯與李承梵暗中較勁，看誰的分貝能先集滿鄰居的抗議與檢舉；一直到現在，他還是一樣動不動就在臉書上丟閃光彈，看得出來他與章芯汝的感情一直很好，而且馮亮也在這樣一個過程裡成長，他變得越來越有自信也越來越開心。

與馮亮和章芯汝一樣，李承梵和吳繡綺的感情在穩定中也越來越甜蜜，如此發展下去我們經濟系的第一對新人究竟是誰就成了一個熱門的話題，而李承梵曾經參與的一些事情，也很自然地就成了許多不能說的祕密的其中之一，他的名字從此之後更從說不清的往事與過去之中除名。

我辦了一個同學會，不過除了我自己以外沒有任何人參與。

我上一次見到龍兒是透過網路新聞，龍兒考上了公務員——毫無意外地以第一名的高姿態錄取，還一舉打破了歷年以來的最佳成績——影片中的龍兒笑得很燦爛，有如陽光照耀大地一般，當他說自己目前單身時，影片中的女記者情不自禁地發出一聲驚呼，直說怎麼可能會有女孩子肯錯過像他這種近乎完美、而且又積極進取的帥哥？龍兒笑而不答——這則新聞影音使他博得了不少版面，如果不是半個小時以後媒體採訪到另一個應屆考上的美女考生，只怕還不免俗地要被人起底肉搜，什麼當他還是小嬰兒的時候睡覺流口水啦、幼稚園的時候沒抓頭髮就出門……總之諸如此類的一大堆黑歷史，到時候可就全都得見光死——那個美女考生犧牲自己獨自抵擋著眾人的炮火，有如英雄般以一己之力救了龍兒。

只能說一種人一種命，當年親身感受龍兒的人格魅力且與龍兒一起叱吒風雲的幾個好戰友與生死兄弟們可就沒有龍兒那麼好的機運：魯芢廷淪落成爲暖男，像拾荒者一樣到處拯救城市裡因傷心而倒下的女性屍體——每天夜裡，他總是犧牲著自己的睡眠時間漂泊不定。蕭裕弘和沈運伍雖然也找到工作，但可惜卻囿於才情而無法創造出比肩龍兒的人氣：非單身的蕭裕弘尤其淒慘，比起羨慕龍兒可以在情場上爲所欲爲自由自在，他更懊悔自己沒有勇氣解開束縛，一邊嫌棄又一邊緊緊抓住的樣子實在不夠上相；沈運伍花了好大的努力想融入圈子，結果沒有分到好處就算了，居然連他們在選犧牲品與代罪羔羊的時候都還沒想到他——存在感低到惱羞的他一氣之下毅然辭職去了對岸，結果意外地在當地的沈晁桂公司大放異彩，得到沈晁桂極大的信任和賞識——有鑑於每個往來的客戶都把他誤認爲公司的小老闆，沈運伍陷入了人生眾多的難題之一，他不得不考慮到底是該入贅娶沈晁桂的女兒還是直接認親爹、乾爹？不過反正大家都同姓其實也不是什麼大問題——每次只要這麼一想，沈運伍就會覺得沒有什麼事情是不能過去。

我辦了一個同學會，不過除了我自己以外沒有任何人參與。在往回走的路上我突然靈機一動想臨時來個自己的寂寞旅行，所以我關掉了行動網路與 Google 地圖，在短短不到兩天的時間裡毫無目的地隨處走著。我發現雖然這裡是我的國家，但如果把網路與那些虛擬的資訊去掉僅用直接的感官，我突然不認識這個地方，雖然他們使用著與我一樣的語言文字，但他們看起來卻像陌生人——這裡雖然不是我出生長大的故鄉可是我腳下所踩的土地卻一樣，但我覺得我卻好像身在國外，或者說我是一個旅遊觀光，我是一個外來。

大約中午時分的時候，日正當中，滿身大汗的我極度口渴，但卻不怎麼飢餓，恰好不遠的前方有一家小店，所以我就進去點了一杯紅茶來喝。

小店裡的擺設很簡單，除了我以外沒有其他客人，不過冷氣很涼是眞的。

小店裡有兩個辣妹——就是那種看到會忍不住想噴鼻血的辣妹——她們的講話內容與尺度就像她們的穿著，我在旁一邊喝著紅茶一邊聽她們講話聽得我臉紅心跳：我一個已經結婚有自己家庭的人，聽到她們的講話只敢乖乖坐著喝著，不敢上前攀談或者答腔。

爲了轉移注意力爲了避免尷尬，我抬頭看著店裡的小電視。小電視正在播報著今日的午間新聞，我盯著下方不斷重複的跑馬燈，因爲那裡最接近女主播的胸口。

跑馬燈提示警方近日破獲一個以廖姓男子爲首的應召集團——這時兩個辣妹主動走了過來坐在我旁邊，問我怎麼會來這裡？問我從哪裡來？我們三個人就這樣天南地北隨便地聊開——如果只看外表的話，她們看起來確實很騷；可是我事後回想在那段短暫的相處時，她們給我的感覺卻很率眞，沒有多餘的做作且嗆辣裡透著自然，彷彿還未受過汙染——尤其是那個聲音很嗲、且身材較高瘦的辣妹，我眞心覺得她似乎從來都沒有下過山，似乎從來都沒有離開過日月潭——她有一股毫無來由、使人摸不著頭緒的單純：如果眼前的一切不是我的幻想或者人爲營造的假象，那麼她的內心與其他人比起來實在是太乾淨了。

這時我才發現店裡的牆上貼滿了好多拍立得照片，都是客人們在這裡留下的——兩個辣妹實在太過光鮮，我已經來了店裡有這麼久，居然好不容易才轉開視線——不過想想也對，在此般幽僻的小店裡有著兩個熱情而又沒有心機的辣妹，不管是誰總會感覺自己遇到狐類，趕緊合拍一張瞧看照片裡究竟幾個人也是官方認可標準的自救流程：也許是我想太多或者她們法力太高，總之看起來就像是一般的照片，沒有什麼異狀。

除了有一張照片很奇怪：在小店裡與兩個辣妹合照的男男女女，其中有一個長相十分清秀的女生，而且有一隻牽著她手的手的主人看起來好像朱偉。

照片的下方有落款：某國立名校的研究所學生會。雖然我不清楚具體原因，可是我知道朱偉的墮落——我已經很久沒有見過朱偉，可是我不認爲他有理由，他怎麼可能會來到這——朱偉是誰？朱偉哪位？請想想他的睿智與豐功偉業。

他在那裡一口氣待到了研究所畢業，並找回屬於他的人生。有一群志同道合的好朋友一起暢談理想，除此還附帶拐了兩個女生？

兩個辣妹並沒有逐一做出說明，因爲照片實在很多。不過我想對每個來過這家小店的客人而言，這兩個率眞自然的辣妹絕對會給他們留下美好印象，並且偶爾還會在他們的回憶裡一再出現。

在我離開店裡之前她們遞給了我一張名片，上面寫著簡單的幾個字：筱梓和筱儒——黃家姊妹的泡沫紅茶。我回去之後加入她們的粉絲專頁，按讚的人雖然不多，可是其實也不算少數。

我又想起她了，此時剛好聽到她唱著當年的那首經典的歌。

外表與實力兼具，全方位發展且紅透半邊天——她是我曾經最喜歡的偶像之一，然而如今她卻因爲逐漸被人們所淡忘而步入家庭。

閉目隨著聲音而馳騁，想著當年自己的單純與天眞，想著當初把她當成夢中情人——再怎麼遙想也敵不過流逝的青春，也許不是每個人都會結婚，但每個人都無可避免會經歷長大與變老的過程——我想只有像我這種自擾的庸人才會感嘆，感嘆著馬齒徒長，感嘆著一事無成，但是卻忽略了時間無法抹去歷久而彌堅：有太多今非昔比的人事物，有太多值得永恆珍藏的紀念，曾經眞實發生且不斷活躍著的回憶，它的存在本身就是經典。

上述的想法也許有些消極，然而鮑光翟卻用自己的人生經歷告訴我什麼才是光明——如今的鮑光翟已是樂壇首屈一指的情歌王子，斯文的外表與溫柔的個性以及虔誠的信仰，再加上他自己坦承從來沒有談過戀愛、不知道戀愛的感覺爲何，使鮑光翟由內而外都散發出一種神奇的費洛蒙：從他的首次發片開始，鮑光翟的身邊便一直聚集著許多努力打拼但卻沒沒無聞的大小美女，她們都想被拍到與他獨處的場面藉此一展心中的理想和抱負——對某些人來講也許這正是他們夢寐以求的遭遇，但是對專情於藝術的鮑光翟來說，誰知道這是否會給他帶來許多其餘的困擾，或者會讓他憶起什麼意想不到的傷憂？

他喜歡自彈自唱，如果以形象來講的話，他的存在就像早晨和煦的陽光，隨和且帶給人溫暖與希望；然而有時隱約吐露出的滄桑感卻也和晚霞一樣，美好但即將消逝。總之充滿文藝氣息的鮑光翟，在許多人的眼中就是個完美情人——溫柔多情、才華洋溢。他的一切看起來是那麼的浪漫與美好，讓人對他充滿想像。

當年的女偶像也許只能活躍，然而鮑光翟的完美卻倏忽即見，一點也不再遙遠。

「怎麼可以沒有徵求過我的同意就自己改名成見外呢？」

時間局部暫停，雅晴的臉上沒有任何歲月走過所留下來的痕跡。就算脂粉未施，但雅晴身上卻散發出一種久違的吸引、一種使人神醉的魔力：「爲什麼來了也不跟我說一聲，就這樣默默地走了？」

「不是啦，晴晴……妳誤會我了，我沒有跟妳講其實是有原因的……」

「有什麼原因？我先跟你講我不聽喔——我不聽！不原諒你！」

「……」

很難想像的表情與任性，可是甘之如飴。

「好啦！不鬧你了……我知道你不跟我說一定是有你自己的原因，所以沒有關係。」

「晴晴妳誤會我了，我不是那個意思……」雅晴還是如往常一樣貼心。但我眞的不是那個意思……

「你才誤會我呢！我可沒誤會你，」雅晴：「我知道你一定有你自己的原因，所以眞的沒有關係。」

「……我不知道該怎麼說，可是晴晴，眞的謝謝妳。」

「謝什麼啦……你難道眞的改名叫見外了嗎……哈哈！」雅晴大聲笑著：「而且你幹嘛怕我誤會呀……眞的要誤會也是璇誤會好嗎……她連我都不放心了，怎麼肯放你自己一個人出遠門——你都不知道自從上次我們見面之後她當天晚上就狂 line 我，一直追問我們以前有沒有做過什麼——她眞的很愛你耶，劍玉，你千萬不可以跟別人亂來喔！如果你跟別人亂來讓我知道我可不會放過你喔！」

「呃……那妳跟她說我們以前做過什麼？」

「你想要我說什麼？還是你覺得我們曾經做過什麼事情不可以跟她說？」

「……」

「好久不見了，跟你開個小玩笑還不可以喔——你幹嘛那麼緊張——都當爸爸的人了怎麼還那麼可愛，」好久不見了，雅晴的招牌微笑。「你眞的一點都沒有變耶劍玉，好想趁璇不在偷捏一下你的臉喔！」

「半夜不睡覺這麼 high，別人不知道的還以爲妳在偷誰呢。」

「拜託——你可是我從小到大的玩伴劍玉耶！你本來就是我的——我爲什麼要偷？」

「晴晴，妳今天有點曖昧……」

「因爲很想你嘛……你好不容易離我這麼近又不來找人家。」

「呃……這個……」

「眞拿你沒辦法……」雅晴輕輕嘆了一口氣：「看在你是劍玉的分上……這次就暫時先原諒你……可是下不爲例喔——你如果下次來又不找我的話，我就直接抱一個小孩到你家跟璇說小孩是我跟你生的——要不要跟我打賭她信你還是信我？」

「妳休想，」我說：「我才不會上當。」

「晚安，劍玉，我很想你。」

「我也很想妳，」在視訊通話結束的前一刻我說：「晚安，晴晴。」

我知道不是每個人都能當好朋友，尤其是那種眞正的好朋友，或者是超越性別的紅顏知己——我曾經以爲我和他一樣，但後來我發現我們一樣錯過而且不曾擁有——從我畢業到我步入社會之前，我和很多家裡沒錢沒勢所以變不出把戲的人一樣不免俗地先去當兵：關於當兵這件事情，我只能說從軍使我的淚腺變得比以前更加發達，但同時也讓我變得更加勇敢，更懂得珍惜我本來所擁有所僅存的一切；因爲珍惜，所以必須強迫自己勇敢，勇敢才能自保與自立，才能有立場與機會去珍惜。

我跟雅晴從來都沒有在一起：那天晚上在「涯追食妻叨」，雅晴輕輕把我推開並給了我一個無比溫柔的微笑，她微笑著說只怕我誤會了，她說我低估了她對我的感覺。當時的我耳裡聽得明白，但心裡卻無比雜亂——雅晴拒絕了我，但她卻說我低估了她對我的感覺——後來過了很多年一直到現在，不知道從什麼時候開始我才漸漸明白，原來那天晚上，我眞的低估了雅晴對我的感覺，同時也低估了我對雅晴的情感。

雅晴找到我遺落的鑰匙，把我從房間裡拯救出來：她陪我走入人群，陪我面對差點畢不了業的危機，從學生時期到步入社會，我和雅晴一路相互扶持，一起經過了種種的事——雖然她沒有說，但我知道其實她總是一直在偷偷地照顧我。

我已經忘了我跟雅晴到底是誰先結婚，只記得雅晴結婚當天我藉著酒瘋差點把新郎打成豬頭，而我結婚那天雅晴則從頭哭到尾幾乎崩潰——在隔天我們請雅晴與我們聚餐以前，璇氣到整個晚上都沒和我說話；我永遠都記得璇好不容易開口罵我「誇張！」時的那個表情，還有她那個語氣——這些年來，我和雅晴一直保持良好的關係，我們都有穩定的工作與美滿的家庭，從我自己的理解看來，正是因爲我跟雅晴從來都沒有在一起，所以我們也不會有所謂的分開。

我記得商阿姨和窈窈都曾經對我講過同樣一句話——並不是每個人的眼光與向性都與誰相同，特別的意義在於彼此主觀的感受認知，而非以誰的親身經歷爲標準，與其說誰特別，不如說誰對誰特別，不如說誰和誰有緣分——我很珍惜我與雅晴的緣分，雖然我曾經誤會，雖然我不知道它怎麼發生、如何發生，但不管如何它已經發生。

我樂於擁有這樣的緣分。我曾經在心裡默默地發過誓：我不會讓這種特別的緣分，從我的生命裡再次消失。

這些年來，我的生活越來越步入正軌——穩定、美滿、通達，工作、家庭、人際——美好的人事物和我，在很多年以前我連想都沒有想過。然而每當我自己一個人靜下來時，我總覺得我的心裡有一陣空虛，有一種莫名的哀傷難以言喻：我似乎隱隱抱持著某些不被期待的幻想，我似乎一直保留著某些不應殘留的錯覺——流年、留念、留戀，我不知道我爲什麼會對它如此難忘，對那些在我心中早已逝去的虛無飄渺。

我知道人無法遺忘過去。然而假如終日囿於往日情懷無法自己，必定將使現今困於泥濘。我希望做一件事來了結這樣的感覺，我希望做一件事來紀念且表達我對過去的神往和想念。

所以我辦了同學會。

我辦了一個同學會，不過除了我自己以外沒有任何人參與。

璇眞的是一個好女人，雖然她平時把我盯得死緊——其實以我的條件來講此舉實在多慮——但是當我告訴她此行是我一意孤行的任性時，我沒有想到她居然會如此爽快地就直接放行。

我跟璇的故事其實很平凡：某日我獨自一個人到澳大利亞，在下飛機前空姐給了我一張美麗而芳香的身家調查表單可是我的英文很爛——我回頭環顧四周時剛好與璇對到眼——爲了感謝她幫我塡完表單，我與她在轉機時一起去喝咖啡。喝著聊著我們才發現我們都是因爲本國的天氣太熱所以一時興起，所以獨自來到南半球尋找豔遇：他鄉遇故知，事後回想在雪梨的那段日子，眞的沒有什麼事情可以比那更使人雀躍。

回到本國以後，有一天她打電話給我跟我說她懷了男朋友的小孩，我很驚訝地回答她：「怎麼會這麼剛好？我的女朋友現在也在逼我負責」——我們就這樣很剛好地選在同一天結婚，而且還很剛好地在同一個地方舉辦婚宴；更剛好的是當我們碰面跟彼此打招呼時，卻怎麼也沒看到對方的另一半在哪——我跟璇的羅曼史就是這麼平凡，這種類似的事情每天都在發生，實在是沒什麼好說嘴，也沒什麼好大驚小怪。

我辦了同學會，好幾天，這是我自己的同學會。

這是我自己一個人的同學會，我自己臨時舉辦，我沒有通知也沒有邀請任何人，所以這個同學會，除了我自己以外也沒有任何人參與。我不需要誰的參與，因爲我知道就算我通知與邀請也不會有誰參與——所以對我來說就是我自己，對我來說他們沒有參與，其實他們就已經參與。

有很多的事情在還沒開始做的時候都感覺很難，有很多的感覺在沒心情體會的時候都不能明白——人爲的建築小修，自然的風景依然——對我來說曾在我夢裡活躍的人，此時都在現實裡再度存在。

使人魂牽夢縈的建築與風景，此時變得拘謹。

等眞的做的時候才知道最不難的事情就是很難，等眞的體會以後卻發現明白人的心情最不明白——如夢裡一樣熟悉的場景、在夢裡不願離開的地點——參與其中的人全換了臉。

沒有人的建築與風景可以造出人的幻影，但看建築與風景的人卻分不清人和幻影。有人的建築與風景怎麼看都永遠不會膩，但幻影中的建築與風景卻總是揮之不去——如果建築與風景造出的只是來去自如的幻影，那麼剎那是否能夠化作永恆？如果造出幻影的是人而不是建築與風景，那麼人究竟是人還是幻影？

如果幻影對人如此重要，不管與幻影在一起多久都不會感覺疲憊與匱乏，就算存在於不同時空也能做著一樣的事——那麼我和你其實都是幻影，對我們彼此。

此時此刻的我心裡，此情此景。

我多麼希望往事能夠瀟灑隨風？但風卻無法帶走那傷我最深卻無法釋懷，因爲那一直是我最眞的愛。一路走來我慶幸有誰愛我，但那可是我多想停留、多想深究的以前的那個年代？

釋懷不代表忘卻——我大可心海不起漣漪、毫無波瀾地轉身離去。

駐足良久觀望，花草樹木；耳聽蟲鳴鳥叫。彷彿回到從前，想起曾經憶起，所擁有過、所經歷過的一切：一舉一動，一顰一笑——可是懷想並不表示眷戀。

我只是希望自己別忘了最初以前的自己，此時的我只想自己多參與故事。

回程時，我不斷回想著一件事——有很多的事情你如果沒有回想的話，你根本就不會知道你到底曾經失去過什麼——我沒有說的是但是回想以後卻又會無限感傷，然後沉浸在以前的情緒。

我想誰都一樣。

我想當年的你和我和他，還有你們與我們與他們，不管是誰都很幼稚——想法不夠成熟、處事不夠通融——有太多的早知如此，有太多的如果。

這幾年過了是否有些改變？是的，不只有些。

人們的通訊改變了——無名與 MSN 早是遠古的傳說，臉書與 LINE 也即將步入歷史——如今走在尖端的人已開始用心電感應溝通，根據社會的發展趨勢顯示：在不久的未來唇舌將成爲唯一的聯絡工具，人們將經由唾液的交往把彼此的慾望相互傳遞，因爲這是抵達彼此內心最直接也最有效的方式。

這是個資訊爆炸的時代，任何的事情經過任何渲染以後都可以以光速以假亂眞地取代。這對有理想與抱負的人來說再好也不過：因爲他們可以在任何的時間地點透過最省時省力省心的方式實現夢想——只是由於資訊的更新與變化太快，所以大部分的英雄往往都才剛崛起就匆匆走下神壇，畢竟沒有人只想在台下拍手，每個人都想上台接受膜拜與喝采，所謂人人有機會，這是個大鳴大放的最佳舞台，也是個民主與自由的極致展現的時代。

時代改變的速度之快遠遠超乎我的想像，使我感覺就像什麼都沒有改變一樣。對我來說唯一的不同就是隨著科技的發達，人們的感情似乎逐漸變得淡薄。

我會這麼說是因為儘管如此當年的事情還是對我造成影響，使我一再地回憶，也一再地等著回應。

我的心裡還存著一種想像，我至今仍無法釋懷，對於一個人的突然出現與消失。

我不會忘了雅晴曾經陪我走過河堤的路。但是當初，是誰把我帶離河堤並使我忘了河堤的路？是誰把我帶出虛無使我重生，但又突然消失使我在現實裡迷路、使我再次陷入虛無？

第一次離家時，人們總是夾雜著不同比例的徬徨與興奮交織。當我第一次離開家裡以後，我體驗到了前所未有的自在與快樂，儘管非常短暫，但確實多彩多姿。我明白它在我心目中有著什麼樣的地位——那是獨一無二——每當想起過往的這段日子，我總是告訴自己回憶裡沒有任何人事物可以複製，有很多的感覺只能留在當時，因時過境遷以後，沒有人可以回到自己的第一次。

在我的記憶中，我曾經很幸運地遇過一個不稱職的領航者，他帶我去了很多我以前聞所未聞且見所未見的地方。我還記得在某天夜裡的大考前夕他把趴睡桌前的我踹醒，然後帶我到外邊當著我的面把我之前辛苦抄來的筆記燒掉，還逼我與他一起大口吸二氧化碳：他告訴我讀書之所以會辛苦是因為我總是用不喜歡的方式讀書，而我們天生喜歡呼吸，我們隨時隨地總是呼吸，如果我們能以呼吸的方式來讀書，如果我們能把讀書當成是一種呼吸——那麼這豈不是最直接簡單也最有效的去蕪存菁？我們以呼吸來維持生命，也用生命來守護呼吸——這一切豈不是再自然也不過且完全無壓力？

那個不稱職的領航者那次害我考了零分，但卻從此拓展了我心中的視野：有很多的想法很多的感覺，還有很多的幻想很多的錯覺。他讓我領略了很多很多的事，還有很多很多無法體會。

後來我們遭遇了一些事，我才知道那個不稱職的領航者根本只是自稱。因為他其實並沒有經過任何有頭有臉的正式的領航協會的認證通過，且他毫無預警地就消失。

雖然我不是主角，但我卻感同身受；我後來成了自己的主角，對此卻深受影響。

充滿許多神祕傳聞的流星只出現在那短短一瞬，沒有人能掌握行蹤。光明絢麗的煙火美不勝收卻無法定格，只能停留在看過的人的空中心中。

窗外是滿天的星斗，不過卻沒有流星肯透露他的行蹤，也沒有看到足以證明他的存在的煙火。

在那些過時的聯絡方式絕跡以後，他徹底地消失在我的現實生活。儘管如此，每當我經歷了一個階段，每當我從繁華喧囂的夜深人靜時醒來，我總會時不時地回首：我不斷檢視且查看過往的夢，我不斷猜想他那時在想什麼，也不斷臆測他當時如果怎麼做了，現在的情景又會如何？

以理性的角度來感覺——他和當年的你我一樣，有很多自己看不到的盲點，有很多自己無意識時所產生的無形無色無味、無期也無盡的桎梏：就像在接下來的每一分每一秒，我一定都可以找出許多此時此刻的遺憾與美好。

從感性的角色去觀察——這麼多年以來我隨時更新我的近況，而他卻總在我置頂文的上方：那些夜裡的夢中所產生的現實的記憶，那些他在虛幻中所留下的蛛絲馬跡，一直都與他當年在我心中所構築的回憶一樣的鮮明。

我最殘缺的部分並沒有因此變得完整，我必須承認我最想念的故事並沒有推出續集。

這不是電影，也不是寫小說，總不可能什麼都圓滿盡如人意，就算後悔走了回頭路，也還是無法回到原來的位置——就像我們拿筆畫兩條線，就算畫兩條線時的起始與終點不變，但那條迂迴而彎曲的線，卻永遠不是那條直線——走過的路也許能重新翻修，但是卻沒有閒餘的時間可以重走，只能持續不斷地往前進：當然，可以順著自己的內心隨時改變姿勢與步伐，也可以隨時停滯；不過停滯其實也是一種前進的方式，因爲路上的人們一路走來一路如是，因爲時間不會爲了任何人而停滯。

「即將抵達終點站，謝謝您的搭乘，祝您旅途愉快。」

我看了看時間，原來這一旅途的半夢半醒，只不過三、四個小時的車程。我肯定是一上車就睡了，睡不到兩分鐘又醒然後又睡，然後如此反覆循環——如果不是如此的話我不知爲何我會感覺這麼累：這一路我好像過了很多年，我好像老了好多歲。

到站了以後就得下車，不管怎麼樣還是要面對現實，不管怎麼樣都必須回歸——台北的深夜依然沒有變，依然像當年在等著我的十八歲。

「翁倩玉！」

正當我在與十八歲的我交談——用台北的深夜的鏡子的一個人的角度時——我突然聽到有人從我背後喊著十八歲時的我。

我很驚訝，也很驚恐。我一直以爲只有我才有這種天賦，我一直以爲只有我才能看見十八歲時的我。

無法回頭的我默默地轉身，沒有發出一點聲。

當我轉過身以後我簡直無法相信什麼映入我的眼簾，那是什麼？

我想我可能還沒清醒，我想我應該還在夢境。

那是什麼人？那是我在現實生活裡怎麼找都找不到，只能在夢裡的記憶裡找尋他曾經存在的證明。

尹麥可帶著金銀珠寶的「銀」早已消失。

我以為他是尹炬詳，原來他是阿炬。

阿炬！

27

上大學以後的第一個寒假，我記得有天晚上阿炬臨時找我一起去釣蝦——如果那次不算的話，今夜是我們兩個台北人第一次在台北遇到。

豈止是台北而已，這些年來我在其他地方一樣也沒見到過阿炬。

我早就試遍了各種聯絡方式：然而結果卻一路走來始終如一，不管現實還是虛擬。

聽起來彷彿有點扯，然而更扯的是他現在又突然出現，在我一點也沒有心理準備時——毫無預警地，就像他當初消失。

「最近過得好嗎，翁倩玉？」

多麼熟悉的名字啊！聽到這個名字，我馬上就知道他一定是我記憶裡的那個人，因爲只有在我的那段回憶裡的人才會這麼叫我——他讓我頓時回憶起過往的那些曾經，現在在我眼前的這個人如假包換的就是阿炬——雖然我們已經有很久很久沒見，可是這些年來，阿炬他眞的一點也沒變……

等等！誰說沒變的？

「阿炬！你……你剪頭髮了？」

「是啊，」阿炬舉起右手往上摸了摸：「老實說我都不記得上次到底是什麼時候剪的……我這個髮型應該也持續好一段時間了吧……按這個長度，可能至少有一個月囉。」

「不是啦！阿炬，我不是在說這個……」看來阿炬是真的忘了。他似乎已經忘了那個一直在我的回憶裡，那個長髮飄逸……

「翁倩玉，我知道你的意思。」阿炬：「你應該知道我每次洗澡都洗很久對吧？」

「什麼……洗澡？喔！我知道啊，我還記得你每次洗澡都至少一個小時起跳的。」這種事情怎麼可能忘？每個學校的老舊宿舍裡多少都有些神祕的傳聞與禁忌，我到現在都還記得在 5128 裡就有一件絕對不能做的事情——那就是比阿炬晚洗——只是我不曉得阿炬為什麼要突然跟我提起這件往事？

「我洗比較久是因為我有潔癖。除此之外還有因為我會在洗澡的時候做很多事情。」

「呃，」以上言論在學生時代一直是同儕間彼此開玩笑時不變且好用的題材，只是從來都沒有人自己講；而且現在我和阿炬從理論上來講應該早就都已經過了學生時代……

「翁倩玉，你洗澡的時候有沒有仔細觀察過浴室的磁磚？」

「什麼？磁磚？」頭髮與洗澡跟磁磚有什麼關係？你爲什麼……阿炬？

「一定沒有對吧？因爲你只顧著洗自己，都沒有關心過你周遭的環境。」阿炬說。

「……」

「有一次我在洗澡的時候，蹲在地上，我閒來沒事就低頭看著四周牆壁與地板的那些磁磚。每一塊磁磚都是統一的規格與樣式，它們全都一概複製。」阿炬：「可是奇怪的是我看著其中的一塊磁磚，我覺得它的樣子好像是一頭自以爲狡詐可是其實卻毫無心機的蠢狼；我看著蠢狼隔壁一樣的磁磚，我覺得它就像是一個慈祥微笑著的老者。我後來一次看著兩塊磁磚試圖比較兩者的差別，但我卻看到了兩片廣大的草原連成一片；我閉眼睁開以後再看，卻發現哪來的草原？整面牆上都是各種想衝出來的妖魔鬼怪，地上則是一片的汪洋驚滔駭浪——我頓時感覺到錯亂，彷彿有各種的有形無形，不斷衝擊著我的感官——我當時可能有出了點神，等我寧心時我只看得到磁磚，它們安安穩穩地在牆壁與地板。我仔細觀察是否還有破碎的汪洋與合體的魑魅魍魎，我卻發現蠢狼變成野狼機車，老者變成嫵媚女人；草原分開後是一片片的秋葉，可是當我再次把秋葉湊起來時它們卻又變成了天上那使人飄飄欲仙的雲彩……」

「你那天晚上洗了多久？你後來是被誰發現然後送醫急救？」我說。

「我不是晚上洗的，我那天熬到了白天……我記得得很清楚，因為不想出門買早餐所以乾脆洗洗睡。」

「……」

「原本那天我剛開始洗時還有些精神不振想睡……可是到後來我突然覺得有醍醐灌頂般地豁然開朗，精神也為之一振。然後洗完澡出去躺在床上連頭髮都還沒吹我就立刻睡著——儘管我開著冷氣，好在那是在一個炎炎的夏日。」阿炬：「我想講的是，為什麼明明是一樣的磁磚我卻看成是各種不同的形體？為什麼它們既然已經被我視為既定的形象，可是當我轉瞬再看的時候它們卻又變了樣子？其實並不是因為那些磁磚彼此之間有何不同，而是『看』這個行為本來就包含了各種不同的想法與心情與不同的角度，本來就無法一概複製。我同時看著不同的具象，其實我同時看著的是我不同的心情與想法，我同時在看自己以不同的角度切入——既然如此，我的長髮代表的又豈止是我對過往的回憶，我的短髮反映的又豈止是我對未來的期許？我想留長髮就留長髮、我想剪短髮就剪短髮，髮型也許偶爾會正好顯露的我心情，但對我來說我所賦予頭髮的意義卻可以隨意更改，我的心情更可以自由切換——我不爲誰，也不再羈絆。我承認在某段時間裡的某個時間點，那個長髮所賦予我的意義確實是永恆且獨一無二——翁倩玉，你想跟我說的是否就是這個？」

「阿炬……你變了。」我說。

「有嗎？我不是一直都是這樣？」

「是沒有錯……但……我還是隱約覺得你變了，雖然我不知道到底是哪裡變了。」

「其實我的個性一直都是這個樣子，我從來都沒有改變過……如果你一定要說我有什麼改變的話，我想也許只是我現在能坦然接受一些本來就存在但我以前卻無法接受的事，以及我在某些細節上可能做了會與以往不同的選擇……可是，我一直就是我啊，難道不是？」

「這些年來你到底跑到哪裡去了？爲什麼不管我怎麼聯絡都找不到你？」

「因爲我不想聯絡。你先別疑問……其實我不想聯絡的人可多了，有時甚至連尹炬詳那小子都找不到我。」阿炬微微嘆了口氣：「這些年啊……我跑到哪裡去了？我去環遊世界了。」

「不是吧！環遊世界？你難道真的放棄學業了？你有去當兵嗎？你的……朋友跟你的家人呢？」

「你所說的都不是重點啊，翁倩玉，」阿炬：「重點是我去環遊世界了。我在地球上繞了一圈，回到我最初的起點以後我就回來了。」

「你的生活費呢？你哪來的錢？」

「你可別小看我啊翁倩玉，你難道不知道我是誰嗎？」阿炬：「我有沒有跟你講過我會拉小提琴？流浪小提琴手的走跳生活，怎麼，你難道不知道什麼是氣質與浪漫嗎？在中東，穆斯林聽了都想把女兒嫁給我；在澳洲，袋鼠們蹦蹦跳跳地跟著我隨著旋律擺動——只要有一技之長就可橫行天下——當然，前提是必須出神入化而非以假亂真，否則被看破手腳的話他們可是會不遠千里把你從阿根廷流放到西伯利亞——到時候就算你找安德魯．洛伊．韋伯出來幫你哭也是不會有用。」

「……你到底在講什麼啊……還是我還沒夢醒……」我有點想捏我自己的臉頰探探虛實，但是我忍住了——我擔心我會不小心顯現出我的超能力，我擔心這麼做以後我真的會瞬間一個人回到車上去。

「後來我在丹麥遇到一個號稱獨立自主的新時代女留學生，她第一次跟我出去看電影散場的時候跟我說：『男人只是洩慾的奴才，逢場作戲只是一種休閒興趣』；結果有一天她跑來敲我的房門哭著跟我說交友軟體上的男生把她的錢全都騙光了，所以希望我能允許她跟我住在一起，至於房租與生活開銷就以身相許——你說我怎麼可能跟這種瘋癲的女人搞在一起？所以我就故意在冬天晚上全身脫光躺地板吹電風扇。緊接著後來幾天我就搬家住到醫院病房，每個夜裡都跟小護士眉來眼去……」

阿炬還講了什麼我後來已經幾乎忘記，不過我想這一點也沒有關係——不管阿炬後來娶了幾個老婆，不管袋鼠界是否有臨時演員，不管阿炬有沒有玩交友軟體或者是跑去住小護士家裡，不管阿炬有沒有跟杜斯妥也夫斯基一起欣賞音樂劇——我想現在這個看起來冷酷其實自來熟且言行無厘頭的阿炬眞的變了：他變得比以前還阿炬，而且越來越阿炬。

「對了，你知道詩羽學姊要訂婚了嗎？我原本一直以爲她可能會單身一輩子，想不到居然有人要……而且聽說對方還是個小鮮肉高材生呢！看來女生只要長相好看，不管個性再怎麼神經都是女神等級……」

台北的深夜依然繁華熱鬧，儘管摀起了耳朵但腦中仍是充滿喧囂，我和阿炬望著同一面鏡子並肩邊走邊聊，兩旁則是來來往往的人潮。此時我突然看到倪詩羽隔著馬路對尹炬詳大聲叫罵，手裡還拿著一張小考的零分考卷，可惜小綠人惱羞成怒變成了紅色，所以倪詩羽只能原地站著目送，看尹炬詳的背影消失在車陣中……

「我怎麼不知道？她的準未婚夫是我的高中同學……我是看他那麼優秀實在眼紅，所以就故意設計他去追倪詩羽，想不到他們兩個居然會一拍即合。可以把別人的陷害當成助攻，基本上這種事情可不是每個人都能做到呢……」

「你是怎麼牽線他們的？你是不是在開玩笑啊？」阿炬的話實在使人半信半疑……不，我想是疑多於信。

「我不想給他們發現是我暗中相助，所以這件事情我從頭到尾都沒有露面，他們還以爲彼此眞的是天降美好姻緣……」阿炬望著逐漸遠去的倪詩羽回答。

「你怎麼暗中相助的？你不是一直都沒有跟任何人聯絡嗎？你是怎麼知道詩羽學姊跟……」

「那是他們兩個的事情，無關的人何必參與？」阿炬：「我所說的無關，這其中當然也包括了我自己。」

「說到這個！」我突然想到一件事：「你是不是有回來找詩羽學姊，在她的畢業典禮？」

「倪詩羽跟你講的？她是不是暗戀我到發瘋在做白日夢？」

「是陳瑋良的學妹跟他講的。我聽他說的時候就覺得那個人一定是你，因為只有你才會做這種事情。」

「沒有親眼見到的事情你就憑感覺信……」阿炬：「不過老實說，我後來回學校的時候有見到陳瑋良是真的。」

「你真的有回來過啊？」原來阿炬有回來過？什麼時候？「什麼時候？你為什麼不找我？」

「我那次回去是因為我突然想找筱楓聊聊，你來湊什麼熱鬧？」

「……」

「那時是冬天。我戴著毛帽和口罩走在夜市區，有一輛機車與我正面相迎：在擦身而過的瞬間我瞄了一眼，我發現陳瑋良載著他的女朋友應該是急著去開房間。」阿炬：「我不以為意地繼續前行，畢竟那並不是我的目的。後來過不到一分鐘，他又從同一條路上出現，再次與我正面相迎——我想他可能想確認吧——他在我身邊停了半秒左右，我點了點頭，他也點了點頭，然後他就又騎走了。老實說戴著毛帽和口罩也能認出我，我當時是有那麼一點點佩服他的觀察，不過我並沒有感動。」

其實我很想吐槽，可是我沒有開口：想在茫茫人海中認出他並不困難，不過絕不是因為毛帽、口罩或墨鏡，而是因為那雙不輕易顯露、所以也不輕易忘記的眼睛。

「馮亮沒有追到吳繡綺，不過後來他和章芯汝在一起，一直到現在感情還是很甜蜜。」

「我知道。」

「你有跟馮亮聯絡過嗎？你們該不會到現在都還沒和解吧？」

「有必要嗎？」阿炬：「我以前曾經聽過一句話——雖然只是道聽塗說來的，可是我一直覺得它很有道理——它說人們每交一個男女朋友，就會損失兩個朋友，因爲人的時間有限。人的感情總質量無法具體，但先後次序與焦點卻必須選擇和分配。」

「這只是一方說詞而已，有太多可以推翻的例子了……」我說：「是因爲馮亮他後來眞的開始追吳繡綺，後來又跟章芯汝在一起之後卻沒有試圖與你聯絡……所以你才一直有芥蒂的嗎，阿炬？」

「我問你，你和禹喆和馮亮後來有眞心聯絡過彼此嗎，翁倩玉？」

「這……」

「有很多的事情並不是誰對誰錯，而是每個人都有太多難以言清的理由和藉口——其實有很多表面上一直沒有解決的事情，它們早在很久以前、在還沒有人意識到它們的時候就已經悄悄解決了——也許每個人默默地都已經習慣且接受沒有解決後所帶來的結果，所以有時候這樣就好了……」

「禹喆和小雅分手了。後來禹喆他陸續換了幾個女朋友……我沒有特別注意這件事情，不過感覺他似乎變了，不再是以前我們所認識的那個禹喆……一直到現在，他好像都還沒打算安定下來……」我不知道怎麼回答阿炬，所以換了個主角與話題。

「禹喆啊……老實說自從解決了李欣瑩的事情以後，我就再也沒擔心過禹喆了。也多虧了李欣瑩，我才知道我以前原來一點都不了解禹喆——他不需要任何人替他擔心，因爲他有他自己的一把尺——我相信禹喆之後應該還會有幾段感情，不過他絕對不會去傷害別人，也絕對不會再受到傷害。我相信禹喆面對他的每一段感情的從開始到結束，他一定都能以冷靜的分析與從容的態度信手應付。」

「我覺得你一直顧左右而言他呢，阿炬。」我自認與其他人相比還是有一點了解阿炬——我和阿炬停在一家便利商店門口，自動門不斷地開開關關，我和阿炬兩個卻不動如山；裡面的店員臉上滿是驚恐地朝著我們這個方向，卻沒有人開口詢問——對於這種情境這樣的場景我早就見怪不怪，而且我非常肯定這一切肯定和我沒有關係：「你是不是還很在意以前的事情？」我問阿炬。

我知道有些人表面上看起來從不在乎其實卻最在乎，因爲他們會刻意不提起他們在乎，爲的只是孤傲地自我保護——我和阿炬一路上聊了很多我們共同認識的人的近況，那都是曾經與我們很親近或者很熟悉的；可是聊到後來我一個瞬間的感覺不知所云——我發現曾經的那些熟悉與親近，如今卻顯得過時且風馬牛不相及。

從我十八歲的時候認識阿炬開始到現在我一直處於被動，這是我掌握主動權以後第一次發話。在我陷入話題產生的迷茫以前，那些我到現在還一直很在意、很想知道的那些以前的事——我一直很想問他本人，而現在我終於可以問。

「在意又怎麼樣？不在意又怎麼樣呢？」阿炬走進了商店。

「我還記得那是我國小六年級左右吧，我那時候喜歡班上的一個女生。以國小女生來講她真的很漂亮，即使不是校花也肯定是班級間的交際花，可是有一天早上在外掃區她不知道怎樣的就罵我——其實我後來仔細回想那根本就是她公主病發作，如果再給我一次機會的話我一定會把水桶套她頭上讓她清醒一下——可惜我那時情竇初開不知道怎麼在犯傻：我雖然沒有講出來，可是我覺得身爲一個男生不應該讓女生不開心，所以等外掃時間結束以後，我就一個人沿著外掃區的室內籃球場在那邊繞場邊交互蹲跳懲罰自己……結果後來出去升旗的時候全班沒人想跟我排在一起，好多同學還一直大聲嫌棄我說我全身汗臭……」

「呃……我沒有想到你小時候居然會這樣子。可是很明顯那是你活該，你沒事幹嘛要在那裡發神經自作自受……」我沒有想到的是，我突然覺得這個以前很喜歡罵我白癡的阿炬以前居然比我還白癡。

「說得很對啊，我現在回想起來眞的覺得我是個活在自己幻想裡的神經病，我當初那麼做是爲了什麼我自己也不知道，而那個女生她當然更不可能知道……」

「但我問你以前的事情並不是問那麼久遠的，雖然它們也已經過了很多年……」

「以前的事情……它們對我來說都是一樣的……沒有所謂緩急，也不會有什麼輕重之分……」阿炬：「我明白你想問我什麼，翁倩玉。也許有很多的事情在當初的決定時就已註定，也許當初的決定並沒有帶來完美的下場，可是誰又能保證如果當初不是如此，往後就一定會有更好的結局？至少當初我是順著我自己——可能有些衝動，但反映的卻是我最眞實的心——儘管我事後當然很難過，可是我並不會後悔。」

「你眞的一點也不後悔？如果當初你沒有那麼衝動，也許有很多的人我們都不會失去，也許有很多的事情都不會發生……也許還會有轉圜的餘地，也許還會有很多其他的可能……」

「你是在問我或者怪我？」阿炬：「或者你現在說話的對象其實是你自己？」

「我……沒有，我只是……」

「對不起，翁倩玉。其實我一直都知道，對不起。」

「這不關你的事，阿炬。其實我一直也有自己的問題，我自己也是……」

「所以你一定能明白我的意思，」阿炬：「總會有很多十字交叉的時候——其實十字交叉已經算是很具體，此外還有很多難以認識且不易行走的岔路——然而人無完人，金無足赤，不管你當時做什麼選擇，你都註定會失去某些人、錯過某些事，而那些選擇的結果無論如何都會在日後被發掘並且時時刻刻提醒，提醒你過往的那些歲月所留下的痕跡，究竟是什麼緣因起……所以在意又怎麼樣？不在意又怎麼樣？不管怎麼地思念與眷戀，或者是沮喪、懊悔，已經成眞的那些事實是永遠都不可能改變……」

「那個……幾天前，我辦了一個同學會……不管怎麼說，至少現在大家都已經知道當年的事實，而且也對他們當年對你的態度與所做的行爲感到羞愧……他們都很想念你，都希望有機會能夠與你再見一面……不管怎麼說，至少你現在終於洗刷冤屈，可以好好吐一口氣地替當年的尹炬詳正名，向大家證明你到底是什麼樣的人了……」

我只能這樣回答，因爲我沒有辦法說實話。聽阿炬說的什麼，看阿炬現在這樣，我實在替他覺得感傷。輕描淡寫的話語，使人理解的情緒卻難以言喻，無能爲力。

「是嗎？」阿炬問。

「是眞的。鮑光翟跟朱偉他們都這麼跟我講，還有沈郁薇跟……」

「如人飲水，冷暖自知啊。」阿炬：「要不是習慣了有人相伴的感覺，怎麼會體驗到眾叛親離的滋味？假使從沒試過孤單到底的憔悴，又如何去理解孤獨至極的深邃？我不需要證明給誰看，但求對得起自己。只要我知道我自己怎麼樣就好了，只要我自己心裡明白，那就夠了。」

「可是你難道一點也不在意其他人的想法嗎？現在的輿論與人心，實在是太容易操控它的風向，也太容易改變，如果就這麼放任不管的話……」類似這樣的話也許十八歲時的我曾經說過，而我卻把這樣的感覺留到今天——在我說話的同時我隨即意識到，原來在不知不覺的三言兩語之間，我和阿炬的時光彷彿又回到了兩個十八歲。

「所以就算我解釋半天，不是也很容易隨便就可以被哪個不認識的人給曲解、誤會，斷章取義，然後帶偏？」

「這……」

「還是保持一點信心吧！眞正明白的人才不會輕易地被別人改變，而且他們也不會輕易地就想去改變別人，因爲他們知道世界上沒有誰有資格以全知的角色去評論所謂的高低、優劣，以及曲直和善惡，因爲他們懂得謙卑，因爲他們懂得包容與互相尊重。只有那些心靈空虛寂寞的人才會去爭，才會一直企圖去影響、去勉強別人，因爲在他們隱隱的潛意識裡明白，如果他們不這麼做的話，哪怕只是一時半刻，他們都會無法生存。他們會失去自我，他們就再也沒有繼續欺騙自己、隱藏自己總是寂寞空虛的理由……」

「一個人如果想眞的成長一定要能忍住寂寞，一定要能耐得住寂寞，在每個夜深人靜的時候，自己一個人獨自，默默地舔著傷口……」

每次和阿炬聊天的時候，我都會感覺彷彿在與自己對話，彷彿我在了解阿炬的同時，也像在探索一個從來未知的我：阿炬不喜歡講廢話，可是有時候他卻會一直胡說八道；阿炬他喜歡直來直往，可是有時候他卻怎麼也不願對人說出他心裡眞正的想法。就像有時候我們總是做著些虛假毫無意義的事，總是不願意面對眞實，總是不願聆聽自己的心聲。

不管阿炬分享了多少他的實際經歷都無法讓人相信，反而使他們無意識地加大彼此之間的距離。可是有時不知爲何從他的胡言亂語裡卻又讓人感覺如此熟悉、使人親近，使人以為自己似乎眞能理解他的內心。

阿炬說得很輕，但我聽得出來，在他的輕聲細語裡所透露出那股深深的嘆息。

當一個人跌入谷底的時候，當一個人自己願意在死胡同裡倒地不起——我有雅晴，在我孤單寂寞的時候是她陪伴且拯救了我——可是阿炬呢？他有誰？當他孤單寂寞的時候是誰給他擁抱，給他振作起來的力量？阿炬的自視甚高，他有著一種與生俱來的驕傲和固執，對別人的示好與同情，他總是不屑且不放在眼裡，對別人的關懷與勸說，他更從不在意——他不會輕易走出自己的房間，更不會輕易對自己在乎的事感到釋懷——是什麼樣有形的、無形的人事物陪他走過了那段——那是一段多麼孤單而又寂寞的旅程——而他就自己在這樣孤單而又寂寞的旅程中走出了他心裡的那段？那需要多大的勇氣與毅力、恆心，才能支撐著他的精神且堅定著他的意志，他是怎麼過來的？

阿炬沒有講，我也沒問，因爲我不是很懂阿炬，言下之意，我想有時候我還是可以找到通往他心裡的捷徑，有時候，僅此而已。

有時候，也許是因爲他像禹喆一樣突然想通不再堅持。

有時候，也許是因爲他重新找回了當初曾遺忘了他的本質。

「對了，自從你……回來以後你現在都在做什麼啊？」這下子糗大了。「你看我這記性，我居然到現在才想到要問你的近況……眞的是不好意思呀阿炬。」

「以你的程度來講還記得我是誰就已是萬幸，怎麼好意思要求你更多呢？」阿炬：「至少眞實的你不會跟我裝模作樣在那裡客套——什麼最近過得好嗎？有時間約出來吃飯？最近過得好不好你不問最近問我幹嘛？等你有時間連天都垮下來了你確定還有飯可以吃？聽得眞的是有夠煩——你不用不好意思啊，你忘了問我只是因爲你沒有想到而已，更何況這又不是什麼了不起的問題，就算你不問我不回答地球也一樣不會爆炸。」

「你這樣講是沒錯啦……」

爲什麼我沒有想到要問你的近況？因爲我急著想看續集，我不斷想彌補我的不完整——專注在過去的你的我一時忽略了現在的你——所以眞的是不好意思呀阿炬。

「我現在正在寫一部小說。」阿炬說。

「所以你現在是作家嗎？」我問阿炬。

還好，我承受得起。畢竟他這些年來的經歷早已超乎我的想像——好歹我以前曾經親眼見過他在月球上一邊跳舞一邊拉小提琴，嘴裡還問君能有幾多愁念念有詞，所以他如果回答我說他現在是作家的話我覺得還可以——況且他是阿炬，他可是從來都不按牌理出牌，也從來都不認爲梅花三會輸給黑桃二。

阿炬隨即打了我一個耳光。

我只是比喻而已；不過如果是眞的，以阿炬的風格我也不會訝異。

「並不是只有作家才可以寫小說的對嗎？」

「……對。」

「翁倩玉……」阿炬：「我發現這些年來原來我一直都有一股衝動，我一直有一個從來都未曾實現過的承諾。」

「你的承諾是寫小說？」我問。

「是的，沒錯。」

「我好羨慕你呀……阿炬，你眞的是很了不起。」

「有什麼好羨慕的，有這麼了不起？」

「你知道嗎？我以前剛上國中的時候也曾經寫過武俠小說欸。」

「比起那些急著想性交的未成年情聖還有滿腦子補習考試的後天資優生，寫武俠小說未嘗不是一個挺不錯的活動。」

「可是後來，有一次我正在寫小說寫到一半的時候剛好被家人看到——他們說要我專心學業，所以就把我用來寫小說的筆記本拿走——我從此就再也沒見過它們……」

「你沒有自己去找嗎？難道你後來都沒有再問他們？」

「因爲……想不到各種機緣，我後來還眞的就從此專心學業，直到我國中畢業。可惜的是，我現在再也找不回當初那種因爲喜歡所以寫小說的感覺……」

「……」

「你寫的是有關什麼方面的小說？你有想過以後要用什麼筆名嗎？」

「我不想說。」

「爲什麼？」

「因爲我的小說還沒有完成。」阿炬：「等我完成了以後，我相信你能在我的筆中找到我。」

「……在你的筆中？」

「這部小說並不只是我的承諾，」阿炬：「對我來講在很多時候，它更像是我的朋友與精神寄託。」

「我知道。」我想我可以理解阿炬的心情。雖然不曉得什麼是緣起，但我相信阿炬現在正在寫的這部小說對阿炬來講，從某些角度來看就像是我和雅晴一樣。

「你應該明白我對朋友向來毫無掩飾，我對朋友所展現出來的都是最眞實的自我。而你……翁倩玉，」阿炬：「從某些方面來講你就像是我的小說，所以我相信你一定能在我的筆中找到我。」

「你的小說即將完成了嗎，阿炬？」

「即將完成是嗎？」阿炬：「我想沒有什麼事情是可以眞正完成的，只要沒有在原點停滯就是進步。」

「沒有完成，只要沒有停滯就會進步？」

「You've got it.」

「那照你這麼說……」

「我的小說確實快要完成，可是我相信它一定還有空間……我希望還可以看到它一直進步下去，希望可以。」

「一定可以，」我說：「你別忘了你可是作者，你想怎麼做都行，只要你願意。」

「確實如此。」阿炬：「至少現在我的思緒還很清晰。我想，現在的我也許還可以做很多事情……」

「到這裡就好了。」穿越過公園以後來到路口，此時阿炬突然停下腳步。

「你怎麼突然要走了？我們剛才不是說好要一起去前面坐車的嗎？」我問阿炬。

「我突然想起來有點事情，不好意思。」

「你是跟什麼人有約嗎？」我問。

「沒有……只是一時興起罷了。」

「一時興起……」我說：「其實你還在想她對嗎，阿炬？」

「你爲什麼這樣問？」

「因爲我們講了很多以前的事，可是你卻絕口不提她的名字。」

「不愧是我的室友，你連我講過的夢話居然到現在都還記得。」

「已經過這麼久了，你還愛她嗎？」

「你懂愛嗎，翁倩玉？」阿炬問。

「我……應該懂吧。」

說實話，我不知道，但我結婚了，我想也許把我和璇在一起時所發生的所有大小事，全部加起來就是愛的意思。

「了不起啊，」阿炬：「想當年你連林葳婷喜歡誰都不知道，你現在卻跟我說你懂愛……你可眞的是後來居上。」

「請問你這是誇讚還是諷刺？」

「這要問你自己啊，也許兩者都是？」

「……」有時候，我眞的會有一種錯覺：有時候我會以爲現在在我眼前的這個好久不見的人，彷彿他比我還要了解我似的。

「我不懂愛，我沒資格講愛，」阿炬的一句話又把我從眞空拉回現實。

「你說什麼？」

「我只知道我以前曾深深地被她吸引，我曾經對她有著濃濃的期盼。我至今對當年的她仍是無盡的無悔與想忘也忘不掉地思念……我至今對當年的她仍是無法自拔的喜歡。」

「我到現在還一直弄不明白……那天晚上……你們除了相知相惜之外，是否還有過男女之間的喜歡？」

「相知與相惜……」阿炬低頭重複著我的話：「相知已是難得，相惜更且困難……那天她唱給我聽的歌，我多想回唱給她……可惜那時的我根本不在當下，我沒有能力更沒有資格……」

「你說什麼歌啊？什麼時候？那天晚上？」

「你知道嗎，翁倩玉，」阿炬抬起頭來看著我：「其實對以前的事情我已經沒有了記憶……可是我到現在卻還是一直很懷念我們大一時的那段日子。我想過了，當年的我是如此的任性而消極，衝動卻被動，所以才造成了現在的這個樣子——如今我已明白我現在所處的這個情況的確是上天最好的安排，所以不管怎麼樣我眞的很感謝那段日子曾經帶給我的所有情緒，還有不管曾發生過什麼事情的全部的那些回憶……」

「所有的情緒？全部回憶？」

「是的，所有與全部。不過在此之前我想必須先再加上一句『幾乎』。」

「幾乎？」

「幾乎。這也是爲什麼我現在必須離開，因爲我想獨自體會一些隱約的無法釋懷。」

「隱約的無法釋懷？」我忍不住嘆了一口氣：「原來你畢竟還是沒有完全釋懷。」

「我充其量只不過是一個凡人而已，翁倩玉。」阿炬：「難道在你的心裡你已經把我神格化……還是把我當成是一種精神象徵了是嗎？」

「我剛才問你的時候看你講得雲淡風輕，一副事不關己的模樣和瀟灑……」

「講到瀟灑——你一個已經當爸爸的人把老婆和小孩丟在家裡，就這麼獨自一個人大老遠跑去開個人同學會，還偷加了沒有目的地的隨興喝茶行程——我怎麼覺得你比我還要不羈？還有既然你現在的生活過得這麼美好，爲什麼你心底還會有個空虛？還促使著你獨自一個人離家遠行，獨自一個人生活得這麼飄逸？」

「阿炬你……」我絕對不會說我瞬間大叫了一聲。「你是在跟蹤我是嗎？你怎麼……」這怎麼可能？我上次見到阿炬的時候我甚至都還沒有去過雪梨，他怎麼會知道我這幾天的這些瑣事？

「你傻了嗎？我跟你一起下車的你忘了？你難道都沒有發現車上有人在咳嗽？你該不會眞的以爲我會半夜一個人大老遠出來就只是爲了等你下車──而且怎麼可能會這麼巧我還眞的就等到你下車──所以你還以爲我眞的在跟蹤你是嗎？」

「原來你居然跟我搭同一輛車啊……我怎麼不知道……會不會太巧了？」

「有什麼好巧的？我都已經在北車看過你好幾次了好嗎……你老婆……那個叫什麼璇的怎麼會嫁給你啊？她是不是擔心自己生的小孩太漂亮，所以想說找你中和一下，等小孩以後長大了走在路上才不會太招搖？」

「……你既然看到我了怎麼也不叫我？」

「因爲我不想叫你啊。你難道走在路上遇到每一個你認識的人都會想打招呼嗎？」

「……」

「人有時總是會想封閉自己對吧？把自己的心靈封閉起來，無法連接外在行爲，也不受外在人事物的影響。幾個小時前我就看到你了——可是我那時不想打招呼，我只想等下車以後再叫你——我知道你會在台北下車。在車上的那段時間我想好好休息，也順便理一理我的心情，因爲我沒有想到我會遇見你：但我又想和你敘舊，畢竟我一直很懷念我們一起曾經經歷過的那些事情。」

「你的樣子就算化成灰了我都認得，怎麼可能你看到我了我卻沒看到你？」

「因爲你根本就沒有看啊。我剛才就已經講了，你從來都沒有關心過你周遭的環境。我的電話早就通了——你都不知道幾年沒打給我，連傳個簡訊也沒有。我還有加你的臉書呢，不過我一看你的好友有兩千多個就猜你一定不會注意到我——結果呢？果然沒錯。」

原來我在想的時候你也一直在想。我想我們所想的事情一定有很多有重複性，只是看我們當時的心情，只是看我們想事情時彼此是怎麼去想的而已——我一股腦兒地想著該怎麼聯繫而忽略了眼前的你；而你就在我的眼前，卻想著是否有必要聯繫——我想一定有很多人都是像我們這樣子隱而擦肩而過去，彷彿無法聯絡，彷彿失去聯繫，原來其實盡在自己，只是看自己有沒有心。

也許我的心不如很多人。也許我其實根本就沒有心？

「該不會我和璇之所以會在一起，也是因爲你的關係……」有些語無倫次，我自己承認。

「你還眞把我當成月老加柳下惠啊？我呸！」有如當年一般，阿炬罵人時的語氣還是令人如此熟悉：「那完全是因爲你自己狗屎運！我看你的人生巔峰大概也只到這裡——像你老婆那種等級的仙女，當初如果眞的先被我遇到的話我怎麼可能會放過她——你居然還敢做夢想要我撮合她跟你？醒醒！」

「可是你以前不是就曾經錯過一個仙女……」

我的喃喃自語換來阿炬嘆一口氣，伴隨而來的則是長達兩秒九七的沉默——我的心算告訴我。

「這也是爲什麼我現在必須離開。因爲我想獨自體會一些隱約的無法釋懷。」沉默以後，阿炬開口。

什麼叫隱約的無法釋懷？

「你現在是要去找她嗎？」我說：「我想你可能還不知道……其實她現在過得很好……」

「其實有一個人比她還幸福……」阿炬：「我怎麼可能會去打擾她呢，我算什麼？」

「那你是……」

「我說了，我只是一時興起。」阿炬：「我只是突然想去見見以前的她而已。」

「你想去見以前的她？現在的你？」

「我當然明白物換星移、時過境遷，每一個人事時地物的變化都有它自然的道理，都有它最適合的解答與方式，以前與未來的事情從現在看只是杞人憂天、覆水難收——儘管我的思緒早就明白，但我的潛意識至今卻依然無法釋懷——每當我過了一段現實的日子以後它時不時都會發作：每當我想要放空我就會聽到她爽朗的聲音，我甚至能感受到她白皙的手心裡的溫暖、能聞到她的馬尾與身上微微的香味……儘管我見不到她那美麗而修長的身影，但我總感覺彷彿她那水汪汪的大眼睛正在一直盯著自己……」

「阿炬？」

「在人們的內心深處，人們總以爲那些殘存的眷戀與遺憾的人事物也許一直還會在本來的情境裡，存在於那永恆不變的時空之中靜靜地等著自己……然而事實是如何？現實的殘酷是否又總會將這些偶然興起的幾縷情思用力扯斷，或者毫不留情面地硬生生撕個粉碎？我想答案是很明顯。」

「……」

「然而有時候我就想要自虐，我就是忍不住想找罪受——我還是會時常任性地做一些吃力不討好且損人不利己的是非——也許在我的心裡深處我還沒有長大，我還是當初的那個男孩……也許我覺得現實還不足以填滿我的空虛，也許深深的衝擊與刺痛才能使我感覺自己存在，才能使我保持清醒和冷靜……」

「你想怎麼做呢，阿炬？」我把阿炬的話打斷。

「我現在想要去一個地方，那裡有以前的她。如果她現在還在那裡的話……」

「事實已經很明顯了，你這麼做又是何苦？」我說：「當年她已做了選擇，把你的犧牲當成理所當然般地默許，對你之後的遭遇也沒有任何表示——這種只顧自己的女人你何必……況且那樣的她如今也只存在回憶……」

「請不要自以爲了解每一個人，翁倩玉。」阿炬：「有時候我們連自己都不了解，怎麼能只靠那些表象的行爲就輕易地品評一個人、或者是貼標籤呢？」

「阿炬，你這話是什麼意思？」

「有時候並不是人們表裡不一，而是表與裡的界線太過模糊，所以不管人們怎麼做卻總是無法盡其本意……有些事情我不想做我卻必須做，有些事情我想做我卻無法做……我想也許複雜的不是人本身，而是他們的直覺與心思在拉扯——她當然知道我爲她，但是因爲她無法離開他，所以她只能接受我爲她——我能理解，我一點也不怪她，就像我明明知道我那麼做只是徒勞，只是傷心，但我卻還是無法克制自己……這樣的感覺就像飛蛾撲火，就像宇宙中的黑洞，儘管致命但卻美麗，而且還沒見著就已被深深吸引——這樣的感覺一旦體會到了，有多少人能夠超脫，有多少人能說得清楚？在我的心中有許多矛盾的關係不斷位移，有許多矛盾的情感必須轉換……我曾經以爲我不曾擁有，但其實我卻遺憾錯過——到底是紅顏知己還是愛……男女之間的喜歡，我至今仍不斷游移。我不斷地問我自己：在我的心裡到底還有什麼羈絆，在我與她之間？如今的我依然在找尋答案……」

「這種事情你一個人想也不會有結果，你大可以直接去找她談談你們當年彼此之間……你爲什麼不聯絡她反而要自己一個人悶著，寧可捨棄這些年來的機會，也要去做一些不知所謂也無事無補的行爲？」

「不知所謂只是有所謂的虛化外表，那些你們認爲於事無補的行爲對我來說才是最直接有效的，難道你忘了我是誰？」阿炬：「我爲什麼要找她談？那是我自己的事情，與她有何關係，我爲什麼要打擾她呢？我只是想找一個地方一個人靜靜，好暫時消化一下我當年誤食我不應該吃的東西——現在的我與現在的她最適合的關係就是平行，但也許在過往的某個時間裡，我與她還能夠產生交集——如果她也與我一樣在乎的話，也許我們還會在彼此心裡的某個地方再次碰到……反之則只是我自己一頭瞎撞……」

「你眞的傷得很重，阿炬。」我說：「你一直到現在都還沒有痊癒。」

「是啊，我知道我還沒好。」阿炬：「其實不可能會好的——就算表面好了，可是只要看到傷疤就還是會想起自己曾經受過的傷——我承認，我不會像有些人明明懦弱卻假裝堅強，明明在意卻假裝大方，或者明明已經崩潰卻硬要假裝成沒事一樣。」

「總有一天你的傷疤會不見的。總有一天你一定會好起來的，對嗎？」

「我就是我，沒有什麼好不好的。這個傷是我生命中的一部分，我不能否認也不能把它遺忘，況且我還有許多美好的回憶，都與這個傷連在一起……」阿炬：「翁倩玉……你的臉是怎麼回事？周圍都是鏡子，你自己好好照照——你說你現在的這個表情未免也太老，未免也太不瀟灑——你到底發生什麼事了？你爲什麼要這麼悲傷？你不也不到三十歲，怎麼看起來會如此歷盡滄桑？」

「這一切都只是一個過程，一個還有進步空間的過程——你知道嗎，也許今夜的台北對我們搭的車來說是終點站，然而對我們來說卻只是一個中繼站，我們所有的一切都還沒有抵達終點，如今所有的一切都只是相對，所以這一切都無所謂……而我們所能追求的又是什麼？不就只是一個當下的感覺？」

阿炬微微地笑了。這麼多年來他一直在回憶裡追尋過去，但他卻神態自若，彷彿在說著別人的故事一樣。

「在沒有別人能看到的地方，人們總是隱藏著心中的寂寞與狂浪，」阿炬：「我該走了。我希望我在你的眼中永遠都是那個我行我素、瀟灑不羈的阿炬，所以請原諒我今天只能和你到這裡，請給我一點空間讓我自己去感受吧。」

「可以再次見到你的感覺眞的很好，和你聊天眞的很開心。」阿炬：「就算你現在已是丈夫與父親的身分，但我仍祝福你不要失去你原本的瀟灑與單純。」

阿炬在路口攔了一輛計程車——上車前他用力地握了我的手，並給了我一個久違的擁抱：「我會永遠記得你的，不管你是翁倩玉還是歐鑑籲，你永遠是我最好的朋友。」

「好好享受你的美好人生吧！祝你僅剩的夜好眠。」阿炬上車之後搖下車窗的同時，計程車也漸漸地離開我的視線，此時我突然發現我的手裡竟然多了一罐黑咖啡。

我不斷回想著從我下車以後再次再見到阿炬時的情景與這一路上的短暫相處，好久不見的阿炬的話裡總是不斷地充滿了謊言，然而卻句句吐露著隱含在他內心深處，他那難以表達也難見容於世的人生態度——我很開心我能聽懂，因為彼此說謊也能互相聽懂的溝通，只有眞誠的心與眞正的朋友才能這麼做。

在每個人的心裡都有一塊地方，記載著屬於自己最深層的祕密——也許受過的傷永遠好不了，只能控制它使它暫時不會痛——阿炬一直以來都是這麼任性。那些簡單而又方便的方法與程序對阿炬來說毫無意義，所以阿炬不屑也不願意。

在我再次再見到阿炬以前，我的瀟灑中總是有著一股隱隱的遺憾，而阿炬在我面前卻毫不掩藏地表示了他對遺憾的感傷，其實對他來說他早已能夠釋然，不去掩藏也不去解釋，對於自己的執著也不去更改——其實他早已明白，眞正瀟灑的人並不是滿不在乎、了無牽掛，而是不諱言殘缺的部分並正視自己的傷痕，順著自己的心一路前行，想哭就哭、想笑就笑，想糊塗就糊塗，想在乎就在乎——不管過了多久本質是不會改的，別人怎麼想怎麼看都別忘了自己所堅持的理由——做一個不完美的俗人才眞的瀟灑，才是一個眞正的人。

上回見到阿炬是在月圓的夜裡，當時的他沒有任何事前預知，彷彿不曾存在般地突然消失。這回在台北的深夜見到阿炬，天還沒亮他又轉身離去——不管怎麼樣還是要回歸，不管怎麼樣都必須面對現實，也許台北的深夜只是我夢裡的回憶之一，然而對我來說卻是我眞實的人生經歷，對我來說我今夜又遇見阿炬，只是我人生中的一頁而已。

眞正保守祕密的人是他什麼都知道，但他卻表現出什麼事情都與他無關的樣子。

此時我的手機通知我阿炬傳來了簡訊。阿炬曾經跟我說他習慣傳簡訊是因爲不喜歡給人何時已讀取或者是否該回覆的壓力——不問虛實，不論與否，不管對誰來說，這裡都不是誰的終點，只是中繼。

「總不能像想像中那麼美好，但也不至於慘到放棄希望，可能這就是人生吧。」

這樣的感覺久久揮之不去，直至我心裡的夜燈熄滅。

阿炬能否再次遇見她？在這樣的夜裡，在心中的回憶？四周一片寂靜，靜的連一根針掉落也都能聽到聲音。

如果他能看見十八歲時的歐鑑顤，也許他能看見十八歲時的邵雨燕。也許一開始的時候就已經說過，也許一切只在最後的前面。

相見不如懷念，懷念不如早睡，收起你的感性與疲憊。

國家圖書館出版品預行編目資料

鏡屋的沙漏／畢宿著. --初版.--臺中市：白象文化，2018.04
面； 公分.——（說，故事；76）
ISBN 978-986-358-618-0（平裝）

857.7 107000560

說，故事（76）

鏡屋的沙漏

作　　者　畢宿
校　　對　畢宿
專案主編　吳適意
封面插畫　何佳靜
出版編印　徐錦淳、林榮威、吳適意、林孟侃、陳逸儒、黃麗穎
設計創意　張禮南、何佳諠
經銷推廣　李莉吟、莊博亞、劉育姍、李如玉
經紀企劃　張輝潭、洪怡欣
營運管理　黃姿虹、林金郎、曾千熏
發 行 人　張輝潭
出版發行　白象文化事業有限公司
402台中市南區美村路二段392號
出版、購書專線：（04）2265-2939
傳真：（04）2265-1171
印　　刷　基盛印刷工場
初版一刷　2018年4月
定　　價　450元